잘 나가는 리더들의
이미지 브랜딩 전략

왜 유독
그 사람만
잘 나갈까

왜 유독 그 사람만 잘 나갈까

초판인쇄	2020년 12월 14일
초판발행	2020년 12월 18일
지은이	윤혜경
발행인	조용재
펴낸곳	도서출판 북퀘이크
마케팅	북퀘이크 마케팅 팀
IT 마케팅	북퀘이크 영업팀
디자인 디렉터	오종국 Design CREO
ADD	경기도 고양시 일산동구 백석2동 1301-2 넥스빌오피스텔 704호
전화	031-925-5366~7
팩스	031-925-5368
이메일	yongjae1110@naver.com
등록번호	제2018-000111호
등록	2018년 06월 27일
ISBN	979-11-90860-06-2-03810

정가 16,000원

잘 나가는 리더들의
이미지 브랜딩 전략

왜 유독
그 사람만
잘 나갈까

윤혜경 지음

BOOKQUAKE

프롤로그 | Prologue

"유독 잘 나가는 그 사람을 마냥 부러워하고만 있을 것인가"

성공한 사람들에게는 무언가 끌리는 힘이 있다. 비즈니스에서 내면과 외면이 조화로운 호감형 이미지는 사회적 리더로서 자신을 브랜드화 하는 데 빠질 수 없는 요소이다. 또한 삶의 수많은 결정의 순간에서 자기경영 및 기업경영적인 측면에서 매우 긍정적인 영향을 끼치기도 한다.

'소비자는 게으르다' 라는 말을 들어본 적이 있는가? 보통 사람들이 구매 행동을 할 때 여러 가지를 비교하면서 고민하는 듯 보이지만, 실제로는 의외로 매우 단순하게 판단하는 경향이 있음을 표현한 말이다.

'소비자가 스스로 많은 노력을 기울이지 않아도 되는 것.'

이것이 곧 브랜드가 탄생한 이유이며, 소비자의 구매 선택에 있어 브랜드란 매우 매력적인 요소이다.

'이 정도의 브랜드 네임밸류라면 선택하겠어.' 라는 인식은, 소비자 스스로가 애써 정보처리를 위한 많은 정성과 노력을 기울이지 않아도 자신의 선택을 합리화하고 정당화하는 데 충분한 도움이 되기 때문이다. 사람이 사람을 만나 판단하고 선택하는 행동원리도 마찬가지로 그 노력을 줄이려는 경향으로 귀결된다. 사람도 브랜드처럼 판단되는 것이다. 그 근본인 소비자 행동원리에 브랜드의 개념이 합쳐지면서, 한 개인도 상징체계를 갖춘 중요한 브랜드로 취급받는 '퍼스널 브랜드' 의 시대가 바야흐로 도래하고 있는 것이다. 하지만 추상적인 개념인 이미지를 명료하게 정의하기 어렵고, 또 나에게 맞는 나만의 퍼스널 이미지를 어떻게 브랜딩화해야 하는지도 우리는 잘 알지 못한다.

이 책에서는 특별한 관계의 구축 속에서 자신의 이미지를 어떻게 브랜드화해야 하는지를 통해서, 프로페셔널한 나의 이미지를 브랜딩하는 방법을 알려주고자 한다. 그 속에서 우리는 자신을 브랜드화함에 있어 진정한 '자기다움' 이 얼마나 중요한지 깨닫게 될 것이다. 단언컨대, 이걸 깨닫는 순간 인생이 바뀐다.

스스로에게 질문해보자.

'나는 누구인가?'

'나는 누구의 인생을 살고 있을까?'

다소 난해하고 철학적일 수 있겠으나, 나를 아는 것이야말로 퍼스널 브랜딩의 시작이다. 그러나 애석하게도 자기주도적 삶을 사는 사람은 그리 많지 않다. 타인 혹은 사회가 주도하는 대로 따라가기에 급급한 삶을 살다 가는 이들이 대다수라고 볼 수 있다. 생각해보자. 세상에 태어나 7~8년의 유년기를 보내는 동안 나라는 존재에 대한 주도권은 내가 아닌 부모에 있다. 이후 이어지는 12년간의 학창시절 역시 나의 의도대로 설계하고 살아가기란 쉽지 않다. 정형화된 사회의 틀 안에서 타인과 경쟁하는 삶을 살아가기 바쁘다. 성인이 되어서도 마찬가지다. 가정에서도, 직장에서도 나의 삶은 온데간데없고 배우자나 자녀 혹은 자신이 속한 조직을 위한 삶을 살아가는 경우가 대부분이지 않은가. 그러면서 우리는 가장 소중한 '나' 라는 존재를 놓치고 있는 것이다.

'나' 라는 개인은 세상에 유일무이한 존재이다. 나 자신에 대한 이해와 앎은 정체성을 확립하는 수단이며, 퍼스널 브랜딩에서 기본이자 핵심이다. 이를 위해선 내가 나에 대해 모르는 것이 무엇인지 끊임없이 탐구하고 찾아가는 과정이 필요하다. 퍼스널 이미지 브랜딩을 단순한 이미지 메이킹으로 치부해서는 안 되는 이유다.

우리는 저마다의 분야에서 퍼스널 브랜드를 확고하게 구축한 다양한 사람들을 알고 있다. 그들은 더 이상 특별한 노력을 기울이지 않아도 다른 조직이나 사람들로부터 선택되어 진다. 브랜드화 되지 않은 일반인이 그들과의 격차를 좁히는 것은 결코 쉬운 일이 아니다. 오히려 시간이 지날수록 간극은 벌어질 뿐이다.

자, 이제 선택할 때다. 유독 잘 나가는 그 사람을 마냥 부러워하고만 있을 것인가, 아니면 당신만의 경쟁력과 잠재력을 담은 퍼스널 브랜드를 만들어낼 것인가.

이제 시작이다. 이 책을 펼친 지금 이 순간부터 당신, 그리고 당신의 삶을 브랜딩하라!

2020년 12월

지은이 윤혜경

01 | 추천사 Recommender

"독창적 브랜드 이미지 구축 실전용 지침서"

리더(Leader)는 '미지'의 세계를 상상하며 자기만의 독창적인 '이미지' 뿐만 아니라 우리 모두가 지향하는 미래를 브랜딩하며 세상을 다르게 읽어내는 리더(Reader)다. 리더십(Leadership)의 원동력도 지금 여기서 경험하는 일상을 넘어서는 상상력으로 비상하기 위해 세상의 변화를 읽어내려는 리더십(Readership)에서 나온다. 책만 읽는 리더(Reader)를 넘어, 세상을 남다르게 읽어내면서 우리 모두가 꿈꾸는 아름다운 미래(美來)를 구체적인 이미지로 구현하면서 나만의 독창적인 브랜드 이미지를 구축하고 싶은 모든 분들에게 이 책은 필독서의 가치를 넘어선다. 이 책은 저자 특유의 시각과 다양한 실전경험에서 빚어낸 관찰의 결과가 놀라운 통찰력으로 다가오면서 스스로를 성찰하게 만드는 브랜드 이미지 구축 실전용 지침서가 아닐 수 없다.

지식생태학자 **유영만**/한양대학교 교수, 『책 쓰기는 애쓰기다』 저자

02 | 추천사 Recommender

"삶의 철학과 세상을 바라보는 그녀만의 관점을"

저자 윤혜경은 유쾌한 사람이다.

크게 웃고 큰소리로 말하는 걸 주저하지 않는다. 거침없고 투명하다. 속 좁은 남정네 서넛 보다 훨씬 낫다. 매사 초긍정 마인드로 살아가는 성격 때문인지 많은 사람들에게 행복한 언어와 말을 전한다. 저자가 늘 생각하고 고민하는 화두는 펀(Fun)이다. 사람간의 대화는 재밌어야 하고 즐거워야 한다. 그래서인지 매력을 발산하는 일은 거기에서부터 시작된다. 어둡고 칙칙하고 우울한 일상은 아예 곁으로 가지 못한다. 그렇게 접근하는 사람은 견뎌내지 못한다. 이번에 출간한 책은 그녀의 삶의 철학과 세상을 바라보는 그녀만의 관점을 그리고 있다. 그녀와 티타임을 가지려면 이미지부터 탈피해야 한다. 그래야 만나준다. 윤혜경의 씩씩한 행보는 어디까지일까? 사뭇 기대된다.

시인 **데이드림**/『가을동화』 작곡가, 피아노 연주가

03 | 추천사 Recommender

"삶의 새로운 돌파구를 찾고자 하는 예비 리더들에게"

저자의 책을 처음 접한 나는 자기개발서 중 하나로 생각하고 가볍게 읽기 시작하였다.

그러나 이내 오직 나의 눈으로만 바라보던 세계관에 빠져 타인의 눈으로 바라보는 나의 이미지는 망각하고 살았다는 자책감이 들었다. 그리고 어느덧 작은 메모장에 꼼꼼히 기입하고 있는 나의 모습을 발견할 수 있었다. 저자 윤혜경은 리더가 되고자 하는 모든 이에게 진정한 리더로서 내외적인 이미지와 품격을 갖추었는지 날카롭게 질문을 던진다. 그리고 왜(Why) 이미지를 브랜딩 해야 하는지, 어떻게(How) 해야 하는지에 대한 명료한 해답을 내려주고 있다. 삶의 새로운 돌파구를 찾고자 하는 모든 예비 리더들에게 인생에 가장 가치 있는 필독서가 될 것임을 확신한다.

영화감독 **변정욱**/소설 『8월의 화염』 저자

04 | 추천사 Recommender

"자신을 타인과는 다른 엣지 있는 모습으로"

내게 추천사란 매우 즐겁지만 때론 난감한 부탁이 되기도 한다. 누군가에게 호소력이 있는 말 한마디가 되려면 적어도 저자가 이야기하고자 하는 콘텐츠를 매우 깊게 이해해야 하기 때문이다. 그러나 이 책에는 심리학, 경영학, 인문학등이 총망라되어 있다. 이것 또한 저자 '윤혜경' 이라는 사람이 가지고 있는 강력한 매력이기도 하다. 저자는 단순한 '외적 이미지' 를 넘어서 '내적 아름다움' 의 의식을 통한 자기다움과 그에 따른 이미지를 브랜딩 하는 방법에 대해서 이야기하고 있다. 사람이 사람다워지는 것은 바로 고유한 그 무엇인가가 있을 때이다. 단순한 퍼스널 이미지 메이킹을 넘어서 자신만의 고유한 향기를 내는 방법, 즉 인향(人香)이 이 책에 담겨있다. 나는 다른 사람이 이 책을 읽지 않았으면 좋겠다. 나 혼자 밑줄을 치면서 보고 싶을 정도이다. 자신을 타인과는 다른 엣지 있는 모습으로 바꿈으로써 보다 '확장된 나' 를 만나고 싶다면 이 책을 꼭 읽어보라고 강력 추천한다.

윤코치연구소장 **윤영돈**/『채용트렌드 2021』 저자

차례 | Contents

C o n t e n t s

02 PART_II
엣지 있는 리더는 이미지를 브랜딩한다

03 PART_III
효과적인 퍼스널 이미지 구축을 위한 브랜딩 전략

C o n t e n t s

04: PART_IV 리더의 외면 성장 프로젝트 – 리더의 이미지로 브랜딩하라!

C o n t e n t s

C o n t e n t s

PART_I

01

시대가 요구하는 리더의 자질, 퍼스널 이미지를 브랜딩 하라!

01 PART_I
시대가 요구하는 리더의 자질, 퍼스널 이미지를 브랜딩 하라!

우리는 누군가를 만나거나 어느 한 사람을 기억해낼 때, 그 사람의 이미지를 하나의 '브랜드'로 인식한다.

"그 사람은 이런 이미지의 사람이야."
"그 사람의 이미지는 이러이러해."

큰 키, 시원한 미소, 상황에 맞는 단정한 옷차림, 예절 바른 행동과 말투, 센스 있는 유머 등 어느 날 그 누군가가 보여주었던 상황과 경험들이 특정인에 대한 정의로 찰나의 퍼즐처럼 완성되듯, 어느 한 사람의 이미지가 하나의 브랜드 형태를 만들어낸다. 그리고 그 사람만의 고유한 특성과 경험들이 모여 퍼스널 브랜드의 기초가 된다.

이것은 개인에게도 마찬가지다. 자신에 대한 신념과 가치관, 또 내가 가진 유무형의 자산들은 이를 나타낼 수 있는 개개인의 고유한 이미지들과 어우러져 자신만의 브랜드가 된다. 그리고 그 브랜드는 나와 다른 사람을 통해 경험되고 유지되고 관리되는 것이다.

따라서 우리는 나답게 살고 싶은 욕구, 나는 누구이며 타인에게 어떤 사람으로 기억되고 싶은지, 그렇다면 어떻게 살아야 하고, 또 그렇게 살기 위해선 무엇을 준비하고 무엇을 해야 할 것인지, 사람과의 관계 속에서 끊임없이 나를 브랜드화 하는 작업을 지속적으로 고민해 보아야 한다.

결국 사람이란 브랜드는 특별한 관계의 구축이다. 관계란 곧 궁극적 믿음이고, 그 안에서의 가치는 특별함을 추구하는 것이다. 그 관계 속에서 나는 누구이며, 내가 세일즈하고자 하는 것이 무엇인지 그 가치의 비범함을 진정으로 알게 된다면 우린 이미 각자의 브랜딩에 한 발짝 앞서 나가 있게 되는 것이다.

그러므로 프로페셔널한 나의 이미지를 브랜딩함에 있어 행복한 성공을 디자인하는 방법은 어떠한 것이 있으며, 어떻게 해야 자기만의 브랜드를 만들고 타인에게 인식시켜 나를 선택하게 만들 것인가? 그 안에는 의외로 아주 쉬운 답이 숨겨져 있다.

'유행에 흔들리지 않는 나'

'유행으로부터 나를 지키는 힘'

바로 이것이 나만의 브랜드이며 유독 잘 나가는 사람들만의 비밀임을…….

01

권력의 기술, 당신은 이미지가 좋은 사람인가?

■ 퍼스널 이미지를 브랜딩하는 리더가 성공한다

> We are here to put a dent in the Universe.
> Otherwise why else even be here?
> 우리는 우주에 흔적을 내기 위해 여기에 있다.
> 그렇지 않다면 여기에 있을 이유가 어디 있겠는가?
> – 스티브 잡스 –

21세기 현대인들은 많은 사람들을 만나면서 살아가게 된다. 자의든 타의든 말이다. 그렇게 다양한 사람을 만나다 보면 언젠가 다시 만나고 싶은 사람, 기꺼이 힘이 되어주고 싶은 사람을 만나곤 한다. 이런 느낌을 주는 사람들을 잘 관찰해보면 그들만의 공통점이 있다는 것을 발견하게 된다. 대화 간에 부드러운 시선 처리와 제스처를 취하는 사람, 인격에서 우러나오는 좋은 태도와 매너를 갖춘 사람, 깔끔한 옷차림으로 상대를 배려하는 느낌을 주는 사람 등, 우리는 자신도 모르는 사이에 관계 안에서 성공하는 리더들의 이미지에 대해 끊임없이 인식하고 있으며, 이들을 호감의 대상이자 대화의 소재로 삼고 있다.

그렇다면 '이미지'란 과연 무엇을 의미하는지 정의부터 알아보자. 머릿속에 누군가 한 사람을 떠올려보라. 그 사람의 이름과 함께 마음속에 선명하게 떠오르는 것들이 있을 것이다. 얼굴 생김새나 표정, 음성이나 말투, 옷차림과 성격 등 많은 정보의 조각들이 머릿속에 얽히고 풀어지면서 하나의 형체를 만들어낸다. 이렇듯 우리 나름의 사고와 취향에 따라 편집되어 만들어진 그 사람에 대한 생각의 덩어리, 특유의 감정, 고유한 느낌이 바로 '이미지'이다. 정리하면, 타인이 보고 느낀 특이한 감정과 고유한 생각 혹은 사람이나 사물로부터 받는 느낌을 이미지라고 하는 것이다.

이미지는 이마고(imago)라는 라틴어에서 파생된 말로서 '마음의 모양'이라는 의미를 담고 있다. 겉으로 드러나는 외형적인 모습뿐만 아니라, 내면의 모양을 통해 형성되어져 나오는 모든 것을 일컫는다. 외모가 타고나는 것이라면, 이미지는 후천적으로 만들어지고 가다듬어지는 것이다. 또한 이 책을 읽어 내려가다 보면, 이미지는 남에게 보여주기 위한 것이 목적이 아닌, 자신이 어떠한 사람인지를 확인하고 스스로 확신하기 위한 것임을 이해할 수 있을 것이다.

사람 간 관계의 출발은 바로 시각적인 이미지로 판단되고 또 선택된다. 결국 365일 24시간 내내 머리끝부터 발끝까지 나에게 장착된 나란 사람의 이미지는, 사람들과 이야기를 나누는 매우 중요한 의사소통의 도구인 것이다. 이처럼 관계에 있어 중요한 소통의 도구인 자신의 이미지를 브랜드화해서 성공한 리더들은 어떤 특징을 가지고 있을까?

우선 나는 이 책에서 성공한 리더들의 스펙에 대한 이야기를 나누고자 하는 것은 아니라는 점을 이야기하고 싶다. 자신의 퍼스널 이미지를 브랜드화함에 있어 각각의 직업군 및 분야에서 필요로 하는 기본적인 스펙은. 모두가 공통으로 존재한다는 전제를 깔고 출발해야 함은 자명하기 때문이다.

자, 그럼 본론으로 들어가기 위한 예로 혁신의 아이콘 스티브 잡스를 떠올려보자. 그가 작고한 후 애플의 주가는 하락하고 아이폰의 시대는 갔다는 말이 나올 정도로, 그의 브랜드 네이밍은 조직의 이름보다 컸다. 실리콘밸리 워스트드레서 2위였던 그가 자신의 모습에 브랜드 네이밍의 아이덴티티를 그대로 드러냄으로써 이미지 브랜딩으로 성공한 리더 중 한 사람이 되었음은 그 누구도 부정하지 못할 것이다.

스티브잡스 전략적 스타일

스티브 잡스하면 떠오르는 이미지는 결코 우연히 만들어진 것이 아니다. 그의 회고록이나 자서전을 보면 ,그의 철학적 사상을 머리끝부터 발끝까지 잘 담아냈음을 확인할 수 있다. 첫 번째로 검정 목 폴라 니트는 그의 트레이드 마크가 될 정도로 유명하다. 그렇다면 먼저 니트 하면 생각나는 것은 무엇인가? '따뜻하다', '포근하다', '부드럽다', '편안하다' 는 느낌이다. 니트의 히스토리를 알면 더 재미있다. 어부들의 어망 짜임 기술로 실을 떠서 옷을 만든 것이 실제 니트의 유래인데, 어부의 아내들은 격자무늬 그림 등 독특한 아이덴티티를 담은 패턴을 넣어 니트를 제작하는 것이 관습이었다. 배가 풍랑을 만나 남편이 죽으면 각자의 패턴을 통해 '내 남편이 죽었구나.' 하고 식별을 할 수 있었다고 한다. 잡스가 이런 니트의 유래까지 알고 있었는지는 확인할 길이 없으나, 그의 검정 니트가 편안함의 도구이자 자기철학을 담은 상징으로 활용되었음은 우리 모두가 주지해야 할 부분이다.

하의인 청바지는 어떤가. 미국 서부개척시대에 광부들의 작업복에서 유래한 질긴 데님 소재의 청바지는 나이든 사람이 입자마자 젊어지는 힘을 갖고 있는 아이템이다. 활동할 수 있고, 작업할 수 있는 사람이 입는 의류로서의 아이덴티티를 지니고 있다. 즉, 잡스가 청바지를 즐겨 입은 데에는 자신과 애플이라는 브랜드가 사람들에게 활동성, 편안함, 젊음이라는 이미지로 보이기 바라는 의도가 반영되어 있었으리라.

게다가 그가 즐겨 신은 운동화 뉴발란스 992는 선풍적인 인기를 끌며 10대와의 교감과 소통의 도구로서 역할을 톡톡히 해냈다. 이 운동화는 그의 생전은 물론 작고한 지 10여 년이 지난 지금까지도 '잡스 신발' 로 불리며 생산되는 족족 완판을 기록하는 인기 아이템으로 자리매김했다. 운동선수도 아닌 그가 미국의 레전드 농구 스타 마이클 조던에 버금가는 신발장수[1]가 될 줄 그 누가 상상이나 했겠는가. 조던의 신발 세일즈는 수백 번의 경기를 뛰면서 만들어진 업적인 반면, 잡스는 단 몇 차례의 프레젠테이션에 신고 나온 것만으로 해당 신발을 대중들의 뇌리에 각인시켰으니, 노동 대비 효율 면에서는 잡스가 오히려 조던을 앞섰다고 봐도 무방할 것이다.

1) 신발 판매량에 크게 기여했다는 의미에서 유래한 마이클 조던의 별칭. 같은 뜻으로 '마사장' 이라고 부르기도 한다.

나아가 잡스의 이미지 브랜딩은 후배들에게도 지대한 영향을 끼

쳤다. 잡스 이후 등장한 IT 업계의 거물인 페이스북의 창시자 마크 저커버그의 내츄럴한 티셔츠 패션은 잡스보다도 더 파격적이고 자유분방해 보이기까지 한다. 잡스의 개인 철학이 담긴 이미지 브랜딩이 성공한 기업가의 옷차림이나 수트 일변도의 비즈니스 룩에 대한 고정관념을 뒤흔드는 계기가 되었다는 점에서 잡스를 이미지 브랜딩의 선구자로 보아도 부족함이 없을 것이다.

이 사례에서 보듯 브랜딩의 시작은 진정 나라는 사람은 누구인지 그 본질에 대한 이해에서 출발한다. 이는 곧 진정한 자기발견의 과정이기 때문이다. 다시 말하면, 개개인이 가지고 있는 꿈 · 가치관 · 비전 · 장단점 혹은 매력이나 재능 등을 분석하고 라이프 사이클에 걸맞은 포지션과 목표 이미지를 정한 후, 여기에 맞는 브랜딩과 다양한 채널을 통해 보다 전략적으로 자신의 가치를 높이고 변화 · 유지 · 관리하는 과정이 바로 브랜딩인 것이다. 여기서 중요한 것은 '본질' 이며 반드시 '자기다움' 이 동반되어야 한다.

퍼스널 브랜드 매니지먼트

개인이 가지고 있는 꿈, 가치관, 비전, 장단점 혹은 매력이나 재능 등을 분석하여 개인의 포지션과 목표를 정하고 여기에 맞는 브랜딩과 채널을 통해서 자신의 가치를 높이는 동시에 지속적으로 유지 및 관리하는 작업

즉, 퍼스널 이미지 브랜딩이란 나의 이미지를 관리하고 강화해서 어떤 특정 분야에서 최고로 자리매김하고자 하는 노력이며, 타인에게 나란 사람을 인식시키는 과정이라 할 수 있다. 따라서 '나이 들어서 뭐 하러 외모를 가꿔?', '외적으로 누군가에게 잘 보이는 게 그렇게 중요해?', '최선을 다해 살아온 내 삶에 외형적 이미지만이 중요한 건 아니잖아.' 와 같은 안이한 생각은 바람직하지 않다. 자신의 이미지를 브랜딩한다는 것은 자신이 속한 조직이나 분야에서 성공에 가까워지는 지름길이기 때문이다.

■ 이미지는 메이킹하는 것이 아니다. 정체성부터 찾아라!

> 당신이 추구하는 스타일과 내면의 공존이 함께 이루어지지 않으면,
> 승리할 수 있는 당신만의 스타일은 만들어지지 않는다.
>
> – 코코샤넬 –

개인은 단지 객체가 아니라, 각각 고유한 존재로서 다양성의 존재이다. 그렇기에 타인의 생각을 알아야 하며, 자기에 대한 이해와 앎이 동반되어야 하는 것이다. 나의 생각, 더 나아가 남과 다름을 이해하기 위해서 우리는 '내가 나에 대해 모르는 것' 이 무엇인지 찾아가는 과정이 반드시 필요하다.

소비자의 인지적 노력을 줄여 깊이 생각하지 않고도 믿고 선택하게 만드는 것이 일반적인 브랜딩 과정이라면, 퍼스널 브랜딩이란 기존 마케팅 툴을 응용하여 사람을 상품화, 브랜드화하여 고객들에게 인식시키는 과정을 의미한다. 그러므로 자기를 계발하기 위해 끊임없이 공부하고, 도전하고, 목표를 성취하는 과정 또한 퍼스널 브랜드의 한 과정이다.

모든 브랜딩의 시작은 정체성을 찾는 것에서부터 출발한다. 내 본연의 모습과 타인에게 보이는 모습을 별도로 관리할 수 있는 능력을 갖춤으로써, 진정 나라는 사람이 누구인지 그 본질에 대한 이해에서부터 정체성 찾기는 시작되는 것이다. 이는 곧 진정한 자기발견의 과정이라 할 수 있다. 나아가 타자의 인정을 통해 자기다움을 실현시키는 것이자, 본인의 진짜 빛과 컬러를 찾아가는 과정인 것이다.

다시 말하면 이는 곧 나답게 변화하고 나답게 만들어가는 오직 나만의 이야기를 의미한다. 그렇다면 변하기 위해 필요한 것은 무엇인가? 모든 사람들은 자신만의 언어적 표현, 제스처와 행동, 태도와 습관, 헤어 및 패션 등 PI(Personal Identity)를 가지고 있다. 이 PI가 합쳐져 발현되는 '나'는 타인에게 긍정적일 수도 혹은 과장되거나 잘못되어 있을 수도 있다. 문제는 대부분의 사람들이 타인이 바라보는 '나'를 스스로 인지하지 못하고 원치 않는 방향으로 브랜딩 되고 있다는 것이다.

퍼스널 이미지 브랜딩은 나를 이해하고 나만의 매력을 찾아내어,

타인에게 내가 원하는 '나'의 모습을 보여주도록 관리해 나가는 의미 있는 과정이다. 내가 원하는 진정한 '나'의 모습을 찾아 그 의미를 더욱 더 빛내보는 것! 그것은 곧 나만의 정체성을 찾는 과정이 필요함을 뜻한다.

그 안에 나만의 정체성을 찾기 위해서는 '철학', '근거', '차별화'라는 세 가지 요소가 필요하다.

철학이란 '나 인생 굵고 짧게 살래.', '정직하고 성실하게 살면, 언젠간 보답을 받게 되어 있어.'와 같은 인생 가치관을 말한다. 철학이라고 해서 반드시 거창하고 완전해야 하는 것은 아니다. 그것이 비록 개똥철학일지라도 정체성을 구성하는 밑거름이 된다.

다음으로, 근거란 곧 내가 살아왔던 인생 스토리이다. 이를테면 끈기와 노력으로 가난한 가정환경을 극복한 경험이 될 수도 있고, 이와 정반대로 부유한 가정에서 태어나 해외유학 등 엘리트 코스를 밟은 과정 등 저마다의 삶이 철학과 정체성을 구성하는 재료가 되는 셈이다.

좀 더 나아가 차별화가 필요한데, 이것은 곧 우주에서 나만의 지문을 찾는 과정과도 같은 것을 의미한다. 이 세상에 나와 같은 지문을 가진 사람은 그 어느 곳에도 존재하지 않기 때문이리라. 그런데 우리는 대부분 유행을 쫓거나 다른 사람을 따라가려는 경향이 있다.

그렇다면 다른 사람과 차별화된 나만의 이미지와 스타일을 만들기 위해 필요한 것. 즉, 다른 사람으로 대체할 수 없는 나로서의 존재가 된다는 것은 무얼 의미하는 것일까? 그것은 반드시 자기에 대한 이해에서 출발되어야한다. 옷 하나를 입더라도 퍼스널 컬러 분석을 통해 나에게 어떤 컬러가 가장 잘 어울리는지를 파악하고, 그 프레임 안에 존재하는 나란 사람이 빛이 나도록 옷을 선택해 입는 것, 체형 분석을 통해 어떤 바디 유형의 소유자인지를 인식함으로서 장점은 극대화시키고 단점은 최소화하는 것, T.P.O[2]에 맞는 옷차림을 선택함으로써 그날 계획되어진 일정에 맞는 최상의 코디네이션이 되도록 하는 것 등과 같은 일련의 행동들은 모두 타인과 차별화된 나만의 퍼스널 이미지를 만들어가는 의미 있는 과정인 것이다.

그리고 이를 통해 특정 분야나 역할에서 나를 떠올리고 상대가 먼저 나를 찾아올 수 있게 하는 것. 이것이 바로 자기관리의 출발이자 상대를 배려한 나만의 퍼스널 이미지 브랜딩이며, 나를 표현해 주는 외모나 물건들은 곧 나만의 '퍼스널 이미지 브랜드' 가 되는 것이다.

결국 나의 브랜드 가치를 형성하고, 타인들이 나를 선택하게끔 만드는 것은 나의 머리끝부터 발끝까지의 이미지이며, 이것은 곧 퍼스널 이미지 브랜딩의 힘이 되는 것이다.

2) 티 · 피 · 오는 시간(time), 장소(place), 상황(occasion)에 따라 패션업계가 마케팅 세분화 전략에 의해 강조한 것이다. 티 · 피 · 오에 의한 분류는 크게 마음 편하게 일상생활에서 약식으로 착용할 수 있는 간편한 옷차림의 캐주얼 웨어와 사회인으로서 공식적인 자리에 맞게 착용하는 오피셜 웨어로 나눌 수 있다. [두산백과]

나는 누구인가?

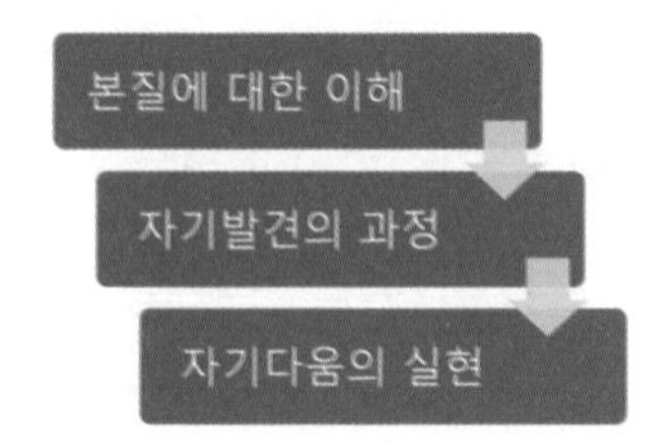

퍼스널 브랜딩의 출발

■ 사소한 태도 하나가 브랜드를 만든다. 자신의 태도를 관리하라!

> 어떤 자질을 갖고 싶다면
> 그것을 이미 가진 것처럼 행동하라.
> '마치 그런 것처럼' 행동하다 보면 정말로 그대로 된다.
> – 윌리엄 제임스 –

한때 '매너가 사람을 만든다(Manners maketh man).' 라는 영화 〈킹스맨〉의 명대사가 선풍적인 인기를 끈 적이 있었다. 영화의 대사처럼 '매너'는 타인 혹은 대중에게 한 인물의 이미지를 각인시키는 요소로서. 과거 그 어느 때 보다 대인관계에 있어서 그 중요성이 부각되고 있다.

우리는 흔히 매너를 갖춘 남자를 '신사(紳士)' 라고 부른다. 보통 신사라 하면 '영국신사' 를 떠올리게 되는데, 한때 영국에서 신사가 되기 위한 기준은 생각보다 까다로웠다. 우선 신사의 덕목으로는 용기, 관용, 정직, 절제, 신의, 예절, 페어플레이 등을 꼽을 수 있는데, 이는 중세의 기사도(騎士道)와 다름없었다. 그 외에 교양과 지성, 음악, 연극, 미술, 댄스, 승마, 사냥, 수영, 등산 등 예술과 스포츠 등의 취미를 가져야 하는 것은 기본이었다. 게다가 라틴어를 기본으로 여러 나라의 언어에 능통해야 한다. 말 그대로 신사란 문무겸전(文武兼全)의 완전한 인격을 갖춘 사람을 의미했는데, 왕족이나 부유한 귀족의 자제가 아니면 위와 같은 신사의 요건을 두루 갖춘다는 건 불가능한 일이었을 것이다.

현대에 이르러서는 전문적인 직업을 가지면서 적당한 교양과 지성을 갖춘, 그리고 서너 가지의 취미활동이 가능한 사람을 통상적으로 신사라 부르고 있다. 외향적으로는 세련된 몸가짐이 필수적이며, 그중 가장 먼저 눈으로 확인할 수 있는 신사의 요건은 바로 똑바른 자세와 행동이다. 이것이 제대로 이행이 되지 않으면, 흔히 말하는 '짝퉁' 신사이다. 신사로서의 띠를 두를 자격이 없는 것이다.

지식인은 많으나 지성인은 없는 세상! 궁금한 것이라면 '네이버

지식창' 에만 물어보아도 바로 알아낼 수 있는 세상인 21세기, 그 정보의 홍수 속에서 마음만 먹는다면 누구나 그리 어렵지 않게 지식인이 될 수 있다. 그러나 흔히 말하는 지식인이라는 사람들 사이에서 인격과 매너를 겸비한 이들은 의외로 드물다는 것을 당신은 알고 있는가?

필자는 직업 특성상 세미나나 포럼 혹은 강연 등을 통해 우리가 흔히 말하는 지식인을 많이 만나고 있는데, 모 포럼에서 우연히 보게 된 광경 중 하나를 이야기해보고자 한다. 포럼 진행 중 쉬는 시간을 이용해 서로 명함을 주고받던 시간이었는데, 브레이크 타임이 거의 끝날 무렵 자리에 착석해 다음 순서를 기다리고 있던 중이었다. 그때 누군가에게 갑작스레 다가가 "아이고, 안녕하십니까? 만나서 반갑습니다!" 라고 큰 소리로 인사를 하는 장면을 보게 되었다. 그 소리에 깜짝 놀란 상대방을 아랑곳하지 않고 큰 포물선을 그리며 명함을 건네던 그는, 이름을 대면 누구나 알 만한 브랜드의 CEO였다. 그 조용한 장소에서 보여준 그의 행동은 과하다 못해 우스꽝스러운 모습이기까지 했으니, '웃픈' 일이 아닐 수 없었다. 지식인들로 가득한 공간이라는 사회자의 멘트가 무색할 만큼 지성과 매너라고는 찾아볼 수 없었던 그의 모습은, 아직까지도 그의 이미지가 나에게 코믹스러운 사람으로 남아 있다.

또 하나의 예로 친한 지인이 수년 전 미용실에서 겪은 일이다. 당시 그녀는 꽤 유명한 프랜차이즈 브랜드의 미용실을 다녔었는데, 어느 날 그녀를 담당하던 부원장이 다른 곳으로 떠나게 되면서 새로 오게 된 후임과 첫인사를 나누는 상황이었다. 서로 반갑게 인사를 하며 눈을 마주치는 찰나, 새로 온 부원장의 행동이 그녀를 당황케 했다. 테이블에 명함 한 장을 올려놓더니 그녀 쪽을 향해 '슥~' 하고 미는 것이었다. 사회생활의 기본이라 할 수 있는 명함 에티켓조차 갖추지 못한 신임 부원장의 모습은 처음부터 그녀에게 좋지 않은 이미지로 남게 되었고, 결국 그녀는 단골 미용실을 다른 곳으로 바꾸어 버렸다고 한다.

이처럼 우리는 비즈니스 매너의 시작이라 할 수 있는 명함 교환에 있어서조차 에티켓을 갖추지 못한 사람들을 자주 목격하게 된다. 공적인 자리에서 지나치게 큰 목소리와 제스처로 명함을 주고받으며 시선을 끈다든지, 테이블 바닥 위에 명함을 놓고 밀어서 전달한다든지, 상대방이 바라보는 시선과 상관없이 거꾸로 명함을 전달한다든지, 받은 명함을 가지고 부채질을 하거나 손장난을 치는 등 상대방에 대한 배려가 결여된 행동을 하는 이들을 말하는 것이다.

우리는 사회 안에서 다양한 사람들을 만나게 되며, 그 사람의 이미지를 통해 판단하고 기억한다. 기본적인 매너를 갖추지 못했거나, 불쾌감을 주는 사람은 자기관리에 실패한 것이라 할 수 있다. 이런 사람은 결국 타인으로부터 선택받지 못하고 점차 도태될 것임은 자명한 이치다.

미국의 심리학자 윌리엄 제임스는 "사고가 바뀌면 행동이 바뀌고, 행동이 바뀌면 습관이 바뀌고, 습관이 바뀌면 인격이 바뀌고, 인격이 바뀌면 운명이 바뀐다."고 했다. 이는 곧 스스로를 관리하는 것을 의미하며, 관리를 잘한다는 것은 부족한 부분을 지적하는 것이 아니라 체계적인 해결방안을 제시하고 실천 여부를 확인하는 것이다. 이것이 바로 이미지 브랜딩을 위한 디테일한 관리인 것이다.

그렇다면 당신은 스스로 태도를 잘 관리하고 있는가? 자신의 약점을 보완하여 강점으로 전환시키는 디테일한 자기관리로 삶의 궤도를 업그레이드하기 위해 노력하며 실천하는 삶이야말로 이미지 브랜딩의 시발점이 될 것이다.

02

미지의 세계로 인도하는 이미지 세상, 상상하라!

인식의 순간!
흔들리는 내 삶은 새로운 나를 깨우는 신호인지도 모른다.

– 윤혜경 –

이미지란 마음속에 그려지는 사물의 감각적인 영상, 심상으로 풀이할 수 있는데, 현시대에서는 자기 자신의 가치를 나타내는 브랜드로 대변된다. 이미지를 브랜딩한다는 것은 자신만이 가지고 있는 개성, 참 자아를 발견하는 데서 시작한다. 이어 타인이 나를 바라보는 객관적 자아와의 인식의 차이를 좁히고, 궁극적으로는 현실의 자아를 이상적 자아로 끌어올리는 과정인 것이다.

저명한 심리학자들의 학설이 아니더라도, 우리는 제일 먼저 시각을 통해서 사물을 인식하게 된다. 길거리를 지나가다 쇼윈도우 앞에 멈칫 멈춰 설 때도 시각을 통해 보게 된 자신의 이미지가 우리의 뇌에 무언가를 전달했기 때문에 멈추어 서게 되는 것이다. 또 길을 걷다가 멋진 풍경이나 새로운 것을 보게 될 때, 반사적으로 고개를 돌리는 행위도 시각이 우리의 인지 능력에 가장 큰 영향력을 행사한다는 증거이다.

이는 우리의 현실뿐 아니라 우리가 익히 잘 알고 있는 신데렐라 동화 속 이야기에서도 잘 나타난다. 신데렐라는 '재투성이 아가씨'란 뜻을 가지고 있는데, 그런 그녀가 왕자의 마음을 사로잡은 데는 마법사가 만들어준 이미지의 변신이 결정적이었다. 무도회에 딱 어울리는 호박마차며 파티에 어울리는 아름다운 드레스와 유리 구두를 준비한 전략적 이미지 메이킹이 있었기에 왕자의 마음을 사로잡을 수 있었던 것이다. 하지만 모든 꾸밈과 치장이 사라지는 12시가 되자 신데렐라는 도망치듯 서둘러 집으로 돌아오게 된다. 보이는 이미지 메이킹만으로는 한계가 있었기 때문이다. 다행히 유리 구두를 매개체로 왕자와 신데렐라는 재회하게 되었고, 비록 보잘 것 없는 신데렐라의 모습이었지만 착한 심성과 같은 내면의 아름다운 본질을 발견했기에 결국 사랑의 결실을 맺을 수 있었던 것이다. 만약 신데렐라가 진정성 없이 표면적인 이미지 메이킹에만 치중했다면 해피엔딩을 기대하기 어려웠을 것이다.

조금은 진부한 이야기로 생각될 수도 있겠지만, 여기에서 우리는 이미지 메이킹에서 더 나아가 반드시 이미지를 브랜딩해야 한다는 교훈을 얻을 수 있음을 간과해서는 안 된다. 본인의 삶 속에서 단편적이고도 일시적인 이미지 메이킹에 집중한 나머지, 본질의 가치에서 먼 진정성 없는 메이킹으로 사신의 삶에 다가오는 수많은 절호의 기회를 펑펑 날려버릴 가능성이 매우 높기 때문이다. 인간의 의사결정이 바로 첫 이미지에서 풍겨 나오는 인상(이미지 메이킹으로 일시적으로 형성된)으로 결정된다고 하더라도, 향후 본질을 바탕으로 한 내면의 진성성과 일치된 외면의 표출이 일관적이고 지속적으로 발현되지 않는다면 이미지 브랜딩 과정으로 절대 나아갈 수 없다.

그러므로 이미지를 브랜딩하는 데 있어 무엇보다 중요한 것은 자기에 대한 이해와 목표를 바탕으로 자신에게 가장 이상적인 이미지를 창출해내는 것이다. 이를 위해서는 반드시 자신에게 어울리는 색과 디자인 그리고 라이프스타일에 대한 이해가 있어야 한다. 단순히 유행만을 따르는 것이 아니라, 자신의 사회적인 이미지에 걸맞은 옷차림과 태도, 매너, 스피치 등을 통해 개개인의 성공적인 업무에 필요한 대외적인 이미지를 지속적으로 만들어가는 과정이 필요한 것이다.

한 사람의 사회적 지위와 역할에 맞은 최상의 이미지를 만들어가는 의도적 변화 과정을 이미지 메이킹이라 한다. 여기에서 중요한 것은 개개인의 PI(Personal Identity)요소가 메이킹을 통해 완벽히 체화되어 자기 것이 되었을 때, 비로소 브랜딩 과정은 시작될 수 있다는 것이다. 메이킹으로 체화된 자신을 보다 자기다운 모습으로 발전시키고, 본질이라는 진정성을 바탕으로 일관성 있게 지속적으로 타인에게 인식시키는 과정이 반복되어 이루어질 때, 비로소 이미지 브랜딩은 가능해지는 것이다.

그러므로 우리는 원하는 이미지를 상상함으로써, 지속적이고 반복적인 브랜딩을 통해 자신의 외적 이미지를 강화시키고, 긍정적인 내적 이미지를 한 차원 높은 곳으로 끌어올리는 시너지 효과를 기대할 수 있다. 본래 이미지 브랜딩의 궁극적 목표는, 미처 인식하지 못하고 살았던 자신의 무의식 속 세계를 의식의 세계로 전환시킴으로써 자신과 타인을 설득하는 과정이기 때문이다. 더 나아가 자신에게 온 기회를 놓치지 않고 매력과 신뢰를 갖추기 위한 모든 노력의 결정체라 할 수 있다. 따라서 이미지란 상상을 통해 발현되기 시작하며, 의식의 세계에서 빛을 발할 때 자신이 원하는 최상의 이미지 브랜딩이 가능해 지는 것이다. 결국 의식을 통해 변환된 자기 고유의 이미지를 갖추는 것은 비즈니스에서 매우 중요하다. 남과 다른 탁월함으로 무장된 개개인의 퍼스널 이미지가 MBA보다 더 중요하다는 사실 또한 기업에서조차도 인정하고 있음을 절대 간과해서는 안 된다.

그렇다면 과연 나는 현재 어떤 모습을 하고 있으며, 타인이 느끼는 나는 어떤 모습인지 체크를 해보도록 하자.

이미지 지수 체크리스트

1. 나의 매력을 30초 안에 5가지 이상 쓸 수 있다.
2. 나에게 어울리는 이미지를 잘 알고 있다.
3. 나의 신체치수를 정확히 알고 있다.
4. 때와 장소, 상황에 따라 옷을 입을 수 있다.
5. 나만의 스타일이 있다.
6. 내 체형을 보완하는 패션스타일을 알고 있다.
7. 옷을 계획, 구매한다.
8. 나에게 어울리는 헤어스타일을 잘 알고 있다.
9. 탈모 예방을 위해 노력하고 있다.
10. 매너 있고 예의 바르다는 이야기를 자주 듣는다.
11. 나를 돋보이게 하는 색을 확실히 알고 있다.
12. 표정이 환하다는 이야기를 자주 듣는다.
13. 나는 좋은 이미지를 위해 과감한 변신도 두렵지 않다.
14. 나는 항상 허리를 쭉 펴고 바른 자세를 유지한다.
15. 나는 유머감각이 있다.
16. 나는 미래의 목표를 위해 한 시간 이상 투자한다.

17. 나는 대화 시 소재가 풍부해서 어디서나 적합한 대화를 한다.

18. 나는 말하는 것보다 상대의 말을 경청해 듣는 편이다.

19. 나는 상대의 마음을 잘 파악하고 배려하려고 노력한다.

20. 나는 내면의 성향을 정확히 분석하고 있다.

이미지 지수 체크리스트 결과

18~20점은 최상의 이미지!! 당신은 이미 이미지 브랜딩 전문가

14~17점은 좋은 이미지이지만, 조금만 더 노력하면 최상의 이미지를 가질 수 있다.

10~13점은 부족한 부분을 찾아 노력이 필요하다.

9점 이하는 전문가의 도움이 필요하니, 좀 더 노력해야 한다.

■ 나의 내적 이미지, 나는 누구인가?(내 안의 브랜딩-나는 '아무나'가 아니다)

나는 어떠한 순간에도 길을 잃지 않는다.
내 삶의 목적을 분명히 알고 있기 때문이다.

– 윤혜경 –

'나는 누구인가?' 『퍼스널 이미지 브랜딩』을 집필하면서 가장 먼저 시작한 질문이었다. '네가 나를 모르는데, 난들 너를 알겠느냐?' '타타타[3]' 라는 노래에서 흘러나오는 이 가사는 어쩌면 내가 늘 궁금

증처럼 안고 사는 삶의 물음표였는지도 모르겠다. 이 노래의 가사처럼 우리 인간은 저마다 서로 다른 인격체이며 각자 다른 삶을 살아간다. 나라는 존재는 '아무나'가 아닌 세상에 오직 단 하나뿐인 소중한 객체인 것이다. 이를 인식하고 나에 대한 올바른 이해를 바탕으로 미래를 설계하고 실천하는 삶, 이것이 바로 브랜딩의 핵심이라고 강조하고 싶다.

3) 이 노래의 제목은 산스크리스트어 '타타타'에서 유래했으며, 불교용어로는 여여(如如)라 한다. 우주만유의 본체 또는 있는 그대로의 진실한 모습을 뜻한다.

하지만 진정한 나를 찾는다는 것은 결코 쉬운 일이 아니다. 누군가가 대신해줄 수 있는 것이 아니요, 수학 문제처럼 명쾌한 정답이 있는 것도 아니다. 때문에 너무도 많은 사람들이 나에 대한 성찰 없이 인생을 허비하고 있는가 하면, 인생의 마지막 순간까지 이를 깨닫지 못하는 이들도 많다.

나의 경우에도 꽤 오랜 방황을 거쳐 깨달음을 얻을 수 있었다. 나의 경험담이 자아를 찾는 과정에 있어 하나의 힌트가 되었으면 하는 바램으로 나 개인이 살아온 인생과 삶의 목적을 깨닫게 되는 과정을 소개할까 한다.

나는 대학 졸업 후 항공사 승무원 생활을 했다. 가부장적인 아버지 밑에서 엄격하게 자라던 나는 어릴 때부터 자유에 대한 갈망이 있었던 것 같다. 그래서인지 아주 어릴 적부터 잠이 들면 하늘로 비상하는 꿈을 자주 꾸었었다. 끝없는 초원을 달리다가 어느새 가속도로 힘차게 날아올라 지상의 아름다움을 맘껏 느끼고 뿜어내는 역동적인 꿈을 말이다. 막연하지만 항상 하늘을 날고 싶다는 생각을 하며 살았고, 결국 난 상공에서 일하는 직업을 선택하게 되었다. 그저 취업 과정에서 어릴 적 꿈을 이뤄내기라도 하듯 자연스럽게 선택한 직업이었지만, 나는 그 일을 하는 동안 내내 행복하다는 생각이 들지 않았다. 많은 사람들이 선호하는 직업군에 몸담고 있었지만, 규율과 통제 속에서 일사분란하게 행해져야 하는 업무에 몸은 힘들었고 오히려 자유에 대한 갈증은 더 심해졌다.

결국 난 직업적 가치는 자신에게 달려 있으며, 아무리 좋은 직업이라도 선택한 직업의 가치를 스스로 소중히 여기지 않는다면 진정한 프로가 아닌 지극히 평범한 아마추어에 지나지 않는다는 것을 그제야 깨달았다. 그렇게 가까스로 2년 6개월 만에 승무원직을 그만뒀고, 더 넓은 세상에서 더 많은 경험을 하고 싶은 꿈이 있었기에 나를 찾기 위한 여정은 다시 시작되었다.

지상으로 내려오면서 모 영어 교육기관에서 교육연수 프로그램을 기획하고 진행하는 일을 시작했고, 신입사원과 교사 교육을 담당하면서 교육계에 발을 디디는 계기가 됐다. 그렇게 지내다보니 또 다시 더 넓은 세상에 대한 열망이 생겼고, 결국 미국 워싱턴D.C에 위치한 한 호텔과의 인터뷰에 통과되면서 본격적인 외국생활이 시작되었다.

업무적으로는 호텔 서비스 분야에 대한 다양한 경험을 하였으며, 승무원 시절 느껴보지 못한 보다 성숙한 형태의 서비스를 눈으로 바라보고 또 실천하게 된 계기가 되었다. 더 나아가 선진국의 다양한 시스템 속에서 성장한 사람들의 타인을 대할 때의 여유 있는 태도와 행동 그리고 그들의 세련된 매너에 매료되기 시작했다. 비록 2년간의 짧은 시간이었지만, 확장된 공간으로 나아감으로서 보다 '특별한 나'를 만나고 '새로운 나'로 발돋움하는 그야말로 내 인생의 터닝포인트가 되는 중요한 계기이자 소중한 시간이었다.

약 2년간의 미국 생활을 마치고 한국에 돌아왔을 때는 CS(Customer Satisfaction) 관련 및 컨벤션 분야 등 그야말로 여러 분야에서 수많은 러브콜을 받았고, 대기업 연수 프로그램과 같은 프로젝트에 다양한 형태로 참여하는 기회를 갖게 되었다. 그러나 여기서도 100% 만족할 수는 없었다. 경험이나 나이에서 프로젝트를 원활하게 진행할 만큼의 역량이 부족하다는 생각도 들었고, 무엇보다 내가 추구하는 일의 방향과 의지를 어딘가에 소속되어 구속받고 싶지는 않았다.

그 후 우연한 자리에서 만들어진 요청에 의해 영어 관련 아카데미에서 강사로 또 교수부장으로 활동을 했다. 아카데미 규모가 크다 보니 학부모들을 대상으로 설명회를 진행하는 기회가 많았는데, 이 역시 무대 앞에서 마이크를 드는 일이었다. 그렇게 쌓아온 다양한 경험들을 토대로 좀 더 넓은 세상 밖으로 나와야겠다는 생각이 들었고, 마침내 서비스와 교육 의전 등 관련 분야에서 활동한 여러 연결점들을 통해 서서히 기업 강의를 시작하게 됐다. 이는 곧 글로벌 매너, 커뮤니케이션, 리더십, CS, 이미지 메이킹 등 다양한 부분들에 대해 강의를 할 수 있는 시발점이자 원동력이 된 것이다.

그 이후 나는 공·사기업과 대학을 비롯해 각종 CEO 과정 학부모 및 연수원 강의 등 비교적 넓은 분야에서 강의를 하였으며, '펀이미지케이터' 란 닉네임으로 활동하며 교육 및 컨설팅 부문을 접목해 지금의 펀이미지케이션스를 설립했다.

펀이미지케이션스는 '펀(Fun)', '이미지(Image)', '커뮤니케이션(Communication)' 의 합성어다. 인간의 행복한 삶, 그리고 성공하는 삶을 살아가는 데 있어서 가장 중요한 요소가 '펀' 이라는 나의 지론을 토대로 만든 사명이다.

이러한 '펀(Fun)' 지론을 바탕으로 교육에서 더 나아가 세미나 및 파티 등을 기획하고 진행할 기회를 만들어 내기 시작했다. 그렇게 다양한 활동을 통해서 성장이라는 이름으로 확장되어가는 나를 발견하며, 나 스스로가 얼마나 소중하고 가치 넘치는 사람인지 자각하게 되었다. 여러 사람들과의 연결고리 안에서 의미와 가치가 함께하는 다양한 일을 경험하면서 타인에게 기쁨을 주고, 보다 긍정적인 영향력을 발휘할 수 있는 '난 제법 괜찮은 사람이구나' 라는 생각을 갖게 되자 매사가 즐겁고 행복하게 느껴졌다.

무엇보다 한 사람의 이미지를 분석하고 변화를 이끌어가는 과정은 내 삶에 중요한 의미이자 원동력이 되었다. 그것은 곧 한 사람의 삶에 지대한 영향력을 발휘함으로써, 그들 개개인의 성장이라는 이름과 함께 성공에 가까이 가도록 돕는 매우 가치 넘치는 일이기 때문이다.

또한 나를 필요로 하거나 나와 생각이 통하는 사람들과 만나고 소통하며 의미와 가치가 함께하는 일을 도모하는 과정에서 과거 어느 때보다 만족스럽고 의욕적인 모습의 나를 발견할 수 있었다. 과거에 내 직업을 이행하면서 즐겁고 행복하지 않다고 느꼈던 것은, 내가 무엇을 좋아하는지 또 무엇을 잘 할 수 있는지 등 나에 대한 이해가 부족했었기 때문이었다는 것을 비로소 알게 된 것이다.

결국, 이걸 깨닫지 못하면 다음 단계로 나아가기 어렵다. 내가 하는 일이 즐겁지 않으면 일의 능률이 오르지 않고, 사람들에게 인정받기 어려울 수밖에 없으며, 하기 싫은 일을 억지로 하는 악순환이 반복된다. 그런데 슬프게도 대부분의 사람들이 그렇게 살아가고 있다.

그러므로 나라는 존재는 '아무나' 가 아니며 단편적이고 정의된 나를 발견하는 게 아닌, 실질적으로 내 장점을 극대화하기 위해 나를 찾아야 함을 강조하고 싶다. 그러려면 내가 가지고 있는 자산 안에서 내가 좋아하고 잘하는 일을 함으로써 진정한 나를 찾아가는 과정이 필요하다. 그래야만 진정성 있는 나를 만들 수 있는 것이다.

어렵고 복잡하다고 생각할 필요 없다. 우리는 주변에서 작고 사소하다고 생각되는 일이라도 그 일에 대해 프로가 된 사람들을 볼 수 있다. 예를 들어 빌딩에서 청소하는 직업을 가진 A라는 여성이 있다. 그녀는 매사에 늘 표정이 밝고 그 누구를 만나든 항상 사람들에게 먼저 인사를 건넨다. "좋은 하루 되세요~", "오늘은 옷차림이 보는 사람으로 하여금 시원하게 하네요~.", "사무실 깨끗하게 청소해 놓았으니 오늘 하시는 일도 시원하게 잘 풀릴 겁니다." 등 습관처럼 이어지는 그녀의 언행은 노동으로 지친 상황에서도 늘 한결같은 모습에 그녀를 만나는 아침이 타인마저도 즐겁게 만들어주는 유쾌한 하루의 시작이 되는 것이다.

즐겁게 일하는 사람은 눈빛과 말을 건넬 때의 태도에서 그 사람의 내면이 고스란히 드러나게 마련이다. 이렇게 지휘고하를 막론하고 자기 일에 만족도가 높은 사람은 다른 사람에게 긍정적인 에너지를 전파하며, 이런 사람은 반드시 타인으로부터 선택된다. 바로 선순환 과정의 시작인 것이다. 이것이 바로 브랜딩이며, 브랜딩이 가진 힘이다.

어떤 사람이 지닌 차별점이란 완벽하게 체화된 일, 그것이 일 속에서 발현되고 늘 일관적으로 유지하는 자세를 갖추는 것, 그럼으로써 누군가는 그것을 기억하고 다시 찾게 되는 요인이 되는 것이다. 그것이 바로 브랜딩의 출발점이며, 각자의 직업적인 부분을 떠나 내가 하고 있는 일 안에서 얼마나 빛나는 사람이 될 수 있는지의 관점에서 출발한다고 할 수 있다.

세상에서 가장 나를 잘 알고 있는 사람은 누구일까? 분명 우리는 나 자신일 것이라고 말할 것이다. 과연 그럴까? 다음의 질문을 통해서 스스로에 대해 얼마나 알고 있는지 알아보자.

나를 알기 위한 질문

- **나의 강점은 무엇인가?**
- **그 강점은 경쟁자 대비 어떠한 차별적 우위요소가 있는가?**
- **나의 경쟁자는 누구인가?**
- **내가 경쟁하고자 하는 시장은 어디인가?**
- **나의 현재적 · 잠재적 고객은 누구인가?**
- **나는 나의 고객에게 무엇을 판매하고자 하는가?**
- **그것을 위한 차별화된 강점과 경쟁 우위적 요소는 무엇인가?**
- **내 삶의 목표는 무엇이며, 그 목표를 향해 달성하고자 하는 비전은 무엇인가?**
- **나의 인생을 지속적이고 일관되게 끌고가고자 하는 사명은 무엇인가?**

'나를 어떻게 이미지화해서 마케팅하고 브랜딩할 것인가?' 라는 화두는 브랜딩의 관점으로 프로세스를 풀되, '나' 에 관한 자기인식을 기본으로 해야 한다. 나는 남이 될 수 없으며, 남이 바라는 인생도 내 것이 아니다. 남이 주는 생각도 내 생각이 아니기 때문이다.

그러므로 '내 생각의 원천은 무엇인가?', '내가 하는 행동의 이유는 무엇인가?' 와 같은 질문과 자기인식을 통해 나다운 나를 발견할 수 있는 것이다. 이런 과정 속에 내가 대면하고 싶지 않았던 무의식 또는 잠재의식 속에서 잠시 잊고 있었던 긍정적이거나 부정적인 사건들과 마주해야 할 수도 있다. 하지만 자기인식, 자기대면, 자기에 대한 이해 없이 툴에 의지한 방법론만 내세우거나 액션만을 취해야 한다면, 얼마 지나지 않아 우리는 다시 제자리로 돌아가 똑같은 질문을 던져야 할지도 모른다. 이는 바로 앞 장(이미지는 메이킹하는 것이 아니다. 정체성부터 찾아라!)에서도 언급했듯 이미지를 메이킹하는 데에만 집중했을 때 발생하는 문제점이다.

이에 '나는 누구인가?' 라는 질문에 정체성을 논하기에 앞서 우리는 자신의 내면에 대한 이야기를 많이 한다. 결국 나만의 정체성을 찾고 브랜딩을 한다는 것은 내면의 가치를 외면으로 보여주는 퍼스널 이미지 브랜딩의 의미와 일맥상통한다고 볼 수 있다.

■ 나의 외적 이미지, 나는 어떻게 보이고 있는가?

'대체할 수 없는 사람이 되려면 늘 남달라야 한다.' 라고
말했던 코코샤넬의 삶처럼,
브랜딩의 출발엔 반드시 유니크함이 존재해야 한다.
그렇다면 당신은 자신을 브랜딩하는 데 필요한 자신만의
차별화된 무기를 갖추고 있는가?

– 윤혜경 –

수년 전 지방에 사는 20대 초반의 남성 B씨를 컨설팅한 적이 있다. 꿈이 바리스타였던 그는 아르바이트하며 돈을 모아 서울로 올라왔다. 자신이 가지고 있는 외면적인 이미지를 바꿔보겠다는 생각에서 나를 찾아온 것이었다. 나는 그의 첫인상에서 느껴지는 외형적인 느낌과 행동 패턴을 주시하며 이미지를 분석하고 현재의 상태를 진단하였다. 이후 분석에 따른 세세한 코칭과 더불어 퍼스널 쇼퍼[4]에 이르기까지 외형적 메이킹 형태의 컨설팅을 진행했다. 이후 일상으로 돌아간 후 그가 해준 피드백은 "어떻게 하면 사람들에게 호감을 줄 수 있는지를 터득하고 나니, 인생이 즐겁고, 스스로가 행복하니 다른 사람을 대하는 태도도 변하더라."는 것이었다.

4) 고객의 직업, 나이, 체형, 구매성향, 스타일, 경제수준 등을 종합적으로 파악하여 고객에게 가장 적합한 상품을 추천하는 컨설턴트.

흔히 외모는 타고나는 것이라 생각하지만, 노력 여하에 따라 외적

이미지도 얼마든지 긍정적으로 변화시킬 수 있다는 것을 고객 스스로 터득하게 된 의미 있는 과정이었다. 그 후 그는 보다 경쟁력 있는 차별화된 이미지를 구축하기 위해서 무엇보다 자기에 대한 이해를 바탕이 되어야 함을 깨닫기 시작했다. 내면의 가치를 인지하고 무의식을 의식의 세계로 전환함으로써 이미지 메이킹으로 체득화된 자신을 보다 구체적이고 발전된 이미지로 브랜딩하고 싶다면서 이미지 컨설팅 심화과정에 입문하고 싶음을 표명해왔다. 이는 컨설팅을 통해 한 개인의 삶의 디자인을 변화시킨 전문가로서 너무나 보람 있는 순간이 아닐 수 없었다.

결국 사람이든 일이든 관계의 지속 여부는 첫 만남에서 호감의 이미지를 전달할 수 있는가 혹은 없는가에 따라 결정된다. 이 때문에 '상대방에게 어떠한 이미지를 심어줄 것인가'는 아주 중요한 관건이다.

이미지는 옷과 헤어스타일과 같은 외형적인 것에 국한되는 것이 아니다. 특히 말하는 태도와 행동, 그리고 제스처와 같은 비언어 커뮤니케이션이 큰 영향을 끼친다. 점쟁이가 아닌 이상 인간에게는 독심술이 없기 때문에 표정, 말투, 옷차림 등 겉으로 보이는 것들을 기반으로 타인을 판단하기 때문이다.

다른 사람들이 나를 평가하는 방식도 비슷하다. 남에게 엄격하면서도 정작 자신에게는 관대한 사람들이 많다. 내가 가진 가치를 타인이 애써 알아줄 것이라고 절대 착각해서는 안 된다. 내가 보여주는 만큼만 상대는 나를 판단하게 된다. 남들이 나를 알아주지 않는다고 투덜거리지도 말아라. 당신이 딱 그만큼만 보여주었기에 그런 것이다.

호감에 있어서 기본이자 핵심은 '표정'과 '시선'이다. 외모적인 요소도 도움이 되겠지만, 미소 짓는 표정과 눈 맞춤이 한 사람의 전체 이미지로 남는 경우가 많다. 그래서 처음에는 인위적일지라도 미소 짓는 표정과 상대를 향한 시선의 높이를 삼각구도로 정확히 맞춰주는 것이 매우 중요하다. 호감 가는 미소와 시선처리는 자신을 반짝반짝 빛나게 하는 행동의 미학이자 이미지 브랜딩의 첫 출발이다.

모 기업의 면접관을 대상으로 한 설문조사에 따르면, 지원자를 뽑을 때 기피하는 지원자의 표정을 묻는 질문에 자신감이 없어 보이는 인상(25.1%), 우울한 인상(15.1%), 무표정(14.4%), 날카로운 인상(12.9%), 험상궂거나 무서운 인상(9.8%), 얼굴빛이 좋지 않은 사람(4.5%), 눈빛이 흐린 지원자(4%) 순으로 답했다고 한다. 이런 표정을 짓는 사람은 누구에게도 호감을 주기 어렵다. 내면에 긍정적인 에너지를 품고 밝은 생각으로 스스로를 대하면 타인들도 당신의 인상을 좋게 바라볼 것이란 점을 명심하자.

시선과 눈맞춤만으로도 공감을 표현할 수 있고, 상대방을 응시하는 와중에 동공에서는 우리의 감정이 나타난다. 말투와 걸음걸이 또한 신체 양식의 일부분이다. 옷처럼 입고 벗을 수 있는 것이 아니다. 내면에서 흘러나오는 것이다. 옷을 고르는 일 역시 자신의 몸뿐 아니라 마음을 표현하는 일이다, 그것은 곧 자신의 취향을 고스란히 표현하기 때문이다.

사람의 성격은 얼굴에서 나타나고,
사람의 생활은 체형에서 나타나며,
사람의 본심은 태도에서 나타나고,
사람의 감정은 음성에서 나타난다.

결국 표정, 손짓, 눈빛, 태도, 패션, 대화법에 이르기까지 모든 것이 합일되어 한 사람의 이미지로 구현되어지는 것이다.

그러므로 이런 외적인 요소를 추구하는 작업은 나 자신을 가꾸는 일에 소홀하지 않는 자기 배려의 일환이며, 궁극적으로 타인에게 호감을 줄 수 있도록 하기 위함이다. 이것은 곧 내가 보기에는 완벽하지만 무엇보다 타인에게 불쾌감을 주지 않도록 하는 타인에 대한 배려임을 나타내는 아주 중요한 메시지인 것이다.

■ 나의 사회적 이미지, 나는 어떻게 보이고 싶은가?

절대 이길 수 없는 게임은 그만하라.
비교 게임에선 늘 지게 돼 있다.

비교는 자기 회의감을 확대시키는 것 외에 다른 기능이 없다.
비교는 절대 우리에게 도움을 주지 못한다.

심지어 우리 삶에 가치를 더해주지도 못한다.
오히려 우리에게서 행복과 충만감을 앗아간다.

우리가 스스로를 비교해야 하는 건 단 하나,
과거의 나와 지금 내가 할 수 있는 일 뿐이다.

그럴 때 비로소 당신은 성공할 수 있다.

– 엘렌 스테인 주니어의 '승리하는 습관' 에서 –

우리가 진정한 자신을 찾고, 그 속에서 승리하기 위해서는 타인과 비교하지 말고 타인의 평가에도 연연하지 말아야 한다. 삶에서든 사업에서든 우리는 다른 누구와 경쟁하는 것이 아니다. 늘 자신과 경쟁하는 것이다. 남과 경쟁하는 대신 어제의 나와 경쟁하고, 나의 잠재력과 나의 현실을 비교하면서 조금씩 앞으로 나아가는 경주를 계속해야 한다.

나아가 내가 선택한 삶 속에서 어떻게 보이면 훨씬 더 나은 이미지를 보여줄 수 있을지 고민하는 과정은 매우 중요하다. 스스로를 제일 잘 아는 것은 나 자신이라고 착각하기 쉬우나, 실제로는 자기 자신에 대해 과소평가하며 의기소침해하거나 이와 반대로 지나치게 자신을 후하게 평가하는 우를 범하기 쉽기 때문이다.

퍼스널 이미지 브랜딩 전략

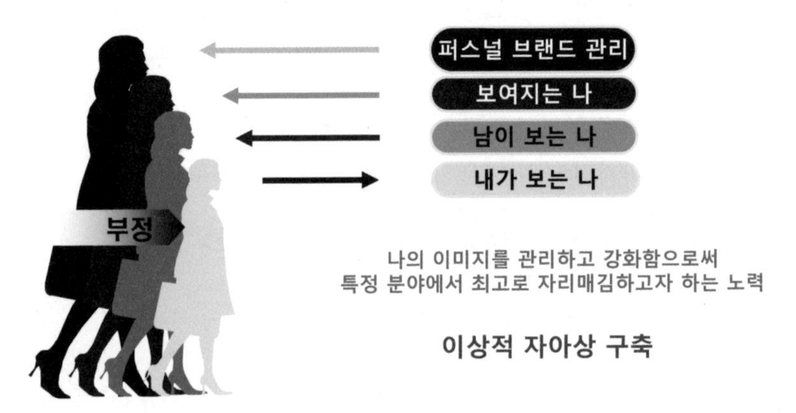

그러므로 스스로를 평가할 때는 나의 이미지를 객관적으로 바라보는 시각이 필요하다. 실제로 내가 보는 나의 모습과 남이 보는 나의 모습 간에는 상당히 차이가 있는 경우가 많다. 이를테면 나 스스로는 행동이 빠르다고 생각하는데 남이 볼 때는 성급해보일 수 있고, 스스로 끈기가 있다고 생각하는 데 반해 남에게는 끈질기다는 느낌을 줄 수 있는 것이다.

이처럼 긍정적으로만 여겨지는 본인의 이미지가 타인에게는 부정적으로 여겨질 수도 있음을 간파하고, 그 갭을 최소화하려는 노력이 더해질 때 자타가 인정하는 퍼스널 브랜드를 형성할 수 있다.

(EXAMPLE) 내가 보는 나의 모습 & 남이 보는 나의 모습

내가 보는 나의 모습	남이 보는 나의 모습
행동이 빠르다	성급하다
끈기가 있다	끈질기다
모든 면에서 적극적이다	너무 끼어드는 경향 있다
좋은 것은 남에게 권한다	남에게 강요한다
잘 들어주는 능력이 있다	자기 주관이 뚜렷하지 못하다
업무에 철두철미하다	시간관리가 부족하다

내가 보는 나의 모습과 남이 보는 나의 모습을 일치시켰을 때, 우리는 기대 이상의 놀라운 효과를 경험할 수 있다. 과거에 필자는 개인병원을 운영하는 한 의사로부터 병원 서비스 디자인 요청을 받은 적이 있다. 병원 운영에 최선을 다하고 있고, 무슨 문제가 있는지 도통 모르겠으나 매출이 만족스럽지 않다는 것이었다. 이에 나는 병원을 방문해 전체적인 운영 실태를 훑어보고 직접 환자가 되어 입실부터 퇴실까지 모든 과정을 경험했다. 이때까진 특별한 문제점이 발견

되지 않았다.

다음으로 의사가 환자를 대하는 것을 모니터링 했는데, 바로 여기에 문제가 있었다. 환자를 대할 때 눈을 마주치지 않고 자기 할 말 위주로 한다든지, 자신이 환자보다 윗사람인 듯한 말투와 행동이 포착된 것이다. 그래서 의사에게 특별한 처방을 내렸다. 환자가 진료실에 들어왔을 때 무조건 자리에서 일어나 정중하게 인사할 것, 처음 방문한 환자에게는 "오늘 처음 오셨죠? 내원해 주셔서 감사합니다."란 인사와 함께 명함을 줄 것을 요구했다. 이후 그 의사는 내 처방을 그대로 따랐고, 결과는 대성공이었다. 의사의 고객은 환자다. 병원을 찾아준 고객을 정성스럽게 맞이하는 행위는 곧 타인을 존중하는 일이자 자신의 인격을 높이는 일이다. 그 기본을 잊지 않고 실행에 옮긴 결과, 얼마 지나지 않아 의사의 친절이 입소문을 타기 시작했고, 병원 매출이 2배로 늘어났다는 말을 전해 들었다. 내 일처럼 기쁜 마음을 감출 수 없었다.

이처럼 자신의 사회적 상황에 맞는 이미지를 효과적으로 어필하기 위해서는 나름의 목적이 있어야 한다. 내가 생각하는 사람처럼 보이기 위해서는 그에 합당한 옷을 입고 말하고 행동하는 노력이 필요하다.

예를 들어, 상대에게 진중한 이미지를 보여주고 싶다면, 평상시보다 한 톤 다운된 컬러의 옷을 입고 말은 조금 낮고 느리게 메이킹을 하면 좋다. 또한 친구 같은 리더가 되고 싶다면, 넥타이를 벗어 던지고 밝은 컬러의 캐주얼한 옷을 입으면 어떨까? 어떤 느낌으로 연출할 것인가, 어떤 대화를 이끌어 낼 것인가는 결국 내가 만나는 사람의 특징 혹은 약속 장소의 분위기 등이 어떠한가를 항상 생각하는 습관과 노력이 필요한 이유다.

■ 나의 시선은 어디에 머물러 있는가? 확장된 나로 성장하라!

'노를 젓다가 노를 놓쳐버렸다. 비로소 넓은 물을 보았다.'

고은 선생의 시(詩)처럼 우리는 인생이라는 바다에서 노를 저으며 하루하루를 항해한다. 각자의 목표를 가지고 열심히 노를 젓다 보면, 우리 주변에 얼마나 놀라운 넓은 물이 펼쳐져 있는지 잘 알지 못한 채 사는 경우가 많다. 이를 두고 흔히 '우물 안 개구리' 라고 표현하지 않는가.

단순히 지금의 나로 머무를 것인지, 아니면 더 넓은 세상에서 나와 다른 환경에서 사는 사람들을 접촉하면서 새로운 세상을 만날 것인지 고민해보라. 부딪힐수록 더 크게 존재하는 게 삶이다. 평화로운 안식에서 벗어나 더 큰 문을 열고 들어갔을 때, 예상치 못한 새로운 세상이 펼쳐진다.

'확장된 나'로 성장하는 길은 나의 의지와 선택에 달려 있다. 내가 남들에게 보여주는 태도나 행동, 관계 속에서 새로운 길이 열리기 때문이다. 관계가 확장될수록 내가 성장할 수 있는 가능성은 커진다. 불과 하루 전 만해도 남이었던 사람과의 새로운 관계 속에 서로 윈윈(Win-Win)할 수 있는 가능성이 무궁무진하게 펼쳐질 수 있는 것이다.

확장된 나로 성장하기 위해서는 우선 직접적인 경험을 통해 매력적인 동기를 발견할 필요가 있다. 새로운 무언가를 배우고 습득하려면, 우리는 동호회나 최고위 과정 혹은 커뮤니티 등 자신이 원하는 환경을 조사하고 스스로 찾아가게 된다. 그 속의 사람들은 어떤 모습으로 살고 있는지 보고 느낌으로써 동기 부여가 되는 것이다. 새로운 일에 동기가 강하게 부여되다 보면, 본업보다 더 열의를 기울이게 되는 경우도 흔하게 목격할 수 있다.

일례로, 살사를 배우기 위해 내가 어떠한 과정을 거쳐야 할지 생각해 보자. 내가 살사를 배우고 싶은 사람 혹은 집단을 찾아가 새로운 도전을 하게 될 것이고, 이 도전은 확장된 나로 나아가는 방법이 된다. '또 다른 나'란 전혀 다른 내가 아니라, 내가 꿈꾸는 나를 다른 형태로 선택할 수 있다는 것을 의미한다. 이것은 도전 속에서 새로운 환경을 접하면서 점차 느끼게 되는 사실이며, 경험하지 않으면 알 수 없는 것이다.

도전 속에 보상을 설계하고 책임을 부여하면 더욱 효과적이다. '살사를 잘 추게 되면 신나는 파티를 열어야지.' 같은 보상 설계나 '선생님이 열정을 다해 가르쳐주시니 레슨을 거르지 말아야지.' 같은 책임감 부여는 나의 선택을 포기하지 않고 나아갈 수 있는 밑거름이 되며, 보다 빠르게 나를 확장시키는 데에도 도움이 된다.

확장된 나로 나아가는 또 다른 방법은 동료집단의 사회적 힘을 이용하는 것이다. 동료집단에 나의 목표를 알리고 도움을 요청하면, 보다 쉽고 빠르게 스스로가 원하는 모습으로 발전할 수 있게 된다. 또한 내가 생각지도 못한 사이에 사회적 네트워크가 힘을 발휘해 나의 든든한 지원군이 될 수도 있고, 다수의 사람들에게 나의 확장 계획과 과정을 알리는 것 자체가 매력적인 동기가 된다.

내가 가진 인적 네트워크가 만들어내는 힘을 이용하는 것도 필수이다. 개개인의 능력치가 다르듯 사회자본으로 형성되는 파워의 중요성을 인지할 필요가 있다. 혹시 '250명의 법칙'이란 말을 들어본 적 있는가. 판매왕 조 지라드가 발견한 1인당 인간관계의 범위를 말한다. 즉, 한 사람이 사귀고 있는 인간관계의 범위가 250명이라는 것이다. 따라서 한 사람이라도 소홀하지 말고 250명을 대하듯 정성을 다하는 것이 인간관계에서 성공하는 비결이다.

자고로 '스치기만 해도 인연'이라고 했다. 그런데 스스로 그걸 놓치고 있지 않은지 반문해 보자. 일반적으로 사람들은 자신이 필요할 때만 연락하는 성향이 있다. 자신과 관련 없거나 당장 필요한 사람이 아니다 싶으면, 그 사람이 연락을 해도 답변조차 하지 않거나 귀찮은 티를 내는 경우가 많다. 인연이라는 것은 우연히 만들어지기도 하지만 스스로 만들어나갈 수도 있는 것이다. 작은 인연을 소중히 여기고 이어가다 보면, 자신도 모르는 놀라운 일들이 생길 수 있음을 명심하자.

현대사회에서는 실생활뿐 아니라 SNS에서의 인맥관리도 필수라 하겠다. SNS 활동을 하다 보면, 우리는 그 속에서 만나는 사람들과 서로 격려하고 밀어주는 모습을 볼 수 있다. 이런 네트워크를 바탕으로 내가 좋은 이미지로 구축이 되었을 때 확장된 나로서 그 공간 안에서 나를 업무적으로 선택하는 누군가를 만날 수 있다. 또 나에게 호감을 지닌 사람이 또 다른 사람을 연결해주는 일석이조의 효과를 기대할 수 있다.

명심할 것은 관계 구축에 앞서, 남들에게 매력적으로 비춰지는 내가 되는 것은 매우 중요하다는 사실이다. 이를 위해 스스로의 한계를 뛰어넘는 연습을 반복하라. 이는 계획된 연습으로도 충분히 가능하다. 처음부터 완벽한 사람은 없다. 반복의 중요성을 스스로 깨우치고 부단히 노력하다보면 저절로 브랜딩이 이뤄진다.

내가 가진 이미지는 끊임없이 지속적으로 비춰지고 있다. 보통 사람들은 내가 어떻게 행동하는지 깨우치지 못하고 있을 뿐이다. 따라서 이미지를 브랜딩하려면 무의식의 세계에서 의식적인 세계로 전환되어야 한다. 스스로의 태도나 행동의 장단점을 알게 되는 순간 비로소 깨어난다. 이를테면 '맞아. 나는 이런 상황에 소심한 면이 있지.' 라는 깨우침이 '그건 좋지 않을 거야. 신경 써서 바꾸도록 노력해야지.' 와 같은 변화를 이끌게 되는 것이다. 이것이 곧 나의 표정부터 태도나 행동을 바꾸는 원동력이 되며, 이런 요소들을 관리하는 것이 바로 이미지 브랜딩이다.

삶의 반전은 누구에게나 올 수 있다.
어떤 계기에 의해서 내가 아닌 나로 새롭게 태어날 수도 있고,
내가 바라보는 방향 그리고 위치에 따라 전혀 다른 세상이
펼쳐지기도 하니까.
주어진 삶에 익숙한 나머지 정체되어 있는 일상은
죽음과도 같다.

옳든 그르든 변화된 삶에 좀 더 겸허해진 나를 마주하며
스스로의 변화와 더욱 성숙해진 나를 인정하는 것만이
나 자신을 더욱 성장시키는 오늘이 될 것임을.
오묘한 컬러의 변화로 눈길을 끈 한 나무가 내게 속삭이고 있다.

– 윤혜경 –

03

퍼스널 이미지 브랜딩 구축의 발전 과정

■ 퍼스널 이미지 '나' 브랜드가 되다

I remain just one thing, and one thing only,
and that is a clown. It places me on a far higher plane
than any politician.

나는 오로지 단 하나, 단 하나의 존재로 남아있으며
그것은 바로 광대다. 광대라는 존재는 나를 그 어떤 정치인보다
더 높은 수준으로 올려놓는다.

– 찰리 채플린 –

타인에 대한 기억은 '이미지'로 형성된다. 사람들은 편견 없이 누군가에 대해 알려고 노력하기보다는 사람을 하나의 이미지로 쉽게 판단하는 경향이 있기 때문이다. 마음속에 긍정적인 이미지로 자리

잡은 사람이라면 그 사람의 대화도 긍정적으로 판단하고, 반대로 부정적인 이미지로 받아들인 사람이라면 그의 대화나 행동 또한 부정적으로 생각하는 경우가 많다. 심지어 그 사람의 혈액형을 물어본 다음 그 혈액형의 일반적인 성격을 그 사람에게 투영하기도 한다. 이렇듯 타인의 이미지가 쉽게 만들어지고 고정되어 버리는 상황을 우리는 현명하게 활용할 필요가 있으며, 그것이 바로 우리가 '퍼스널 이미지 브랜딩'을 배워야 하는 이유다.

'퍼스널 이미지 브랜딩'은 전문성, 진정성, 차별성, 일관성, 지속성 등 5가지 요소를 바탕으로 전개된다. 나의 실력으로 신뢰를 쌓는 것이 전문성이며, 나의 꿈과 함께 시작하는 것이 진정성이다. 그런데 이것이 차별화 되지 않으면 아무 의미가 없다는 점에서 차별성은 브랜딩에 있어 반드시 필요한 요소라 하겠다. 즉, 남과 다른 탁월함으로 자기다움을 완성하는 것, 이런 요소들이 일관성과 지속성을 지니면서 타인에게 인식되기 시작할 때 비로소 이미지가 브랜딩화 되는 것이다.

영화 〈킹스맨〉을 보면 무대가 양복점이고, 주인공들의 멋진 옷차림이 눈길을 사로잡는다. 그런데 이 영화에서는 패션이 아닌 '매너'가 사람을 만든다고 했다. 매너에는 옷차림뿐 아니라 여러 가지 적절한 행동과 언어가 포함되어 있는 것이다.

이것은 바로 내가 이미지를 단순히 메이킹하는 것만으로는 부족하고, 꾸준히 관리하는 브랜딩을 거쳐 자신에게 맞게 체득화해야 한다고 강조하는 이유다. 기존의 이미지 메이킹은 종합적이라기보다 단편적으로 시각이 맞춰져 있기 때문에 시간이 지나면 다시 돌아가기 쉽다.

이미지 메이킹이 단편적이라면 브랜딩은 복합적이다. 단순히 코디나 메이크업 헤어 등 남들에게 시각적으로 보이는 것이 메이킹이라면 브랜딩은 그 사람의 태도, 매너, 인성 등 내면에서 자연스럽게 흘러나오는 것까지 포함하는 개념이다.

브랜드에서 아이덴티티는 출발점이다. 무슨 역할을 하고 어떤 의미를 주느냐는 것은 '브랜드가 소비자에게 주는 가치' 가 되며, 궁극적으로는 브랜드가 세상에 있어야 하는 존재의 이유가 된다. 결국 브랜드의 정체성(Identity)이 되는 것이다. 따라서 브랜드를 개발하거나 육성하려는 모든 과정에서 제일 먼저 시작해야 할 출발점이 되어야 하는 것은 바로 브랜드의 정체성을 정립하는 것이어야 한다. 정체성 정립이 브랜드 전략의 출발점이라는 것이다.

이처럼 브랜드 전략의 핵심은 퍼스널 브랜드에도 그대로 적용된다. 이미지를 탓하기 전에 아이덴티티를 설정해야 된다는 것이다. '되고 싶은 나' 를 명확히 정해 놓고, 보이는 자신의 모습과 현실 속의 자신의 모습에서 자신의 철학과 그에 따른 행동양식을 일관성 있게 도출해내야 하는 것이다. 또한 퍼스널 브랜드 전략을 구사하기 위해서는 퍼스널 아이덴티티(Personal Identity)로서의 PI가 우선 확립되어야 한다.

여기에서 아이덴티티는 세가지 요소로 구성되어 있다. 우선 필로소피(Philosophy)[5]가 핵심이 된다. 브랜드가 주는 가치 그리고 소비자들이 그 브랜드하면 떠 올리게 되는 한 단어가 바로 그것이다. 그리고 주창하는 필로소피를 납득시킬 수 있는 키 이네이블러스(Key Enablers)[6]가 있다. 아무리 좋은 말을 필로소피로 삼는다 하더라도 그것을 당당히 얘기할 이유가 분명하지 않다면 듣는 사람의 마음을 울릴 수 없기 때문이다. 마지막으로 나만의 독특함을 이야기해 주는 키 디퍼런시에이터(Key Differentiators)[7]가 있어야 한다. 흔히 차별화라는 말에 집착해서 이 부분만을 우선시하는 경향이 있지만, 단계를 벗어나 차별화에만 몰두할 경우 튀기는 해도 허울 좋은 껍데기처럼 남는 것이 없게 될 수 있다. 차별화라는 것이 그냥 다르다는 뜻은 절대로 아닌 것이기 때문이다.

5) 직역하면 철학. 여기서는 개인의 세계관 · 인생관을 담은 철학을 의미한다.
6) 핵심 요소나 핵심 도구. 'Key'는 강조의 의미로 사용되었다.
7) 차별화된 요소나 요인. 'Key'는 강조의 의미로 사용되었다

퍼스널 아이덴티티가 설정되고 나면, 설정된 아이덴티티를 효율적으로 전달할 수 있도록 세부적인 요소들을 일관성 있게 통합하는 작업이 뒤따르게 된다. 흔히 개인 이미지 관리를 퍼스널 브랜드의 모든 것이라고 오해하는 사람들이 집착하는 분야가 바로 이것이다.

말하는 방식, 미소 짓는 법, 퍼스널 컬러 찾기 및 옷 입는 요령 등 개인 이미지 관리 차원의 세부요소가 중요하지 않다는 것은 아니다. 하지만 퍼스널 이미지 브랜드를 개인 이미지관리의 차원에서만 접근하다 보면, 핵심을 놓친 채 주변부만 가꾸게 되는 우를 범할 수 있음을 반드시 명심해야 한다.

퍼스널 이미지 브랜드란 다른 경쟁자들과 차별화된 개인의 외적, 기능적 그리고 감성적인 이미지의 총합으로 타인의 인식 속에 자리잡고 있는 특정 이미지를 의미한다. 퍼스널 이미지 브랜드 전략은 나의 내면과 외형적 이미지를 관리하고 강화해서 어떤 특정 분야에서 최고로 자리매김하고자 하는 노력이다.

이 전략 과정에서 우리는 퍼스널 브랜드 네이밍을 위한 질문 세 가지를 스스로에게 던져보아야 한다.

첫째, 당신은 무엇을 하는 사람인가?
둘째, 당신은 어떤 이미지의 사람인가?
셋째, 당신은 어떻게 기억되어지고 싶은가?

결국 퍼스널 브랜드가 된다는 것은 타인으로 하여금 나의 가치를 인정받는다는 의미이며, 내가 선택할 수 있는 폭이 훨씬 넓어진다는 것을 의미한다. 이러한 퍼스널 브랜드를 구축하기 위한 성공전략과 방향성을 담아 낼 수 있는 것이 바로 퍼스널 텍스트북이다. 퍼스널 텍스트북은 내가 선택한 삶을 현실화시키기 위한 전략적 가이드라인이라 할 수 있으며, 내가 선택한 삶을 명확하게 해주는 거울과도 같다. 이러한 퍼스널 텍스트 북은 나의 하루하루를 소비가 아닌 퍼스널 브랜드를 포지셔닝화 할 수 있는 투자의 과정들로서 작용할 수 있게 하는 퍼스널 브랜딩의 구체적 작업이다. 그 과정 안에 가장 중요한 것이 자신의 내적 · 외적 및 사회적 이미지에 대한 정확한 이해에서 출발하는 것이다.

이 책은 퍼스널 이미지 브랜딩 과정의 첫 계발서이기에 스스로 할 수 있는 간단한 방법을 정리해 이야기하겠다. 먼저, '내가 생각하는 나'와 '타인이 생각하는 나'를 구분해 생각해봄으로써 객관적인 나의 이미지가 무엇인지 알도록 노력해보자. 또한 '내가 바라는 나'와 '타인이 바라는 나'를 정립함으로써 이상적인 나의 모습을 찾아가려는 시도도 중요하다. 가급적이면 내가 바라는 나의 브랜드 이미지 등을 구체화시켜 글로 작성할 것을 권한다.

미국의 한 대학 조사 결과에 따르면, 자신의 목표를 글로 적어두었던 3%의 졸업생들이 20년이 지난 뒤, 나머지 97%의 졸업생들이 축적한 재산보다 더 많았다고 한다. 글이 지닌 동기부여의 효과는 상상 이상으로 크다고 할 수 있다. 원하는 이미지를 구체적으로 작성하고 상상하라.

■ 퍼스널 브랜드 정립, 지속적으로 관리하라!

앞서 살펴본 대로, 퍼스널 이미지 브랜딩의 출발은 나 자신을 돌아보는 일이다. 즉, 퍼스널 브랜드는 나에 대한 문제이자 나의 존재 의미와 행복, 성공을 스스로 정의하고 찾아가는 과정의 연속이라 할 수 있다. 더 나아가 자신이 중요하게 생각하는 가치가 무엇인지 또 그 가치를 얼마나 선명하게 타인에게 전달 할 수 있는 지에서 결정이 된다. 그렇다면 퍼스널 브랜드를 정립하기 위해 어떠한 과정을 거쳐야 할 지 보다 구체적으로 알아보자.

가장 먼저 아이덴티티, 그것도 차별적인 아이덴티티를 스스로 정리하고 구축해야 한다. 가능하면 조작되고 의도된 것보다는 자연스럽게 형성된 것이 좋지만, 반드시 그래야만 하는 것은 아니다. 내가 제일 잘하는 강점이 아닌, 내가 가지고 있는 역량 중 경쟁자들이 갖지 못한 차별화된 경쟁 우위 요소를 발견하는 것이 중요하다.

지속적인 관리 역시 필수다. 제품 브랜드와는 달리 퍼스널 브랜드는 스스로 부여하고 스스로 관리해야 하는 유기체적 브랜드임을 잊지 말아야 한다. 따라서 늘 스스로 피드백하고 수정 · 보완하는 자세가 요구된다.

다음으로 업무와의 연관성을 강조해야 한다. '사람은 좋지만…' 이란 식의 반응을 받게 된다면 이것은 실패인 것이다. 특히 업무와 관련된 전문성보다는 업무를 대하는 태도에서 아이덴티티와 연관되는 것이 더 바람직하다. 자신만의 일화를 만들고 의도적으로 전파하는 등 에피소드를 만들어 자신의 트레이드마크로 만드는 것이 매우 중요하다. 이 사람이 어떤 사람인지 설명할 때, 하나의 에피소드만 들려줘도 다른 사람들이 '이 얘기를 들으니 이 사람이 이렇다는 것이 충분히 이해가 된다.' 고 생각하고 수긍하게 만들겠다는 자세로 임해야 한다.

나아가 개인으로서의 '나', 조직원으로서의 '나' 를 퍼스널 브랜드 차원으로 승화시키기 위해서는 퍼스널 아이덴티티의 설정과 전달이 출발점이 된다. 개인의 의도나 취향에 따라 다르겠지만, 사회적 리더를 지향하는 사람들에게는 퍼스널 브랜드 확립이 잘나가는 리더를 위한 퍼스널 브랜드 구축의 첫 단계가 될 수 있다.

현대사회에는 매체의 발달과 시민의식의 형성으로 소비자들이 제품의 브랜드뿐만 아니라 그 제품을 만들어내는 기업과 그 기업에 속한 사람들에게도 관심을 갖게 되었다. 기업인의 윤리는 기업 경영을 위한 라이센스가 되고, 기업의 리더는 제품을 만드는 데 있어 최고의 결정권자로 브랜드 윤리성을 대변한다고 할 수 있다. 이에 따라 리더의 퍼스널 브랜딩에 대한 필요성이 부각되고 있다. 퍼스널 브랜드는 개인적인 차원에서 머물 수 있지만, 리더 브랜드는 궁극적으로 기업실적과 연계될 수밖에 없기 때문에 보다 철저한 구축 과정과 유지 관리가 필요하다 하겠다.

잘 나가는 리더가 되기 위한 퍼스널 브랜드 구축의 **첫 단계는 경력 축적 단계다.** 조직 생활에 처음 나서는 사회인으로서 자신의 퍼스널 브랜드에 대해 고민하고 확립시키는 시기로서, 작은 일이라도 다양한 경험을 쌓고 최소한 기업에 3년 이상은 재직하여 안정성 인식도 획득해야 한다.

두 번째 단계는 업적 창조의 시기다. 이 시기에는 이전 단계와는 다르게, 작지만 다양한 성취보다는 기업의 운용과 연계된 큰 일로 여겨지는 나만의 업적을 남기는 것에 매진해야 한다. 중간관리자에 해당하는 시기가 될 것이다.

세 번째 단계는 리더 브랜드화의 시기다. 이전 단계까지를 성공적으로 지내왔다면, 강력하고 독특한 퍼스널 브랜드는 이미 갖추어진 것이다. 일반적으로 리더로서 브랜드 가치를 지니기 위해서는 '어느 조직에 있어도' 차별화되는 퍼스널 브랜드만으로는 불충분하다. 왜

냐하면 새로 생겨난 조직의 경우를 제외하고는 수많은 훌륭한 사람들이 이전에 리더의 자리를 거쳐 갔기 때문이다. 따라서 리더 브랜드화 단계의 초점은 전임자들과의 유니크함과 차별화가 된다.

네 번째 단계는 브랜드 관리다. 이 단계를 한 마디로 정의한다면, '사람은 참 똑똑한데, 자기관리는 영~ 엉망이야.' 와 같은 얘기를 듣지 않도록 평판을 관리하는 것이라고 할 수 있다. 평판 관리는 언제 어느 곳에서든 선택되는 사람이 되는 매우 지루한 과정이다. 진정성을 바탕으로 꾸준히 일관성 있게 스스로 관리하지 않으면 안 되는 매우 중요한 관리법이라 할 수 있다.

■ 퍼스널 브랜딩의 마지막 길, 평판 관리에 집중하라!

> Branding is what people say about you when you are not in the room.
> 브랜딩이란 당신이 없는 방에서 다른 사람들이 당신에 대해 말하는 것이다.
>
> – 아마존 CEO 제프 베조스 –

국내 연예계에서 소문난 잉꼬부부를 넘어 모범부부로 평판이 자자한 이들이 있으니, 바로 차인표-신애라 부부다. 대한민국 사람이라면 누구나 인정할 정도로 이들의 선행은 널리 알려져 있다. 이들 부부는 사회적 약자를 위한 봉사와 기부 활동, 자선단체 홍보대사 활동, 아동학대방지센터와 고아시설 지원, 빈민국과 북한 어린이 돕기, 자살 예방 활동 등 전방위적인 선행을 펼쳐나가고 있다. 이들이야말로 연기자로서 쌓아 올린 성공과 명성을 가장 아름답게 활용하는 사례가 아닐까?

이들 부부는 슬하에 1남 2녀를 두고 있는데, 장남은 그들 사이에서 태어났고, 딸 두 명은 입양을 해 친딸처럼 정성껏 키우고 있다. 입양에 대한 편견이 있는 사회 속에서 참으로 용기 있고 대단한 선택이 아닐 수 없다.

모 방송에서 차인표는 신애라를 만나 봉사와 배려의 진정한 의미를 알게 되었다고 고백한 바 있다. 처음에는 남을 위한다는 것이 이해가 되지 않았으나 점차 봉사와 배려가 자신의 행복이 되더라는 것이다.

"나는 유흥업소에 가지 않는다. 그 돈이면 쓰레기 더미 안에 있는 아이들을 도와줄 수 있다. 눈에 파리가 알을 낳아도 쫓을 힘이 없는 아이들이다. 내가 번 돈이 이렇게 소중한 일에 쓰이고 있다는 걸 목격했기에 큰돈을 함부로 쓸 수 없게 됐다."

차인표의 이 말은 많은 이들에게 귀감을 주었다.

이렇듯 자타가 공인하는 누군가의 이미지를 '평판'이라고 한다.

평판을 관리하는 것은 나 자신을 가꾸는 일이며, 잘 관리된 평판이 가져다 주는 힘은 실로 막강한 위력을 발휘한다. 반대로 평판을 제대로 관리하지 못하면 사회적 성공을 이루기 어려울 뿐만 아니라, 이뤄낸 성공마저도 한순간에 잃을 수 있다.

우리는 사회 속에서 알게 모르게 이 평판이란 것에 많은 시간과 노력을 할애하고 있다.

"김대리, 이번에 우리 회사 경력직 채용에 지원한 홍ㅇㅇ씨가 자네의 전 회사에 재직 중이던데, 이 사람 좀 어떤가?"

"지영아, 내가 전공과목 프로젝트 조 편성을 해야 하는데 네 친구 조ㅇㅇ하고 같이 하면 어떨 것 같니?"

이런 질문들처럼 조직 혹은 한 사람이 어떤 사람을 선택할지 말지 결정을 내려야 하는 기로에서, 이 사람을 잘 아는 누군가에게 확인을 거치는 경우를 자주 보게 된다. 혹은 다음과 같이 딱히 의도치 않아도 누군가에 대한 주위 사람들의 평가를 듣게 되기도 한다.

"최근에 너희 부서로 전출 간 박과장 있잖아, 그 사람 여성 편력이 아주 화려해. 조심하는 게 좋을 거야."

소비자 성향 리서치 회사인 트렌드모니터의 보고서에 따르면, 조사 대상의 90% 이상이 타인에 대해 보통 이상의 관심도를 보이고 있으며, 과반수 이상이 주변 사람들의 행동에 대한 평가를 하고 있는 것으로 나타났다. 또한 72%가 평판 관리에 대한 중요성을 인식하고 있었으며, 절반 이상이 평판 관리를 위해 주변 사람들의 지적을 수용할 의사를 보였다.

인간은 사회적 동물이다. 생애 전반에 걸쳐 지속적으로 관계를 맺고 유지하며 특정 집단에 소속되고자 한다. 그리고 인간은 단순히 관계를 맺거나 유지하기만을 원하는 것이 아니라, 타인에 의해 인정을 받고 호감 있는 존재가 되고 싶어 한다. 그래서 본인이 남들에게 어떤 모습으로 보이는지에 대해 민감하다. 의식적으로 인식하지 못할 수는 있으나 항상 주변의 평가에 귀를 기울이게 되고 신경을 쓰게 되며, SNS의 댓글이나 '좋아요' 수에 민감하게 반응하기도 한다.

평판과 이미지는 다르다. 이미지는 대상의 특징에 대한 전반적인 평가에 기반을 둔 믿음이라고 할 수 있으며, 비교적 즉각적이기 때문에 단편적이고 쉽게 변화하기도 한다. 반면 평판은 상대적으로 오랜 시간에 걸쳐 형성된 보다 지속적이고 보편적인 평가로 여러 경로를 통해 전파되는 집합적 기억 혹은 공통의 목소리다. 일반적으로 특정 대상에 대한 평판이 형성되고 나면 쉽게 변하지 않고 다수의 구성원들이 받아들인다는 점에서, 신뢰와 호혜성을 바탕으로 하여 사회적 질서에 영향을 주는 요소라고 할 수 있을 것이다.

평판은 관계 형성 및 평가에 상당한 영향력을 행사한다. 누군가와 관계를 형성하고자 할 때 주변의 사람들에게 평판을 확인하곤 한다.

흥미로운 것은 평판의 출처가 확실하지 않은 경우에도 그 영향력을 무시하기 어렵다는 것이다. 예를 들어, 업무 관계로 공동 작업을 수행해야 하는 파트너의 평판을 확인하는 상황을 생각해 보자. 그런데 주위에서 "잘 알지는 못하지만 괜찮은 사람인 것 같던데…." 혹은 "잘 알지는 못하지만 그다지 협조적인 것 같지는 않던데…."라는 말을 들었다고 가정해 보자. 위와 같은 긍정적 혹은 부정적 평가의 영향력은 생각보다 상당하다.

평판은 기업 채용에서도 상당한 영향력을 행사한다. 여러 뉴스 매체를 통해서 확인할 수 있듯이 특히 경력 사원의 채용 과정에서 평판 조회에서 탈락하는 비율이 약 3% 정도라고 한다. 실제 상당수의 대기업에서 헤드헌팅 업체나 평판조회 전문 기업을 통해 채용 대상자들의 평판 조회 보고서를 작성하고 있는 것이 작금의 현실이다.

온라인 커뮤니티의 활성화로 인해 온라인에서의 평판 역시 중요도가 점점 더해가고 있다. 온라인 구매 사이트에서의 평판은 구매 행위에 상당히 큰 영향력을 미친다. 구매자들은 이미 해당 물건을 산 다른 사람들의 평가에 상당 부분 의존하는 모습을 보인다. 또한 온라인에서의 평판은 전파의 속도가 무척 빠르며, 평판을 접하는 대상의 규모도 상당하기 때문에 온라인 평판 관리의 중요성이 점점 증가한다고 할 수 있다.

흔히 우리나라에서 3번만 거치면 모두 아는 사람이라고 한다. 온라인 사회의 발달로 이제 몇 단계만 거치면 전세계 대부분의 사람들과도 연결될 수 있을 것이다. 이렇게 많은 사람들이 관계를 형성하기 시작할 때 평판에 의존한다는 점에서 평판은 관계의 시작이자 끝이라고 할 수 있을 것이다. 또한 타인과의 관계 형성 과정에서 본인에 대한 평판이 형성 및 발전된다는 점에서 평판은 관계의 결과라고도 할 수 있다. 관계에서 그리고 우리가 살아가는 사회에서 평판의 힘은 실로 상당하다고 할 수 있다.

그렇다면 우리는 평판 관리를 위해 어떤 노력을 해야 할까? 평판은 사람들이 공유하고 있는 목소리라는 점에서 비교적 쉽게 형성되지 않으며, 쉽게 바뀌지도 않을 가능성이 높다. 물론 일시적으로 대상자와 불일치하는 평가가 나올 수는 있지만, 장기적으로 볼 때 객관적인 모습을 반영한다고 생각하는 것이 타당할 것이다. 평판 관리를 위해 억지로 꾸미기보다는 지금 관계를 맺고 있는 사람들에게 진심어린 마음으로 충실해야 하는 이유다.

우리는 간혹 "남의 이목이 뭐가 중요해?", "난 내 멋대로 살 거야." 와 같은 말로 평판의 중요성을 간과하는 경우가 많은데, 이는 결코 바람직하지 않다. 평판 관리는 브랜딩 차원에서 매우 중요한 요소일 뿐만 아니라, 이를 등한시하다 사회적 고립이나 패가망신으로 이어지는 경우도 허다하다는 사실을 명심해야 할 것이다.

PART_II

02

엣지 있는 리더는 이미지를 브랜딩한다

01

엣지의 비밀, 엣지란 무엇인가?

자신감과 당당함이 넘치는 사람이자 수많은 여성들의 롤모델로 꼽히는 배우 김혜수. 그녀의 스타일에는 시류에 휘둘리지 않는 자기다움이 묻어난다. 그녀는 악세사리로 치장하는 것을 선호하지 않고, 귀를 뚫지 않아 필요시에만 귀찌를 착용한다고 한다. 요즘 연예인이 추구하는 슬림함과는 차이가 있는 볼륨감 있는 체형을 유지하면서 이를 드러내는 데에도 주저함이 없다.

'김혜수' 하면 떠오르는 단어가 바로 '엣지' 다. 영어 엣지(Edge)의 원뜻은 '날카로움', '뾰족함', '각이 섬', '모서리', '(칼)날' 등을 뜻하지만, 지금은 '각이 잡힌 멋스러움' 즉, 정돈되면서도 날카롭고 세련됨을 의미하는 말로도 쓰인다.

엣지의 정의

Edge

'모서리,날카로움, 뾰족함, 각이 섬, 칼날'

각이 잡힌 멋스러움

모서리에 각이 있고 날이 선 부분을 두고 '특성이 있고, 개성이 있다'의 의미로 쓰인 것인데, 나쁘게 보면 성깔지다고 할 수도 있지만 나름 밉지만은 않은 성깔에 가까운, '괜찮다, 알 수 없는 무언가 끌린다.'라는 표현으로 사용되고 있는 것이다. 미국의 인기 TV프로그램 〈아메리카 넥스트 톱 모델(America's next top model)〉에서 심사위원인 타이라 뱅크스가 매회 때마다 '엣지'란 단어를 사용하기도 했다.

눈에 띄는 디자인이나 성능을 가졌거나 남들과 차별화되는 개성 있는 삶을 살아가거나 할 때 '엣지 있는 디자인', '그런 기능들이 엣지 있게 느껴진다', '엣지 있는 삶을 사는...', '내 삶의 엣지는 무엇인가' 식으로 쓰이기도 한다. 전에는 비슷한 의미로 '유니크(unique)하다'라는 말이 있었는데, 이 단어가 식상해지자 새로 만들어 쓰는 말이 바로 이 '엣지있다'라는 표현이다.

〈스타일〉이라는 드라마에서 김혜수가 이 단어를 즐겨 사용해 대중들에게 널리 알려지는 계기가 되었지만. 사실 이전부터 '엣지 있다.'는 말은 컨설팅이나 경영관련 업계에서 많이 사용해 왔다. 예를 들어 "그 회사는 네트워크 장비쪽에 엣지가 있는 회사지."라는 말을 한다. 경영 쪽에서는 다른 경쟁사에 비해 해당업체가 특별한 능력이나 장점이 있을 때 '엣지 있다.' 란 표현을 사용한다.

김혜수는 드라마뿐 아니라 실제 삶에 있어서도 엣지 있는 연예인으로 회자되는 사람 중의 하나다. 소신 있는 가치관과 연애관, 여기에 일반적으로 받아들이기 힘든 파격적인 의상을 완벽하게 자기 것으로 소화해 내는 그녀에게 사람들은 환호한다. 이처럼 자신만의 스타일이 존재한다는 자체가 엣지 있는 리더가 아닐까.

02

엣지 있는 리더가 갖추어야 할 이미지, 엣지의 요소를 찾아라!

개개인마다 가진 각이 잡힌 멋스러움이 있을 것이다. 브랜딩을 하기 위해 필요한 것 중 핵심은 바로 이 독특함, 즉 차별화이다. 엣지 있는 리더로서의 이미지를 갖추려면, 엣지의 요소를 찾아내어 나의 것으로 만드는 과정이 필요하다. 엣지의 요소에는 포즈, 표정, 패션, 헤어스타일, 손 인사 등이 모두 포함된다. 이런 요소들을 상황에 맞게 적절하게 선택해야 엣지 있는 리더가 될 수 있는 것이다. 어떤 장소와 시간, 상황에 따라 T.P.O에 맞는 옷차림, 호감 있는 표정 미소, 태도와 행동을 취했을 때 비로소 엣지가 완성된다.

그런데 많은 사람들이 이런 부분을 간과하고 있다. 본래 등산복은 산 속에서 조난을 당했을 때 눈에 띄기 쉽도록 원색을 많이 사용한다. 그럼에도 불구하고 우리나라 성인들은 등산복 패션을 지나치게 선호하는 경향이 있다. 심지어 외국여행을 갈 때도 등산복을 착용하는 경우가 많다. 그래서 외국에 나가보면 멀리서도 한국인인지 아닌지 알아볼 수 있다는 말이 있을 정도다. 복장이야 스스로 만족스러우면 그만 아니냐고 반문할 수도 있으나, 이런 옷차림은 엣지의 기준에 반한다고 하겠다.

엣지있는 리더들의 특징

각이 잡힌 듯 멋스러운
유니크하고 독특한
차별화된
특성있고 개성있는
엣지
뚜렷하고 두드러진
무언가에 끌리는
세련된
한치의 오차도 없이 완벽하게

사진을 찍을 때도 마찬가지다. 이때 엣지 있는 사람이란 자기가 어떻게 찍어야 잘 나오는지 알고, 이를 활용해 표정을 짓고 포즈를 취하는 사람이다. 이는 연습과 트레이닝을 거쳐 빛을 발한다. 그런데 많은 사람들이 "난 웃는 게 어색해, 그냥 이렇게 찍을래."라며 무표정한 얼굴로 사진을 찍거나, "나는 영 '사진빨' 이 안 받아."라며 사진 찍기를 거부하곤 한다. 사진이 잘 나오기를 바라면서도, 정작 사진에 잘 나오기 위한 아무 노력도 하지 않는다. 이는 곧 스스로 엣지 있기를 포기하는 것이다. 의사결정의 주체는 나인데 스스로를 콘트롤하지 못한다는 것과 다름없다.

'인상은 과학이다.' 라는 말이 있듯이, 인상은 내 스스로가 만든 나의 모습이다. 나 스스로의 타고난 외모 또는 현재의 감정 상태를 바꾸려는 노력을 하지 않는 한, 나의 인상은 절대로 변하지 않는다. 나와 다른 사람을 배려하는 태도와 행동, 자신 있고 당당한 모습이야말로 바로 엣지의 요소임을 기억하자.

03

엣지의 시작, 자기다움에 대한 이야기

진정한 멋이란 '나'라는 존재를 찾아가는 여행이어야 한다. 본인에 대해 먼저 생각하라. 의사결정의 주체는 바로 나이기 때문이다. 최근 엣지 있는, 자기다움이 드러나는 국내 유명인을 떠올려보면 단연 이효리가 눈에 띈다. 모두가 꿈꾸는 일류 연예인의 삶을 내려놓고, 결혼 이후 제주도에서 안빈낙도(安貧樂道)하는 모습만으로도 그녀가 얼마나 자존감이 높은 사람인지 알기에 충분했다. 하지만 아무리 숨어도 스타는 스타였다. 〈효리네 민박〉이라는 프로그램을 통해 그녀가 시골에서 남편 이상순과 아옹다옹 사는 모습이 많은 부부들의 로망이 되었고, 그녀가 거주한 동네인 애월읍은 한적한 산동네에서 한순간에 '핫플레이스'가 되었다. 오죽하면 그녀가 제주도 관광 붐과 부동산 가격 상승에 일조했다는 이야기까지 나왔을까.

그랬던 그녀가 최근에 본격 컴백했다. 유재석, 비(정지훈)와 함께

트리오를 결성하는 프로젝트를 통해서다. “잊혀질까봐 좀 무서웠어요.”라고 하는 그녀의 고백에는 자신의 약점을 감추려 하지 않는 솔직함이 배어있었다. 그녀는 이처럼 자신의 감정에 솔직하고 약점을 인정하고 받아들이는 용기 있는 사람이었다.

특히 기억에 남는 건 그녀가 과거에 〈한끼줍쇼〉라는 프로그램에서 한 말이었다. 방송에 출연한 한 아이에게 의례적으로 “어떤 사람이 되고 싶나?”라는 질문이 주어진 적이 있었다. “훌륭한 사람이 되어야지.”라고 한 어른들과는 달리, 이효리는 “뭘 훌륭한 사람이 돼? 그냥 아무나 돼.”라고 조언했다. 인생의 목표를 사회적 기준이 아닌 자신이 원하는 삶에 두라는 그녀 식의 충고였던 것이다. 이처럼 이효리는 인생과 태도와 말에서 ‘자기다움’이 뚜렷하게 묻어나는 사람이다.

그러나 안타깝게도 대부분의 평범한 사람들은 자기다움을 알지 못한 채, 사회적 기준에 맞춰 훌륭한 사람이 되고 싶다는 목표 속에서 살아간다. 거기에 부응하지 못하면 자기 인생을 별 볼 일 없거나 실패한 것이라고 마음대로 결정하고는 자괴감에 빠지곤 한다. 그래서 스스로를 성공한 사람, 행복한 사람이라고 평가하는 사람을 발견하기 어려운 것이다.

나를 찾는다는 것, 내가 원하는 삶을 산다는 것은 말처럼 쉬운 일이 아니다. 나를 찾는다는 것은 남성과 여성, 젊음과 늙음, 건강함과 나약함 등으로 스테레오타입[8]화하는 것이 아닌, 진정한 본연의 자기다움을 찾아감을 의미한다. 자기다움이란 자기편집능력이 가능함을 말하며, 여기서 자기편집 능력이란 자기중심적 삶, 자기존중의 삶, 의사결정의 삶으로서 스스로 주체적으로 선택하고 결정할 수 있는 능력을 의미한다. 즉, 개성과 스타일을 구분할 줄 알며, 과잉 상태가 되어있는 작금의 현실에서 불필요한 것들은 부정하고 필요한 것들만 편집할 수 있는 능력으로 풀이할 수 있다.

8) 어떤 특정한 대상이나 집단에 대하여 많은 사람이 공통으로 가지는 비교적 고정된 견해와 사고.(=고정관념)

적을수록 좋다(less is more)는 말이 있듯이, 양보다 질적인 부분에 집중하고 보다 의미와 가치가 있는 것을 선택할 수 있는 능력을 가진 사람, 본연의 자아를 통해 자연스럽게 자신감을 드러낼 수 있는 사람이 가장 아름다운 리더이며 진정 엣지 있는 사람이라 할 수 있다.

'사람이 웃으면 옷도 따라 웃는다.'는 말이 있지 않은가? 미세한 포즈, 타인에게 드러내는 작은 몸짓과 손짓 하나, 편안한 미소 등을 자연스럽게 보여주는 행위 또한 스스로 타인과 공유하고 나눌 가치가 있는 소중한 존재임을 표명하는 행위인 것이다. 미(美)의 원칙이란 단순 표출이 아닌 기품과 힘 그리고 응축된 에너지를 한데 모아 자신만의 매력으로 발산함을 의미한다.

결국 나를 돌보는 것은 타인에게 아름답게 비추어지는 일이자, 그 자체가 타인을 배려하는 행위인 것이다. 그래서 퍼스널 브랜딩에서 엣지와 자기다움의 중요성은 아무리 강조해도 지나치지 않다.

04

자기관리는 디테일이자 선택이다

'지식인은 많으나 지성인은 드물다.' 는 말이 있다. 정보의 홍수 속에 누구나 마음만 먹으면 그리 어렵지 않게 지식인이 될 수 있으나, 인격과 매너를 겸비한 지성인은 좀처럼 보기 어렵다는 뜻이다. 지식인이 지식만 많이 보유한 사람이라면, 지성인은 지식과 더불어 성품도 보유한 사람을 말한다.

우리가 사회에 나와 직장에서 겪어 본 여러 상사들을 떠올려보자. 지성인이라 할 수 있는 사람이 많은가, 그렇지 못한 사람이 많은가? 아마도 후자가 월등히 많을 것이다. 인간은 알게 모르게 약육강식의 동물적 본능에 길들여져 있다. 윗사람에게는 좋은 모습을 보이기 위해 자기관리를 철저히 하는 반면, 자신보다 아랫사람이라고 인식되면 함부로 대하는 경향이 있다. 아무리 일류대를 나오고 지식이 많아도, 사람을 깔아뭉개거나 상처를 주는 언행을 하는 사람은 존경받기 힘들다.

수평적인 인간관계에서도 마찬가지다. 친구지간이나 부부지간에도 상대방의 기분을 배려하여 말과 태도에 신중을 기하는 이가 있는 반면, 거친 말과 불필요한 행동으로 항상 기분을 상하게 만드는 사람이 있다. 마트에서 물건을 하나 사더라도 친절한 표정과 인사로 손님의 기분을 좋게 만드는 캐셔가 있는 반면, 피곤에 찌든 표정으로 손님과 눈도 마주치지 않고 자기 할 일만 하는 직원들도 있다.

지성인이 된다는 것은 나를 알고 나와 상대방을 배려하는 마음가짐에서 시작한다. 이것은 곧 스스로가 선택하는 것이자 섬세한 자기관리를 요하는 일이다. 나를 안다는 것은 대충해서는 불가능한 일이다. 자기편집 안에 포함된 자기존중의 삶은 디테일함의 근본이 될 수 있는 것이다.

미국 스탠포드대학교의 제프리 페퍼 교수가 쓴 『권력의 기술』이란 책에 '기억되면 선택된다.' 라는 표현이 나온다. 누군가를 대할 때 호감 가는 매너나 행동을 통해 좋은 기억을 심어주면, 그 기억이 나중에 다음에 어떤 상황이나 순간에 선택의 기준이 된다는 뜻이다.

영화배우 유해진을 예로 들어보자. 그는 단역부터 시작해 오랜 기간 무명시절을 겪었지만, 작은 배역이라도 자신의 역할에 최선을 다했다. 그가 배우를 직업으로 하기에는 부족한 외모를 지녔다는 사실은 누구나 아는 바이다. 하지만 그는 외모 콤플렉스를 뛰어넘고도 남을 성실함과 겸손함으로 자기관리에 힘썼고, 이로써 점차 많은 영화에 출연하는 계기가 되었다. 현재 그는 영화계에서 씬스틸러[9]하면 가장 먼저 떠오르는 인물이자 흥행 보증 주연배우로 올라섰다. 특유의 표정과 입담으로 캐릭터에 생명력을 불어넣어, 관객들로 하여금 '저 사람이 나오는 영화는 무조건 재미있을 거야.' 라는 느낌을 주는 몇 안 되는 배우이기도 하다.

9) 뛰어난 연기력으로 주연보다 주목받는 조연배우.

반면 자기관리를 소홀히 함으로써 정상에서 나락으로 떨어진 연예인도 있다. 남다른 감으로 정상급의 인기를 누린 T씨는 연예계에 지각 대장으로 소문이 나 있었다. 방송 프로그램과 공연은 물론 사적인 약속자리에서도 항상 지각하는 그의 습관은 방송의 소재로 쓰이기까지 하면서 '지각의 아이콘' 으로 불릴 정도였다. 거기에 불법 도박과 음주운전이 더해지며 모든 프로그램에서 하차하게 되었고, 이제는 그가 과거와 같은 왕성한 활동은 기대하기 어렵다는 의견이 대세다. 수년간 자숙기간을 통해 그가 일으킨 사회적 물의는 용서를 한다고 쳐도, 그의 지각 습관에 질려서 PD들이 연락을 안 한다는 말이 있다. T씨가 한창 '악마의 재능' 으로 주가를 높일 때에는 지각 위험을 감수하고라도 러브콜을 보냈겠지만, 이제는 굳이 그럴 이유가 없어진 것이다.

다시 한 번 강조하자면, 자신을 관리하는 것은 그 누구보다도 소중한 자신을 보호하는 일이자 타인을 배려하는 일이다. 이것은 지성인이 되는 첫 길이며, 이를 통해 타인은 당신을 기억하게 되고 선택하게 될 것이다. 그러므로 진정 성공하기를 원한다면 디테일한 자기관리에 힘써야 한다.

스스로의 모습을 돌아보고 관리의 디테일함을 강조하는 것!
자신을 관리하는 일은 스스로를 배려하는 일이자
타인을 배려하는 일임을 알고 있는가?

행복한 성공을 기대하는 자들이여 스스로를
돌아보고 관리하라!

– 윤혜경 –

05

행동 기술의 철학, 삶을 큐레이팅하라!

당신은 엘레강스하다는 말을 들어본 적이 있는가? 프랑스 문화에서는 일반적으로 자기중심적 삶, 자기존중의 삶, 의사결정의 삶을 사는 사람들을 '엘레강스하다(우아하다)'라고 표현한다. 한국인이라면 '엘레강스'라는 말을 들었을 때 자동적으로 떠오르는 한 사람이 있다. 바로 1962년 패션계에 데뷔한 이래 50여 년간 한국의 대표적 패션 디자이너로 활약한 고(故) 앙드레김이다. 수많은 일류 연예인들이 앙드레김 패션쇼 무대에 오르는 것을 명예로 여겼으며, 타계한 지 10년이 지난 지금까지도 그의 명성에 견줄 만한 국내 디자이너를 찾아보기 어려울 정도이다. 그 만큼 그의 퍼스널 브랜드 파워는 독보적이었다.

그가 주창한 '우아함'에 대하여 조금 더 심도 있게 들여다보자. 우아함이란 무엇인가? 우아함은 행동 기술의 철학이다. 세련된 행동방식이나 잘 다듬어진 방식이란 뜻으로 마음에서 출발하여 행동을 통해 개발할 수 있는 기술인 것이다. 실제 이 단어의 어원을 살펴보면 라틴어 동사 엘리게레(eligere)까지 거슬러 올라가는데, 엘리게레는 본래 '과일을 따고 나무를 뽑아 버리다.' 라는 의미였다. 이 단어의 형용사형이 엘레간스(elegans)였고, 12세기에 이 단어에 비롯된 프랑스어 엘레강(elegant)이 나왔다. 엘레강스(elegance)는 15세기 말 형용사 엘레강(elegant)에서 파생된 명사다. 따라서 엘레강스는 마치 과일나무에서 최상의 과일만 따듯이, '여러 가지 중에서 엄격하게 선택된 것의 고상함' 이라고 해석할 수 있다.

더 나아가 우아함의 힘은 거절에서 기인하기도 한다. 사치스러운 덧셈의 미학이 아닌 거절과 절제에 기반한 뺄셈의 미학이다. 철저한 비움과 간소함을 통해 숭고하리만치 정신의 골격만을 남기는 태도, 그것이 진정한 엘레강스이다. 더함으로 넘치는 과함이 아닌 빼기를 통한 절제를 통해 나 자신을 아름답게 꾸미는 일에서부터 우아함은 곧 시작되는 것이다.

나는 이러한 행동 기술의 철학에 기반하여 성공하는 리더들의 이미지 브랜딩 전략으로 'ACT 하라!' 라고 강조한다. 스스로 바꿀 수 없는 지금의 내 상황과 그 무엇에 대해 불만을 갖거나 스트레스를 받기보다 주어진 환경의 나 자신을 우선 수락(Accept)할 것! 현재의 내 상황에서 최상의 것을 선택(Choose)할 것! 선택했다면 스스로를 돌보는 일(Taking care)과 타인을 배려하는 일에 절대 소홀하지 말 것! 위와 같은 내용으로 스스로 행동하고 움직이는 것에 기초가 되는 엘레강스한 자기편집능력을 발휘해야함을 강의나 컨설팅을 통해 적극 강조하고 있다.

어쩌면 엘레강스라는 단어는 남성보다는 여성에게 더 잘 어울리는 단어인지도 모른다. 불한사전을 보아도 '우아한 여자[남자]; 고상한 체하는 여자[남자]' 라고 정의하면서, 남자는 [ ] 안에 넣고 있다. 역사적으로 보아도 마찬가지다. 1950년대 소위 '엘레강스 스타일'이 크게 유행하였는데, 이 스타일은 여성적인 아름다움을 추구하는 패션이었기 때문이다. 엘레강스 스타일의 대표적인 디자이너는 디오르(C. Dior), 발렌시아가(C. Balenciaga), 샤넬(G. Chanel) 등이다. 특히 1947년 디오르는 '뉴룩(New look)' 을 발표하였는데, 전쟁 중에서 경직된 남성적인 복장에서 가는 허리, 부드러운 어깨를 표현함으로써 여성다운 우아함을 강조한 트렌드였다. 그만큼 엘레강스의 어원처럼 최상의 과일을 따듯 여성 스스로의 선택적 삶에 중요성을 강조하고자 했던 것이 아닐까?

다시 앙드레김의 이야기로 돌아가보자. 그는 1950년대 그는 엘레강스 스타일에 매료되어 한국 패션계에 도입하고자 노력한 사람이었다. 특히 그는 순백의 삶을 살다간 인물로도 유명하다. 평생 독신으로 살면서 흰색 의상만 입고 다녔으며, 타고 다니던 자동차도 흰색 현대 에쿠스와 흰색 벤츠 S500이었다. 자신의 자서전은 물론 의상 디자인에도 대부분 흰색을 사용했다. 이는 일반적이지는 않더라도 스스로 편집하고 선택한 그의 삶 자체가 엘레강스였던 것이다.

결국 우아함이란 나 자신을 아름답게 꾸미는 일로부터 시작되는 것이며, 자기편집능력이란 스스로 삶을 큐레이팅하는 능력이라 할 수 있다. 단지 유행을 쫓고 트렌드를 따라가는 것이 아닌 스스로 선택하고 가꾸어 나가는 삶이야말로 진정한 가치 있는 삶이며 보다 나다운 삶이 아닐까.

숙고하는 것이 손전등이라면, 행동하는 것이 전조등이다.
행동의 빛은 보이지 않는 세상을 훨씬 더 멀리까지 비춘다.
그러므로 흥미롭고 새로운 장소로 나아가려면
고민의 손전등을 꺼야 한다.

– 롤프 도벨리(Rolf Dobelli)의 『불행 피하기 기술』 –

PART_III

03

효과적인 퍼스널 이미지 구축을 위한 브랜딩 전략

03 PART_Ⅲ

효과적인 퍼스널 이미지 구축을 위한 브랜딩 전략

퍼스널 브랜드 구축을 위한 중요한 토대는 '나'를 정확히 아는 것에서 출발한다고 말했다. 그러려면 막연하게 무엇이 하고 싶고, 어떤 사람이 되고 싶은지와 같은 추상성을 벗어나야 한다. 무엇보다 중요한 사실은 나 자신에 대해 가장 관심 있는 존재는 바로 나라는 것이다. 나는 나 자신과 24시간 그리고 인생이라는 전체의 삶을 함께 소비하기도 하고 창조해나가기도 한다.

하지만 위의 질문들처럼 내가 존재하는 이유, 즉 나의 삶을 채워나가는 퍼스널 브랜드 미션을 분명히 인식하고 있는 사람은 의외로 적다. 또한 스스로 성공을 바라고 꿈이 이루어지길 간절히 원하지만, 내가 바라는 성공의 모습이나 꿈의 모습을 정확히 정의 내리고 규정짓는 사람 또한 많지 않은 것도 사실이다.

『개인 브랜드 성공 전략』의 저자 신병철 박사는 "개인도 명품만 살아남는다."고 강조한다. 30~40년 전만 해도 착하고 성실하기만 하면 누구나 성공할 수 있었다. 그러나 지금은 그것만 가지고는 성공하기 힘들다. 세상이 복잡해지고 경쟁이 더욱 치열해진 탓에 특정 분야의 전문지식은 물론이요 자신의 재능을 개발해 독특한 퍼스널 브랜드를 만들지 않으면 안

되는 시대가 온 것이다.

예컨대 과거에는 명문대를 나와 대기업에 취직하거나, 부단히 공부해 판검사, 의사, 변호사가 되기만 하면 이미 성공을 쟁취한 것으로 여겨졌다. 그러나 현대는 평생직장의 개념이 사라지고 발탁과 퇴출이 일상화되면서 기업은 더 이상 개인의 방패가 되어주지 못하고 있다. 설령 '사(士)'자 직업을 가졌다 하더라도 차별화되고 구체화된 나만의 장점을 부각시키지 못하면 경쟁에서 도태되는 치열한 세상인 것이다. 다시 말해서, 자신의 핵심 가치를 바로 알고 자신이 바라는 성공의 모습을 규정한 후, 이를 성취하기 위한 수단으로써 보다 효과적인 퍼스널 브랜드를 구축하려는 노력은 이제 선택이 아닌 필수라는 것이다. 여기서 '효과적' 이라는 의미는 타인에게 얼마나 매력적인 모습으로 비춰질 수 있는 가의 의미로 해석하면 이해가 쉬울 것이다.

그렇다면 이번 장에서는 보다 매력적인 나의 이미지를 브랜딩하기 위해 어떤 전략을 세워야 할지 구체적으로 살펴보기로 한다.

01

브랜드를 이끌어가는 강력한 힘, 매력은 설득이다

"성공을 좌우하는 가장 결정적인 조건은 지능이나 학벌,
운이 아니라 매력이다."

- 2002년 노벨경제학상 수상자, 심리학자 대니얼 카너먼(Daniel Kahneman) -

방탄소년단(BTS)에 전 세계 젊은이들이 열광하고 있다. 7인조 보이그룹인 이들은 전 세계 약 2045만장 이상의 음반 판매량을 기록하면서, 대한민국 역대 최다 음반 판매량을 기록한 그룹이 되었다. 이제 이들은 K-POP의 역사를 새롭게 쓰고 있다고 해도 과언이 아니다. 무엇이 이들을 이토록 대단하게 만들었을까? 바로 매력의 힘이다. 매력을 극대화시킨 철저한 브랜딩 전략이 이뤄낸 산물인 것이다.

방탄소년단을 키워낸 빅히트앤터테인먼트뿐만 아니라 거의 모든 엔터테인먼트사들은 매력 있는 스타를 만들기 위해 각고의 노력을 쏟아 붓는다. 노래 · 댄스 · 의상 · 무대 매너 등 다방면에서 철저히 전략을 준비하고, 끊임없는 트레이닝을 반복한다. 이때 멤버 개개인의 타고난 재능보다 더 중요한 것은 어떻게 매력을 발전시키고 활용하는가에 있다. 그룹이 개인보다 더 유리한 이유는 더욱 다양한 매력 요소를 지닐 수 있기 때문이다.

최근 인기 있는 아이돌 그룹을 보면, 멤버 각자의 퍼스널 브랜드를 전략적으로 활용해 그룹의 매력을 극대화하는 것을 볼 수 있다. 메인보컬 · 리드보컬, 메인댄서, 래퍼 등으로 음악적 재능을 구분함은 물론, 외모(얼굴, 체형, 키 등)나 성격적인 부분까지도 고려해 역할 부여를 하는 경우도 흔하다. 글로벌 스타로 키워낼 목표로 언어교육까지 철저히 이루어진다. 사전에 외국어에 능숙한 멤버를 영입하여 해외 공연이나 홍보활동에 적극 활용하는 식이다. 이렇듯 아이돌 스타가 지닌 매력은 우리 눈에 보이지 않는 노력과 브랜딩 전략의 산물인 것이다.

백종원 더본코리아 대표 역시 퍼스널 브랜딩의 성공 모델로 주목할 만하다. 그는 '요리하는 CEO'로 불릴 정도로 요리업계에 한평생을 바쳐온 기업인이자, 현재 가장 인기 있고 신뢰도가 높은 요리관련 유명인이다. 그의 옆집 아저씨 같은 친근한 외모와 구수한 충청도 사투리는 기존에 'CEO' 하면 떠오르는 이미지와는 확연히 차별화된 모습으로 대중들에게 다가왔다. 또 음식의 맛을 내기 위해 주저 없이 설탕을 듬뿍 넣는 등의 솔직한 모습이 많은 이들의 공감을 이끌어냈다. 이를 무기로 TV 프로그램 출연을 점차 늘려나가며 인지도를 쌓아갈 수 있었다.

그가 '셰프' 인지 아닌지에 대한 갑론을박이 있다. 하지만 그는 스스로를 요식사업가 내지는 요리연구가이지 셰프가 아니니 그냥 '사장' 이나 '대표' 로 불러 달라고 했다고 한다. 사실 그는 요리 전문가로서보다는 외식 사업가로서의 감각과 아이디어에 더 특화되어 있다는 평가다. 무엇이 히트를 칠지, 어떻게 하면 사업이 더 확장될 수 있을지를 파악하고 그것을 실행함에 있어 요리의 맛이나, 분위기 등의 부가적 요소들을 파악하여 문제점을 개선하는 데 탁월한 재능이 있다.

실제로 그는 새마을식당, 한신포차, 홍콩반점, 본가, 미정국수, 역전우동을 비롯한 여러 프랜차이즈 식당을 운영하고 있으며, 운영하는 음식점의 종류는 중식 · 한식 · 분식 · 카페까지 거의 모든 분야를 망라한다. 이런 능력은 〈골목식당〉이라는 프로그램을 만나 빛을 발했고, 프로그램 밖에서도 오프라인 모임을 진행함으로써 여러 요식업자들에게 경영 노하우를 전수해주기도 하는 등 친근한 사업가로 면모를 보여주었다.

그가 운영하는 유튜브 채널 〈백종원의 요리비책〉은 개설한 지 한 시간만에 10만 구독자를 돌파했고, 첫 영상 업로드 이후 2일도 지나지 않아 구독자 100만 명을 달성하였다. 이후에도 전무후무한 속도도 구독자 수를 늘려나가며 2020년 12월 기준으로 구독자 460만 명을 넘어선 상황이다.

최근에는 한 원로 정치인이 대선주자 영입 후보로 "백종원씨 같은 분 어때요?"라고 언급하면서 세간의 화제가 되기도 했다. 실제 그가 대선 후보로 등장할 가능성은 거의 없어 보이지만, 보수적인 정치집단에서조차 그의 아우라를 활용하고 싶어 안달할 정도이니, 향후 몇 년간은 국내에서 그의 퍼스널 브랜딩 파워를 능가할 만한 인물이 나타나기 어렵지 않을까하는 생각마저 든다.

매력을 발전시키려는 노력에 앞서 우리는 매력의 개념부터 정립할 필요가 있다. 우선, 매력에는 기본 토대가 필요하다. 그것은 바로 자신이 하고 있는 일의 전문성과 지식, 마음과 감정을 컨트롤하는 능력, 그리고 타인을 배려하는 공헌심이다. 그리고 그 토대 위에 FQ가 필요하다. FQ란 매력지수(Fascination Quotient)를 말하는데. 크게 외모, 몸짓, 아우라의 3가지로 나눌 수 있다. 여기에서 외모는 타고난 것뿐만 아니라 표정, 화장, 복장 등이 포함된다. 몸짓은 제스처와 자세, 목소리 등을 말한다. 아우라는 힘, 배려, 활력 등을 들

수 있다.

기본 토대에만 신경을 쓰다보면, 일은 잘하지만 매력이 없는 사람으로 보이기 쉽다. 반대로 FQ만 높으면 호감이 가지만, 실속이 없는 사람으로 보이기 쉽다. 사회생활에서 기본 토대가 되는 전문성과 감정 컨트롤은 우리가 보통 신경 쓰는 부분이다. 그렇다면 FQ는 어떻게 신경 써야 할까? 바로 '자기 점검'이다. 한 번 생각해 보자. 평소에 자신이 어떤 표정을 짓고, 어떠한 자세를 취하는지, 복장은 자신이 하는 일과 어울리는지를.

또한 남이 나를 어떻게 생각하는지 생각해보는 것도 중요하다. 그리고 자신이 남에게 보여주고 싶은 이미지는 무엇인지 생각해보자. 더불어 자신이 남에게 내보이는 이미지가 정말 '내 것'인지에 대해서도 생각해보자. 매력이란 자신의 대단함이나 아름다움을 과시하는 것도, 다른 사람의 호감을 얻기 위해 완벽한 나를 연기하는 것도 아니기 때문이다. 자신의 콤플렉스까지 받아들인 후 자신의 장점을 키워나가는 것이 '사람을 사로잡는 능력'이며, 일과 인생에서 존재감을 발휘하는 능력이다.

위에서 남들과 차별화된 매력으로 무장하여 자신이 원하는 목표와 꿈을 이룬 사례들을 살펴보았다. 이를 통해 우리는 정체성과 자기다움이 퍼스널 브랜딩을 이끌어가는 강력한 힘이자, 타인들에게 거부하기 힘든 매력 요소로 작용함을 알 수 있게 되었다.

매력은 사람의 마음을 사로잡아 끄는 힘이며, 개인의 부가가치를 높이는 가치 수단이다. 또한 이미지 커뮤니케이션 시대에서 가장 강력한 설득의 도구이다. 매력을 통해서 이성을 설득할 수 있고, 고객을 설득할 수도 있다. 그러므로 매력을 통해서 남을 설득하기 위해서는 우선 자신을 설득하며 자존감을 높여야 한다. 매력은 외모보다 강한 힘이 있다. 따라서 우리는 외모를 넘어 매력을 추구해야 한다. 매력은 타고나는 것이 아니라 만들고 길러지는 것이다. 그러므로 마음이 가장 중요하다는 생각에서 벗어나서 외모와 매너 등 매력의 중요성을 인식하고 실천하길 바란다.

그렇다면 어떤 과정을 통해 우리는 자신만의 매력 요소를 발견하고, 이를 이용해 어떻게 타인을 설득할 수 있을지 보다 구체적으로 살펴보기로 한다.

02

자기표현의 기술, 매력자본을 잡아라!

"매력은 사람을 움직일 뿐 아니라 그곳의 상황과
인간관계를 변화시킨다.
경의가 예의로, 예의가 친근감으로 바뀐다.
회의주의자, 냉소주의자를 내 편으로 만드는 것이다."

– 애플의 전설적인 마케터 가이 가와사키 –

네이버에서 '매력녀'를 검색해 보면, '외모나 성격으로 남자의 호감을 사는 여자'라고 나온다. 이로써 모든 남성들은 매력적인 여성을 동경하고 모든 여성도 매력적인 여자가 되고 싶어 한다는 것을 알 수 있다.

캐서린 하킴 교수[10]의 『매력자본: 매력을 무기로 성공을 이룬 사람들'(Honey Money : The Power of Erotic Captical)』에서 "매력자본을 가진 사람은 그렇지 못한 사람에 비해서 삶을 살아가는 데 15% 이상 유리하다."고 했다.

10) 캐서린 하킴 교수(전 런던 정치경제대학교 사회학과 교수)가 2010년 옥스퍼드대학교 저널에 발표해 세계적 화제를 불러일으킨 논문의 단행본.

아름다운 외모, 건강하고 섹시한 몸, 능수능란한 사교술과 유머, 패션 스타일, 이성을 다루는 테크닉 등 사람을 매력적인 존재로 만드는 모든 것을 '매력 자본(erotic capital)'이라 정의한다. 매력자본에는 6가지 요소 즉 아름다운 외모, 성적 매력, 활력, 사교술, 성적 능력, 자기표현의 기술이 결합되어 있다. 그 어느 것 하나 소홀히 해서는 안 될 중요한 매력 DNA인 것이다.

과거에는 내용을 중시한 나머지 외형적으로 보이는 이미지를 겉치레로 치부하는 경우가 많았다. 지금은 그렇지 않다. 예를 들어 업무 스트레스로 인해 생긴 급격한 탈모로 찾아간 탈모 클리닉 의사의 머리가 듬성듬성하다거나. 요가학원 강사의 뱃살이 관리되지 않은 채 나와 있다거나, 건강하고 탄탄한 몸 좀 만들어볼까 해서 찾아간 동네 체육관 트레이너는 화가 난 듯 불량한 인상을 짓는 등, 찾아간 곳의 전문가가 이러한 모습으로 고객을 맞이한다면 상담이 시작하기도 전에 미덥지가 않아 상담 자체에 불응하거나 그 자리를 박차고 나오게 될 것이다. 이처럼 이제는 외형적으로 보이는 이미지나 형식이 곧 자기표현의 기술로서 매우 중요한 시대가 되었다.

대중 앞에서 말하기도 마찬가지다. '무슨 말을 할 것인가?' 에 앞서 '타인에게 어떻게 비춰지고 있는가?' 가 관건이다. 사람들은 메시지 이전에 메시지를 전하는 사람의 이미지를 통해 그 사람을 먼저 파악하고자하는 경향이 있다. 얼굴 · 표정 · 헤어스타일 · 메이크업 · 옷차림 · 행동 · 제스처 등을 직관과 감각을 총동원해 속속들이 스캔한다. 그리고 자신의 가치 기준과 어긋난다고 생각하면 즉각적으로 집중과 몰입을 거절하는 태도를 보이는 것이다. 즉 바야흐로 '매력자본' 의 위상이 높아진 시대인 것이다.

매력은 눈에 보이지도 않고 손에 잡히지도 않지만, 아주 강력한 힘을 지니고 있다. 매력 있는 사람은 사람의 마음을 사로잡아 끄는 신비로운 힘을 지닌 사람이다. 개인의 이미지 관리가 필수인 시대에 매력은 성공의 주요 변수이자 행복한 삶의 핵심 수단이 되었다. 모든 비즈니스는 사람에서 시작되어 사람으로 끝나는 것이기에, 사람의 매력은 조직을 경영하는 데도 아주 중요한 역할을 하며 매출에 큰 영향을 미치고 있다. 국가도, 도시도, 기업도 이미지 관리를 잘하면 가치를 끌어올릴 수 있는 시대다.

불확실한 미래에서 살아남으려면 능력, 외모, 배경 이전에 매력을 갖추어야 한다. 직장의 리더, 선임자, 고위공직자 등 아랫사람에게 지위를 이용해 으름장을 놓으며 무조건적으로 복종케 하고 힘을 과시하는 사람들이 있다. 하지만 그 완장 효과는 오래 갈 수 없다. 그것은 매력이 아닌 권력에서 나오는 힘이기 때문이다. 힘을 함부로 사용해서는 역풍을 맞기 십상이다. 사람의 매력이란 단순히 뛰어난 외모, 좋은 첫인상만을 의미하지 않는다. 말하지 않아도 몸짓으로 눈빛으로 상대에게 내 의사를 표현하면서 자연스럽게 동의할 수 있도록 만드는 힘, 주위 사람들도 함께 행복해지도록 만드는 열정과 에너지 역시 매력이다.

결국 매력을 만드는 요소인 매력자본으로 첫 손에 꼽히는 게 바로 외모다. 그러나 매력은 외모와 매우 밀접한 관련이 있지만 절대적으로 외모와 동의어는 아니며 외모보다 강한 힘이 있다. 바로 이 부분에서 우리는 외모지상주의가 아닌 매력지상주의를 추구해야 한다. 매력지상주의란 외적 매력과 내적 매력(지성과 인성)이 균형을 이룬 사람이 인정받는 사회 풍조를 의미한다. 매력으로 정신적, 경제적, 사회적 가치를 얻을 수 있기 때문이다. 준수한 용모는 나를 드러내는 가장 힘센 무기며 경쟁력이다. 따라서 각자가 가지고 있는 내면과 잘 어우러진 외면의 매력 DNA를 찾아야 하는 것이다.

이는 곧 성형 시술이 아닌 매력 포인트를 최적화시키는 일을 게을리 해서는 안 된다는 뜻이다. 특히나 젊은이들은 자신에게 어울리는 머리 모양과 패션에 대한 스타일과 색감, 피부 톤에 맞는 헤어나 메이크업 등 외형적인 이미지의 최상의 '형식미'를 평소에 꼼꼼히 다져 놓을 일이다. 도전적 상황에서 빛을 발하기 위해서는 자신의 모습을 최상의 형태로 세팅하고 부단히 체크해야 하는 전략적인 일인 것이다. 면접이나 프레젠테이션과 같은 어려운 자리, 모르는 사람 앞일수록 더 그렇다.

소통 만능의 시대, 메시지 내용이 중요하다고 말한다. 그러나 중요한 메소드(method)를 놓치고 있진 않은가. 어떤 형식에 담아 누구를 상대로 무슨 방법으로 전할지가 요체다. 화려한 콘텐츠와 스토리텔링도 준비된 스타일과 메소드가 동반되지 못하면 모두 헛심 쓰기에 불과하다.

우리는 지금 외모가 중요한 시대를 살고 있다. 그러나 단순히 아름다운 외모만을 추구하는 것은 외모지상주의에 입각한 것은 하류나 하는 행동이다. 그렇다고 해서 내면이 더 중요하다는 생각에서도 제발 벗어나주길 바란다. 내면이나 외모만이 아닌 내면과 외면이 조화로운 다양한 매력자본의 중요성을 인식하고 실천해야 한다.

우리는 매력자본 안에서 균형을 지켜야 한다. 어느 한쪽으로 치우치지 않고 내외적으로 균형을 이룰 때 진정으로 매력적인 사람이 될 수 있기 때문이다. 자신의 신체 균형에 맞게 스타일링을 할 수 있어야 하며, 열정을 통해서 끊임없이 자기를 계발해야 한다. 긍정적이고 적극적인 마인드가 매력을 만든다. 의지, 노력, 실력을 통한 사회적 성취는 곧 자신감이란 이름으로 매력을 발산시킬 것이며, 곧 개인의 성품과 신뢰를 결정짓는 중요한 잣대로 진정성 있는 내면을 보여주는 매력 있는 사람으로 비춰지는 선순환이 일어날 것이다. 외모를 넘어 보다 자존감 넘치는 매력적인 사람이 되는 것이야말로 그 무엇보다 흥분되는 일이다.

03

특별한 나를 만나다,
스마트 이미지케이션

112kg의 거구 정치인이 달리기를 통해 무려 35kg을 감량하여 화제가 된 적이 있다. 독일의 전 외무장관 요슈카 피셔(Joschka Fischer)의 이야기다. 다이어트를 위해 시작한 달리기는 그의 인생에 있어 전환점이 되었다. 그는 독일에서 가장 유명한 아마추어 마라토너가 되었고, 세계의 많은 사람들에게 달리기가 얼마나 중요한지 알렸다.

그는 외무장관 겸 부총리 시절 한국에 왔을 때도 남산에서 달리기를 해 많은 언론을 통해 그의 달리기 사랑을 알리기도 했다. 그가 쓴 책 『나는 달린다』는 달리기를 시작하는 사람들, 감량을 꿈꾸는 사람들에게 바이블과도 같은 책이다. 고통을 이겨내면서 달리기에 도전하는 눈물겨운 사연도 있지만, 자신과 정치를 돌아보며 철학적 깊이를 쌓아가는 모습은 무척이나 감동적이다.

'특별한 나' 를 만난 또 다른 사례를 살펴보자. 배우 최은주는 피트니스를 통해 머슬퀸으로 인생 2막을 열었다. 2000년 초에 데뷔해 영화 〈조폭마누라〉 등에서 얼굴을 알린 그녀는 이후 번번이 영화 출연이 좌절되며 슬럼프를 겪었다. 술과 수면제 복용 부작용으로 체중이 불어나자 이를 극복하기 위해 피트니스를 시작했는데, 망가졌던 몸이 건강하고 탄탄하게 변모되었다. 이후 그녀는 전문 보디빌더로 전향해 더욱 열심히 몸을 가꾸었고, 2020년 아시아 피트니스 콘테스트 비키니 그랑프리 1위를 수상하며 당당히 머슬퀸에 등극했다. 이제 그녀는 잊혀진 배우가 아닌 아름다운 성공 스토리를 쓴 사람으로 사람들의 입에 오르내리고 있다.

앞서 확장된 나로 성장하는 길은 나의 의지와 선택에 달려 있다고 설명했다. 우리가 무언가를 새로 배우고 습득하기 위해 기관이나 커뮤니티에 가입하면, 그 속에서 새로운 사람들을 만난다. 그리고 그 집단 안의 사람들의 공통점은 무엇이고, 어떤 삶을 살아가는지 관찰하고 체득함으로써 또 다른 나를 발견하게 된다.

최은주의 도전과 결실 역시 혼자서 이뤄낸 것이 아니었다. 그녀는 자신이 새로운 도전을 할 수 있게 도와준 양치승 트레이너에 대한 감사 인사를 잊지 않았다. 그녀는 자신의 인스타그램에 이렇게 적었다.

“아무도 찾아주지 않고 알아봐 주지 않는 저라는 사람을 필요한 사람으로 만들어주시고, 더 많은 꿈을 꿀 수 있게 기회를 주신 당신께서 저의 스승님이어서 참으로 고맙습니다. 함께여서 빛났고 이룰 수 있었습니다. 함께 해주시고 지켜봐 주셔서 감사합니다."

도전을 통해 현재의 모습과 다른 나, 내가 되고 싶은 나로 나아가는 것은 확장된 나로 성장하는 길이자 특별한 내가 되는 방법이다. 즉, 확장된 나로 나아가는 과정에서 어느 순간 우리는 '특별한 나'를 만나게 된다. 다른 사람으로 대체될 수 없는 특별한 나의 모습은 타인들에게 거부할 수 없는 매력 요소로 작용한다. 기억하라. 특별한 나를 만들어가는 일은 자아를 발견하고 만족을 실현하는 길이자 그 자체가 스마트한 이미지케이션임을.

04

이미지 브랜딩을 위한 포지셔닝, 장점을 극대화하라!

나에 대한 이해가 어느 정도 되었다면, 다음으로 어떤 관점에서 나의 이미지를 브랜딩 할 것인지 포지셔닝 하는 단계를 마주하게 된다. 즉, 현재 나의 위치를 파악하는 과정이자 상황이나 직업 등에 따라 Visual(시각) 브랜딩, Behavior(행동) 브랜딩, Speech(커뮤니케이션) 브랜딩으로 구분해, 어떤 브랜딩이 나에게 적합하고 어떻게 선택하고 움직여야 하는지를 결정하는 과정이다.

Visual(시각) 브랜딩은 외면적인 나의 모습을 만드는 과정이다. 나의 현재 패션이나 헤어스타일이 어떤지, 내가 참석 예정인 자리에 어떻게 꾸미고 가면 좋을지, 현재 나의 기분을 잘 드러낼 수 있는 옷차림은 무엇인지, 상대방에게 호감을 줄 수 있는 표정이 무엇인지 등 시각적으로 보이는 요소들에 매력을 부여하는 브랜딩이다.

Behavior(행동) 브랜딩은 태도와 행동 매너를 갖춘 나를 만드는 것을 의미한다. 악수하는 법, 명함 수수법, 인사 예절, 식사 예절 등이 이 영역에 포함된다.

Speech(커뮤니케이션) 브랜딩은 언행에 있어 매너를 갖추고 나를 브랜딩 하는 과정이다. 때와 장소에 적합한 언행은 무엇인지, 상대방을 기분 좋게 하는 말은 무엇인지, 영업에 효과적인 말과 말투는 무엇인지 등을 배우고 브랜딩 한다.

사람은 완벽할 수 없다. 누구에게나 장점과 단점이 존재한다. 이 3가지 브랜딩 중 자신의 단점을 최소화하고 장점을 극대화하는 방법을 찾는 것이 포지셔닝의 핵심이다. 즉, 3가지 중에 잘되는 게 있고 잘 안 되는 게 있을지라도, 현재의 상황에서 내가 더 집중해야 되는 부분에 포지셔닝을 두고 트레이닝을 하면 효율적인 브랜딩이 된다. 만약, 자신에게 3가지 모두 다각도로 보완할 필요가 있다고 여겨진다면 모두 골고루 포지셔닝 하면 된다.

포지셔닝은 개인은 물론 그룹의 브랜딩에 있어서도 매우 중요한 과정이다. 앞서 아이돌 그룹의 브랜딩 전략에 대해 언급하였듯이, 멤버 각자의 역량을 활용하거나 발전시키기 위한 트레이닝과 함께 각각의 포지셔닝 과정은 이미지를 브랜딩하기 위한 전략적 요소로 반드시 거쳐 가야하는 필수불가결한 것이다.

나를 프로페셔널한 이미지로 브랜딩 하기 위해 각 포지셔닝별로 갖춰야 할 핵심 포인트에 대해서는 후술하기로 한다.

05

페르소나, 당신의 가면을 벗어라!

가치소비가 중요한 시대에 살고 있는
우리에게 필요한 것은 대체될 수 없는 자신만의 스타일로
오직 당신만의 페르소나를 만드는 일!
결국 브랜딩은 사람을 닮아야 하는 것이다.

– 윤혜경 –

그 사람의 원래의 성격이 아닌 스스로 잘 다듬어 남에게 보여주는 성격이나 모습을 우리는 심리학적 용어로 '페르소나(persona)' 라고 한다. 다시 말해, 페르소나란 개개인의 사회적 상황에 맞게 자신의 모습과 성격을 바람직한 방향으로 만들어가는 것이라 정의할 수 있다.

'내가 생각하는 나' 와 '다른 사람이 보는 나' 는 다르다. 타인은 내가 보여주는 '외적 이미지' 인 페르소나에 반응하고, 보이는 이미지

를 통해 나를 평가한다. 내 본연의 모습과 타인에게 보이는 모습을 별도로 관리할 수 있는 능력을 갖추고, 자신의 페르소나를 잘 가꾸고 보여줄 줄 아는 이들이 바로 성숙한 사람들인 것이다.

그런데 페르소나를 잘못 이해하여 지나친 자기포장으로 거짓된 모습을 창조해 내는 우를 범하는 경우도 적지 않다. 사람들 사이의 관계망을 구축해 주는 SNS(Social Network Services)의 발달로 대부분의 사람들이 한 두 개 이상의 SNS를 이용하고 있다. 국내에서 특히 인기가 높은 이미지 기반의 SNS 인스타그램이나 페이스북을 하다 보면, 2개 이상의 계정을 운영하는 사람들을 흔히 볼 수 있다.

이들은 Real 계정(남들에게 보여지는 계정)과 Fake 계정(나만 아는 계정)으로 구분해 운영하는 경우가 많은데, 꾸미지 않은 자신의 모습은 Fake 계정 안에 꽁꽁 숨겨두고, Real 계정을 꾸미는 데에 온갖 정성과 포장을 가미한다. 이게 지나치다 보면 객관적인 모습이 아닌 SNS 속에만 존재하는 가상의 인물이 만들어지게 된다.

어떤 사람들은 그렇게 창조해낸 자신의 모습을 실제 자기 자신으로 착각하기도 하고, 끊임없는 타인과의 비교를 통해 스스로 자괴감에 빠지기도 하며, 그러면서도 남들에게는 솔직하라고 강요하기까지 한다. 이렇게 거짓된 정보를 전달하는 것은 진정성과 일관성에 있어 자신을 브랜딩 하는데 전혀 도움이 되지 않을뿐더러 전략이 될 수 없다. 진짜 브랜딩은 없는 것을 있는 것으로 만드는 것이 아니기 때문이다.

이와 관련해 몇 년 전에 읽었던 웃기지만 웃지 못 할 기사 하나를 소개한다. 중국 여성 샤오진 투안은 인터넷 상에서 교제하던 황 마오에게 '사진과 다르게 생겼다'는 이유로 폭행을 당했다. 샤오진을 만나러 800만원이 넘는 비용을 들여 비행기를 타고 중국 동부의 쑤저우 시로 찾아간 황 마오. 그는 SNS 프로필 사진 속의 아름다운 모습과 상반된 투안의 실제 모습을 보고 충격을 받았고, 말다툼 끝에 얼굴에 주먹질을 하고 바닥에 쓰러진 그녀를 발로 밟았다. 이 일은 일파만파 인터넷상에 퍼졌고, 투안의 인터넷상 사진과 실제 모습이 모두 공개되었다. 이를 본 사람들의 반응은 '폭행남'을 탓하는 의견보다 투안이 잘못했다는 의견이 대세였으니… 과장된 페르소나가 빚어낸 참극이 아닐 수 없었다.

자기 확신의 거울을 마주하며, 자기 확장의 거울을 만나는 순간을 기대하는 것!

11) 오스카 와일드(Oscar Fingal O'FlahertieWills Wilds)는 아일랜드 출신의 극작가이자 소설가, 시인으로, 19세기 말 대표적인 유미주의자이다. 뛰어난 재기(才氣), 쾌락주의와 유미주의, 스캔들 등 주목받는 사교계 인사였으며, 때문에 작품보다 사생활이 더욱 유명한 인물이기도 하다.

> **오직 당신만의 페르소나를 만들어라!**
> **오직 어리석은 사람들만이 겉모습으로 사람을**
> **판단하지 말라고 한다. 이 세상의 진정한 신비함은**
> **안 보이는 것이 아니라 보이는 것에 있다.**
>
> **– 오스카와일드[11] –**

PART_IV

04

리더의 외면 성장 프로젝트 – 리더의 이미지로 브랜딩하라!

04 PART_IV

리더의 외면 성장 프로젝트 – 리더의 이미지로 브랜딩 하라!

과거 미국 대선 당시, 케네디와 닉슨의 유세를 라디오로 들은 사람들은 닉슨에게 더 호감을 느꼈었다. 그러나 TV방송에서는 전략적으로 이미지 관리를 한 케네디가 더 많은 호감을 받았다. 이런 이미지 관리는 특별한 사람에게만 필요한 것이 아니라, 타인과의 관계 속에서 사는 사람이라면 누구에게나 필요하다. 많은 사람을 만나는 가운데서 누구보다 더 인상 깊어야 하는 그 이유는, 나 자신의 이미지를 전략적으로 바꿈으로써 삶 자체도 바꿀 수 있기 때문이다. 물론 이런 관리는 전문가의 컨설팅을 통해 바꿔나가는 것이 좋다. 단시간에 완벽히 달라질 수 있는 것이 아니며, 지속적이고 꾸준한 트레이닝이 필요하다. 무엇보다 중요한 것은 스스로 변화하고자 하는 의지와 본질이 바탕이 되어야 한다. 이는 곧 진정성, 일관성, 지속성의 3요소를 통해 개인의 브랜딩이 가능해짐을 의미하는 것이다.

이렇듯 PI는 프레지던트 아이덴티티(President Identity)를 다루면서 출발했으나, 점차 보편화 작업을 거쳐 지금은 퍼스널 아이덴티티(Personal Identity)를 의미하게 됐다. PI의 요소를 잘 컨트롤하는 사람이 결국은 잘 나가는 사람이며, 그것을 현재 내가 하고 있는 일과 잘 맞아떨어지게 브랜딩 했을 때, 비로소 성공에 가까워진다.

21세기는 이미지의 시대이다. 21세기는 단기적 관점의 이미지 메이킹을 통한 이미지 브랜드 구축에서 장기적 관점의 브랜드 매니지먼트를 요구하는 PI 2.0의 시대로 전환되고 있다고 전문가들은 말한다. 앞으로는 점점 개인의 시대, 크고 작음이 중요하지 않은 세상이 온다. 실력과 성품이 개인경쟁력의 핵심요소라고 하지만, 여기에 적절한 이미지 관리가 더해져야 그 실력과 성품이 더욱 빛나는 시대라는 말이다. 한때 '이미지 관리'가 정치인, 연예인과 같은 특별한 사람들만의 전유물처럼 여겨졌지만, 이제는 직장인과 '취준생' 같은 일반인들에게도 자신의 이미지를 성공적으로 관리하는 것은 매우 중요한 일이 되었다.

그 가운데 리더는 여러 구성원 중 가장 특별한 영향력을 발산하는 사람이다. 리더는 여러 방면에서 구성원들에게 에너지를 주게 되는데, 외모, 말투, 목소리, 옷차림 등 기업인이 가진 이미지가 곧 회사를 대표하는 이미지가 되는 경우가 많다. 그러므로 리더는 반드시 자신의 이미지가 조직을 이끌어 가는 데 효과적으로 작용하는지 생각해볼 필요가 있다. 하지만 이런 이미지는 쉽게 얻어지는 것이 아니다.

그렇다면 늘 타인과 함께 하는 '나'란 사람의 이미지를 제대로 정립하려면 어떻게 해야 할까? 우선 자신의 신체조건, 성격, 직업 및 생활방식 나아가 철학 및 비전 그리고 자신만의 스토리 등을 종합적으로 고려해야 한다. 그것을 통해서 나에게 맞는 브랜드 이미지를 정립한 뒤, 옷이나 화법, 헤어스타일 등과 같은 외적 이미지를 '나'란 사람의 브랜드에 어울리게 만들어나가야 한다.

세계적인 이미지컨설턴트 컬러마티스는 외모는 '내면을 설명하는 언어'라고 했다. 학교에서 외국어를 배우듯이, 외모를 표현하는 방법을 배워야 한다는 의미기도 하다. 다시 말하면, 자신만의 스타일을 발견하는 요소에는 예쁜 눈, 날씬한 몸일 수도 있지만, 납작한 가슴이나 얼굴의 주름 등이 자신만의 개성 있는 스타일로 변모될 수도 있다는 것이다. 지구상의 모든 생물들이 자신이 처한 환경에 가장 잘 어울리는 생김새를 갖고 살아가듯이 말이다.

옷을 고르는 일 또한 자신의 몸뿐만 아니라 마음까지 표현하는 일이다. 자신의 취향을 고스란히 표현하기 때문이다. 어떤 특정 색깔과 모양의 옷을 입으면, 왠지 스스로 잘 어울린다고 느낄 때가 있다. 그 느낌을 막연히 흘려보내지 말고 적극적으로 연구하고 지속시킬 필요가 있다. 그게 바로 당신만의 스타일이며 자기다움이니까.

01

Visual Image Branding

> 때와 장소에 맞게 옷을 입는 것은 국가가 나에게 부여한 임무이다.
>
> – 철의 여인 마가렛 대처 –

마가렛 대처(Margaret Thatcher) 전 영국 총리는 파란색 옷을 즐겨 입었다. 교육부장관으로서 연설을 할 때와 보수당 당수 선거에 나설 때에도 파란색 수트를 입었다. 1979년 최초의 여성 총리로 총리공관 앞에 섰을 때는 파란색 피터팬 컬러 재킷과 주름치마를 입어 강한 인상을 남겼다. 영국에서 파란색은 보수당을, 빨간색은 노동당을 상징한다. 철저한 보수주의자였던 대처는 자신의 신념을 의상의 컬러로 표현한 것이다. 그녀는 검은 색의 딱딱한 사각 가죽 핸드백을 늘 들고 다녔다. 자국의 장관들 앞, 레이건 전 미국 대통령, 고르바초프

구 소련 대통령과의 정상회담에서 그 핸드백을 테이블에 턱하고 올려놓는 단호한 모습만으로 심리적 우위에 섰다. 이렇게 핸드백을 통해 '자기주장을 내세운다.' 라는 뜻의 '핸드배깅(handbagging)' 이라는 신조어를 탄생시킬 정도로, 대처는 자신의 생각을 상징적으로 패션에 적용시킨 여성정치인 중 한 사람이다.

패션의 정치학

Margaret Thatcher 1925-2013

PS: her secret weapon

Karen Dacre on the little-known London company that supplied Mrs T's iconic bags

'핸드배깅'
자기주장을 내세운다

'때와 장소에 맞게 옷을 입는 것은 국가가 나에게 부여한 임무이다'

철의 여인 마가렛 대처

대처가 타계한 이후. 세계에서 주목받는 여성 리더 중 한 명인 테레사 메이 전 영국 총리(현 하원의원)는 패셔니스트로 유명하다. 정치적인 면에서는 평가가 다분하나, 패션에 있어서만큼은 역대 정치인 중 가장 눈에 띄는 행보를 보이고 있다. 그녀를 보노라면 여성성을 가리라고 요구하는 사회적 압력을 거부하는 인상을 준다. 구두 마니

아로 유명한 메이의 화려한 스타일은 강력한 자기표현이다. 자신을 숨기지 않고, 정치적 견해도 얼렁뚱땅 내뱉지 않는다. 그 당당함과 자의식 넘치는 패션이 묘하게 맞물린다.

여성성을 가리라고 요구하는 사회적 압박을 거부하는 인상

경영자들 역시 패션과 외모 등 눈에 보이는 비주얼 브랜딩으로 자신과 회사의 이미지를 표출한다. 마크 저커버그 페이스북 최고경영자는 청바지에 갇춰지지 않은 셔츠를 자주 입는다. 틀에 박히지 않은 사고와 역동적인 회사 이미지를 표현하기 위해서다.

정태영 현대카드 부회장은 젊고 활기찬 이미지를 강조하기 위해 나이에 비해 파격적인 패션을 즐긴다. 공식적인 자리에 찢어진 청바지와 셔츠 차림으로 등장해 놀라움 주는가 하면, 수트를 입을 때에도 대부분 노타이 차림에 몸에 꼭 맞는 핏을 고수한다.

김성주 성주그룹 회장은 활동적이고 중성적인 여성 CEO의 이미지를 강조하는 패션으로 각인되어 있다. 쇼트커트의 헤어 스타일과 큰 키가 남성적 이미지라면, 짙은 화장과 화려한 블라우스로 여성적인 면을 강조해 조화를 이룬다.

페이스북 최고경영자 마크 저커버그

이와 같이 본인과 조직에 걸맞은 비주얼 아이덴티티를 수립하고, 거기에 맞춰 시각적 이미지를 브랜딩 하는 것을 비주얼 이미지 브랜딩으로 정의할 수 있다.

비주얼 이미지 브랜딩에는 옷차림이 주요 매개체로 활용된다. 비즈니스 현장에서 누군가를 처음 만났을 때 대부분의 사람들은 상대방의 옷차림을 본다. 자신이 느끼지 못하는 사이 옷차림이 사업 성패의 밑그림을 그리고 있는 것이다. 때문에 첫인상에서부터 상대에게 신뢰와 믿음을 심어주는 것이 무엇보다 중요하다. 또 비즈니스맨에게 첫 이미지가 사업의 성패를 결정한다면, 세일즈맨에게 있어서는 상품을 팔 수 있느냐를 결정한다.

의상과 함께 상대를 배려하는 아이템을 함께 스타일링 함으로써 자신을 더욱 돋보이게 하는 방법도 있다. 행커칩은 손수건 대용으로 상황에 따라 다양하게 사용할 수 있는 아이템이다. 여성의 무릎에 덮어주고, 물을 닦아주는 배려의 아이템으로서 자신의 메시지를 던지는 방법 중 하나다. 여성스럽고 사랑스러운 이미지의 진주는 조개 안에서 오랫동안 숙성된 물건으로, 여성스럽고 참해 보이는 인상을 부여한다. 만년필과 수첩은 필기구를 준비하는 것은 상대의 말을 주의 깊게 듣고 받아 적는 아주 성의 있는 경청의 의지를 보여주는 방법이다. 또 필기구를 산뜻하고 좋은 것을 선택하는 것은 자신을 돌보는 행위이자 타인을 배려하는 중요한 도구가 된다.

이처럼 비주얼 이미지 브랜딩은 옷차림과 스타일링은 물론 외모와 표정에 이르기까지 모든 시각적 이미지케이션을 포괄하는 개념이다. 이번 장에서는 상대에게 호감을 주기 위한 비주얼 이미지 브랜딩 전략을 구체적으로 알아보자.

A 사회적 경쟁의 도구, 패션은 전략이다

패션은 자기의 표현이자 선택이다.
누군가가 어떻게 옷을 입어야 할지 모르겠다고 말한다면
거울을 보고 자기 자신부터 연구하라고 말하겠다.

– 미우치아 프라다 –

사람의 첫인상은 그 사람의 옷차림에서 좌우된다. 옷을 잘 입는다는 것은 돈으로 치장을 하는 일이 아니라, 때와 장소에 어울리게 단정하게 입는다는 것을 의미한다. 세련된 복장이란 최첨단의 유행을 따르는 것이 아니라, 자기에게 어울리는 옷을 맵시 있게 차려입는 것을 말한다. 특히 여성이라면 자신의 피부나 머리색깔과 모양에 어울리는 색상을 찾아내는 것이 중요하다. 유행은 그 다음의 문제이다.

멋을 잘 부리는 사람이란 때와 장소에 따라 자기에게 어울리는 옷을 제대로 입을 줄 아는 사람을 말한다. 서양 에티켓에서는 복장의 매너도 빼놓을 수 없는 요소의 하나이다.

독일 함부르크 출신의 패션 거물 카를 라거펠트(Karl Lagerfeld)는 옷과 자신에 대한 애착이 대단한 인물이었다. 그는 운동만 하고 패션에 관심 없는 이들을 지적하면서 이렇게 말했다.

"조깅 옷을 자꾸 입는다는 것은 자기 삶을 컨트롤하지 않는다는 뜻이다."

그는 또 "나는 싸구려라는 말을 혐오한다. 인간도 하긴 싸구려다. 그러나 옷은 반대로 비싸고 가치 있어야 한다."며 옷의 중요성을 강조했다. 옷에 대한 투자는 자신의 가치를 높이는 일이며, 사치가 아니라는 게 그의 철학이다.

호텔 레스토랑 입구에는 말쑥하게 차려입은 지배인이나 고객의 영접을 전문으로 하는 종업원이 손님을 기다린다. 이들은 손님을 테이블로 안내할 때 그날의 기분에 따라 임의로 혹은 마구잡이로 하는 것이 아니라, 현장지침을 토대로 엄정하게 심사한 후 그 손님에게 가장 잘 어울리는 자리로 안내한다. 여기에서의 기준이란 손님의 외모, 복장, 행동거지 따위를 말한다. 즉, 옷에 따라 내가 받는 대접이 달라질 수 있음을 의미한다.

비즈니스에서 복장이란 옷, 옷차림의 의미로서 상대방에게 자기의 첫 이미지를 줄 수 있다. 옷차림과 몸치장으로 사람을 판단하는 것은 자칫 선입견에 좌우될 수도 있지만, 사람의 첫인상은 그 사람의 옷차림과 몸치장에 따라 좌우되기도 한다. 옷차림과 몸치장이 의사 표시 중 하나이기 때문이다. 우리는 옷차림과 몸치장에서 그 사람의 직장, 생활, 환경, 성격, 취미, 교양을 엿보는 것이다.

우리가 일상생활에서나 직장생활에서 옷차림과 몸치장에 주의한다는 것은 단순히 멋을 부린다는 것이 아니라, 품위를 갖춘다는 말이기도 하다. 값싼 옷이라도 깨끗하고 단정하게 차리는 것이 예의이며 상식이다. 세련된 옷차림이란 최첨단의 유행을 따르는 것이 아니라, 자기에게 어울리는 옷을 맵시 있게 차려입는 것을 말한다.

옷을 못 입는 것은 단순히 미적 감각이 부족하거나 최신 트렌드를 몰라서가 아니다. 바로 자기 자신에 대한 이해가 부족하거나, 자신의 현재적 모습을 인정하지 않거나 받아들이지 않아서이다.

패션을 통해 자신을 브랜딩 하는 것은 인간이 목표로 하는 라이프스타일의 외양적 가치를 높여 비즈니스 사회에서 성공하는 데 도움을 주는 일이다. 그러므로 패션을 기초로 해서 액세서리. 헤어, 미용, 매너와 에티켓에 이르기까지 외양에 관계된 모든 일을 철저히 연구하고 스스로 가꿔 나아감으로써, 본인의 이미지를 보다 전략적으로 변화시킬 수 있는 자기주도적 삶의 기초가 되어야 함은 자명하다.

■ 주어진 환경을 분석하는 힘, 사람은 입은 대로 사람이 된다

캐나다 총리 쥐스탱 트뤼도(Justin Trudeau)는 미국 패션잡지 〈배너티 페어〉에서 '2016 베스트 드레서'에 선정된 바 있다. 일단 그는 '옷걸이'가 된다. 188cm의 키에 잘생겼고, 몸매는 요가와 복싱으로 단련되어 있다. 디즈니 만화에 나오는 왕자를 빼닮아 캐나다의 '디즈니 왕자'라 불릴 정도로 훤칠하다. 남성 패션잡지 〈지큐(GQ)〉는 그를 '2016 세계에서 가장 세련된 남자'에 꼽았고, 〈보그(VOGUE)〉는 정치인인 그를 표지 사진으로 쓰기도 했다.

대체 어떻게 입기에 베스트 드레서로 뽑혔을까? 몸매만 뛰어나서가 아니라, 옷차림 안에 그의 생각과 철학을 담아냈기에 가능했을 것이다. 그는 정장을 입을 때 완벽한 핏을 선보인다. 한 패션잡지는 그의 정장 패션을 “슈트의 핏에 대한 기본적인 이해가 있다. 클래식한 스타일을 살짝 틀어 스타일리시 하게 표현했다.”고 평가했다. 그런가 하면 과감한 의상도 거뜬히 소화해 낸다. 술이 치렁치렁 달린 원주민 스타일의 가죽 재킷은 아버지인 피에르 전 총리한테서 물려받은 것으로, 그가 가장 좋아하는 패션 아이템이라고 한다.

그는 간혹 카우보이 패션으로 멋을 내기도 한다. 그는 “내 패션의 롤 모델은 영화 ‘캐리비언의 해적’에서 조니 뎁이 연기한 잭 스패로우 선장이다.”라고 말하기도 했다. 토론토 국제 영화제에는 새하얀 전통 복장을 입고 등장했고, 공식석상에서 컬러풀한 양말을 신어 화제가 되기도 했다. 자선 복싱대회에 출전했을 때는 왼쪽 어깨의 문신을 드러내기도 했다. 까마귀 문양 안에 지구가 그려진 모양으로, 캐나다 에스키모 부족인 하이다족의 문양이었다. 그의 이런 자유분방한 패션 철학은 개방과 관용, 다양성이라는 그의 정치철학과도 통한다는 평가다.

어떻게 입을 것인가의 문제는 어떻게 살 것인가의 문제다. 옷은 우리에게 삶을 설명해주는 의미 있는 사물이다. 따라서 패션은 시대의 변화에 어떻게 대응할 것인지를 탐색하는 자기혁신의 과정인 셈이다.

패션은 단지 옷이 아니라 행동양식의 종합이며, 자신의 취향을 드러내는 방식이다. 또한 삶을 즐기는 방법이다. 무엇보다 중요한 것은 패션의 주인공은 바로 '나' 란 사실이다. 그것이 무엇이든 내가 선택하는 것이 곧 나의 패션이다.

패션은 이미지를 만들어주는 전략적 도구로 사용된다. 따라서 패션을 소비와 쇼핑 유행으로만 볼 것이 아니라 자기표현의 강력한 이미지 전략 수단으로 삼고 이를 활용할 필요가 있다.

일찍이 나폴레옹은 "사람은 입은 대로 사람이 된다."라고 하였다. 옷차림이 그 사람의 행동을 결정짓고, 그 행동은 의식을 좌우하며, 그 의식은 운명을 결정지음으로써, 옷차림이 결과적으로 그 사람의 장래까지도 연결된다는 뜻이다.

상대방의 옷차림을 보고 우리는 여러 가지 상황을 유추해 낸다. 능력과 직업, 패션 감각과 감성, 심지어 부(富)의 척도까지 재어 보는 중요한 척도가 되기도 한다. 재미있는 사실은, 단지 상대방의 옷차림을 보고 '저 사람은 부유한 집안의 아들일 거야.', 단지 흰 가운만 걸쳤을 뿐인데도 '저 사람 직업은 의사구나.', '왜 하필 저 옷을 입었을까' 에 이르기까지 다양한 상상력을 동원하기도 한다.

게다가 자신이 좋아하는 패션스타일을 갖춘 상대방에게는 오랫동안 알고 지낸 친구처럼 빠르게 관계가 성립되기도 한다. 이렇듯 복장은 상대방에게 여러 가지 상황으로 해석해 전달되는 무언(無言)의 힘을 가지고 있다.

복장은 신체의 보호를 넘어선 패션의 일부로 미적 기능의 가치를 넘어섰다. 이유와 상황에 따라 제대로 갖추어진 복장은 선택이 아닌 필수가 된 시대가 온 것이다. 성공을 목표로 한 상황에 따른 복장을 준비하는 것은 주어진 환경을 분석하는 것과 같다. 성공은 의도적인 도발에서 시작된다. 이제 성공적인 관계의 시작을 당신의 준비된 복장으로 상대방을 배려해 보자.

Point

자신의 이미지를 창출하라

면접을 볼 때에는 검은색 정장을 입고, 맞선을 보러가는 여성들은 여성스러운 원피스를 입는 것이 정석처럼 되어 있다. 하지만 이러한 옷차림은 일반적인 것일 뿐 어울리지 않는 사람도 있다. 어울리지 않는 옷을 입으면 행동이 부자연스러워지고, 보는 사람 역시 불편하다.

평소에 자신에게 맞는 색, 어울리는 옷이나 헤어스타일, 액세서리를 정해두고 때와 장소에 맞게 코디를 하면 좋은 평가를 받을 수 있다. 옷차림뿐만 아니라 제스처나 말투, 목소리 톤도 본인과 어울리게 습관을 들이는 것도 긍정적인 이미지 창출에 큰 도움이 된다.

■ 성공하기를 원한다면 성공한 사람처럼 입어라

> 패션은 자기표현의 극치이며, 타인을 위한 배려다.
>
> – 코코샤넬 –

"아침에 옷을 고르다 보면 새로운 도전이 생각나죠."

한 국내 패션 브랜드 CEO의 말이다. 옷은 사람의 마음가짐과 행동양식을 결정하고, 때문에 얼마나 정장을 제대로 갖춰 입느냐에 따라 비즈니스를 주도할 수 있느냐 없느냐의 성패가 달려있다는 설명이다.

IMF 이후 1990년대 후반과 2000년에 들어서면서, 남성복에는 고급 명품 선호 추세로 급변했다. 의류 회사들의 고급화 전략도 있었지만, 권위적으로 입었던 이전에 비해 품격이 높은 정장을 고를 수 있는 안목이 생기면서 명품 브랜드를 선호하기 시작했던 것이다.

옷을 잘 입었다고 해서 성공하리란 보장은 없으나, 옷을 못 입으면 성공하기 어려운 것은 사실이다. 상사는 부하 직원(혹은 상대 비즈니스 파트너)의 옷차림에서부터 일할 준비 태세가 갖춰졌는지 여부가 은연중에 판단하기 때문이다.

그렇다면 정글과도 같은 비즈니스계에서 성공하기 위하여 전략적으로 보여줘야 할 옷차림은 무엇일까? 신문 · 잡지 · 혹은 광고에 등장하는 CEO, 명사들의 옷차림을 스크랩하는 것은 좋은 습관이다. 그들이 멋진 차림으로 모임이나 중요 행사에 참석한 사진들을 스크랩 하다보면 당연히 때와 장소에 맞는 옷차림 공식을 익히게 된다.

유행은 시시각각 변하고, IT업계의 젊은 피와 신세대 CEO의 등장으로 트렌디 하고 스타일리시한 남성들이 늘고 있는 것도 사실이다.

여전히 보수적이고 폐쇄성이 강한 남성들의 비즈니스 세계에서 성공을 위한 전략적 옷차림에 정답은 단순하다.

고개를 돌려 상사의 옷차림을 보라. 그리고 성공한 사람들의 옷차림을 보라. 성공한 사람처럼 입는 것이 첫 번째 정답이다. 자기 주도적인 성향이 강해지는 요즘의 세태와 비교했을 때, 매우 줏대 없는 결론으로 보일 수도 있다. 하지만 의식적이든 무의식적이든 '성공'이라는 자리에서 입은 스타일을 그대로 인용만 한다면, 어떤 자리에서도 신뢰와 믿음만큼은 잃지 않을 것이다.

국내 대기업의 CEO와 세계적으로 성공한 기업인을 비롯해 각계 명사들의 옷차림을 유심히 살펴보라. 그들에게서 찾을 수 있는 가장 큰 공통점은 요즘 유행하는 것과는 전혀 상관없이 전통적으로 내려오는 기본 스타일의 정장을 입는다는 것이다.

상황 별 수트 코디네이션 – 시선 집중의 네이비

감청색 수트

회의&미팅

청색의 수트 + 흰색셔츠 + 붉은색 타이

강한 설득력과 신뢰감

상황 별 수트 코디네이션 – 공식행사의 차콜그레이

회색 수트

프리젠테이션

회색의 수트 + 파스텔 셔츠 + 다양한 타이

차분하면서 지적인 인상

상황 별 수트 코디네이션 – 격식을 갖춘 예복

블랙 수트

해외출장 시, 파티웨어

블랙 수트 + 실크 셔츠 + 스트라이프 타이

포켓칩 & 커프링크스

정중하고 성실한 이미지

강한 리더십을 발휘하는 그들은 튀지 않으며, 점잖고 무게를 느끼게 하는 감색 또는 짙은 회색 정장을 즐겨 입는다. 이 두 컬러는 '신뢰'를 상징하며, 오랜 세월 이어온 보수적인 옷차림이 인간의 감각 영역에서 익숙함을 주기 때문이다. 또 감색(혹은 짙은 회색) 정장과 함께 '신뢰'를 상징하는 것은 화이트 드레스 셔츠와 스트라이프 넥타이다.

남자의 현실적 체형을 드라마틱하게 개선할 수 있는 것은 수트가 유일한 옷이다. 몸에 맞는 사이즈와 옷 자체가 화려한 것이 아닌, 정돈된 옷차림만 보아도 5살은 젊어 보인다. 첫인상에서 기선을 제압할 수 있는 품격 높은 스타일은 스트라이프 수트다. 클래식한 라인의 간격이 넓고 짙은 컬러의 스트라이프가 들어간 수트는 인상을 매우 강렬하게 만들어 준다. 스트라이프 수트에는 무지 타이나 방향이 없는 무늬의 타이가 적합하다.

상식에 맞게 입는 것도 중요하다. 옷을 잘 입는 사람이라 함은 최신 트렌드에 맞춰 명품 의상으로 머리끝부터 발끝까지 휘감은 사람이 아니다. 옷을 잘 입는 사람은 상황에 맞는 옷차림을 한다. 그 상황에 맞는 옷차림의 키워드는 바로 '상식'이다. 만약 증권 중개인이라면 기본 컬러의 수트를 입는 것이 옳다. 광고 회사의 아트 디렉터이거나 방송 관련 또는 연예산업 종사자라면 무난한 수트보다 패션 감각이 돋보이는 최신유행 스타일을 선택해야 할 것이다. 법률가나 회계사 같은 직업군에 있다면 진한 감색이나 진회색이 적당하다.

누구를 만나느냐에 따라서도 적절한 코디가 필요하다. 기업의 CEO나 중역과의 계약이나 비즈니스 미팅이 있다면, 보수적인 남색 수트가 좋다. 업무 관계로 직원들 간의 미팅 시에는 밝은 컬러의 수트에 적당히 대비되는 컬러의 넥타이로 포인트를 주면 좋다. 많은 대중 앞에서의 강연할 때는 강한 프린트는 피하는 것이 좋다. 연단과 비슷한 컬러도 옳지 않다.

한때 메트로 섹슈얼(metrosexual)[12]의 영향으로 남성들의 브이존(정장의 컬러안쪽 셔츠가 보이는 라인)에 핑크바람이 불었다. 평소 여성들의 전유물로만 여겨졌던 핑크 컬러가 남성셔츠와 넥타이에 도입되면서 '꽃미남'의 상징처럼 여겨지기도 했다. 하지만 비즈니스계는 여전히 보수적이기 때문에 과도한 멋쟁이를 환영하지는 않는다. 전 세계 비즈니스계를 움직이는 수장들은 여전히 보수적인 남성이기 때문이다. 당신이 여직원 모임이나 연말 사교모임에 나가는 것이 아니라면, 핑크 셔츠와 넥타이는 장롱 속에 깊숙이 넣어두는 것이 좋다. 또 컬러부분에 스티치와 단추에 컬러가 들어간 셔츠를 입을 경우 '멋쟁이'라는 말을 들을지라도 업무상엔 도움이 안 된다. 이러한 무늬와 장식효과는 시선을 분산시켜 상대로 하여금 내 말에 집중하지 못하도록 할 뿐만 아니라, 산만해 보이기까지 하므로 지양하는 것이 좋다.

12) 패션과 외모에 많은 관심을 보이는 남성을 일컫는 용어. 패션에 민감하고 외모에 관심이 많은 남성을 이르는 말이다. [두산백과]

비즈니스 캐주얼은 정장보다는 편안하고, 캐주얼보다는 품위와 격식을 갖춘 복장이다. 비즈니스 캐주얼 안에서도 블레이저나 재킷에 셔츠와 타이를 모두 갖춘 세미 포멀 차림이라면, 어느 장소에서

남성 리더의 이미지케이션 – 비즈니스 캐주얼 코디네이션

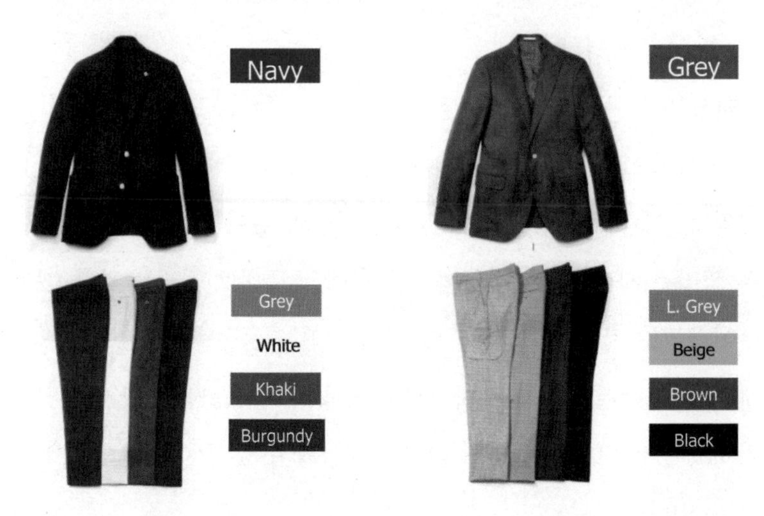

도 수트 차림과 거의 동일한 의미를 전달할 수 있다. 비즈니스의 기본은 상대와 같은 의미를 이해하고, 같은 격식을 배려하는 것이다. 그러므로 수트 차림을 한 비즈니스 파트너와 포멀한 자리에서 만난다면, 같은 수트 차림을 하거나 재킷에 타이까지 충실히 갖춰 예의를 차려야 한다.

같은 의미에서 무겁지 않은 식당이나 스포츠를 앞둔 자리라면, 넥타이 없이 가벼운 재킷 차림만으로도 충분히 비즈니스는 이어질 수 있다. 주말에는 자신이 좋아하는 블루진에 니트 혹은 가벼운 카디건을 입는다. 이것이 비즈니스 캐주얼 드레스 코드의 정확한 의미다. 콤비네이션이라고도 부르는 재킷과 바지의 색상과 소재가 다른 세미 정장도 무난한 비즈니스 캐주얼이 될 수 있다.

패션은 불어(이탈리아어)로 '모드(Mode)'라 한다. 모드의 사전적 의미를 살펴보면, 한 시대를 살아가는 사람들의 '태도와 매너, 예법' 그리고 '노래와 리듬', '측량하다. 정신의 깊이를 가늠하다.'와 같은 의미로 사용되고 있다. 이러한 의미를 토대로 정리를 해보자면, 옷이란 내가 삶을 살아가는 데 있어 어떤 리듬을 타며 살아가는지, 나의 삶을 어떠한 태도로 바라보고 생을 노래하는지, 나아가 타인이 가지고 있는 다양한 생각의 깊이를 가늠할 수 있는 나침반으로 정의할 수 있다.

오늘 만날 사람과 나누게 될 노래와 리듬에 맞춰 미리 옷차림을 점검하고 준비하는 시간이 소중한 이유다. 그렇다면 당신이 현재 입고 있는 옷은 당신에게 어떠한 의미로 사용되고 있는가?!

Point

블레이저의 유래와 스타일링 법

비즈니스 캐주얼에서 블레이저 재킷은 필수다. 블레이저란 뜻은 1877년 영국의 명문대학의 보트 경기 때 입었던 옥스퍼드 대학 팀의 유니폼에서 비롯되었다고 전한다. 불타는 것 같은 주홍 플란넬 유니폼과 금속으로 된 단추의 번쩍거림(blaze)에서 그 옷의 명칭이 블레이저로 정착되었다.

또한 1897년 영국의 빅토리아여왕이 해군 함선 '블레이저호'를 방문하자, 함장은 여왕 앞에서 단정하고 산뜻한 모습을 보여주기 위해 승무원들의 제복에 놋쇠로 만든 단추를 달도록 지시했고 그 스타일을 맘에 들어 한 여왕 때문에 다른 함대에서도 그 스타일을 차용하게 되었다. 이것이 버튼과 재단에 따라 다양한 블레이져 스타일로 발전하였고, 캐주얼과 클래식 룩에 가장 기본적인 아이템으로 사랑받고 있다.

그렇다면 블레이저와 수트 재킷의 차이점은 무엇인가? 원칙적으로 블레이저는 윗옷과 아래옷이 따로 갖춤으로 주홍색이나 군청색 재킷에 회색 바지의 조합이 가장 보편적이며, 재킷 포켓은 모두 아웃 포켓으로 하고 가슴 주머니에 엠블럼을 부착하여 소속을 나타낸다.

하지만 현재는 블레이저가 평상복으로 보편화되면서 포켓을 보통 플랩포켓으로 하거나 겹자락으로 만들며 디테일에 변화가 생겼다. 깃도 칼깃과 새김깃을 모두 사용하지만, 아직까지도 금속 단추는 고수하고 있다. 가장 흔히 볼 수 있는 예가 선수단 복장과 국가 공무원의 유니폼이다.
완전한 블레이저 스타일은 주말 근무복장으로 한 벌 갖추기를 권한다. 상하 동일 소재의 색상인 블레이저 수트나 세퍼레이트 수트와 같이 디테일에 변화를 주고 싶을 때는 주중 근무복으로도 무방하다. 정통 블레이저일 때에는 버튼 다운 셔츠에 레지맨탈 타이를 매치하면 적합하다. 네이비 컬러의 블레이저를 갖추면, 각종 바지들과 함께 옷차림을 다양하게 즐길 수 있다.

남성 리더의 이미지케이션 – 블레이저 재킷을 이용하라

포멀과 캐주얼의 믹스&매치

■ 의상 선택의 순간, 스타일은 메시지이다. 의상에 메시지를 더하라

> 패션은 구매하는 것이지만, 스타일은 소유하는 것이다.
>
> – 에드나 울먼 체이스 〈보그〉 편집장 –

'어떤 이야기를 할 것인가?', '어떤 일을 해낼 것인가?' 스타일에는 강력한 메시지가 들어 있다. 옷은 자신을 표현하고 확장시키는 도구이다.옷은 시각적 언어이며 조정자이다. 입은 옷에 따라 사고와 태도와 행동이 변화된다. 옷에서 배어난 나의 존재가치는 정돈된 옷차림과 격식을 갖춘 옷차림 혹은 다른 사람을 존중하는 옷차림에서 자신의 가치를 높여 준다. 그래서 옷을 결코 소홀하게 생각하면 안 된다.

복장공학(ward robe engineering)은 그때그때 기분에 따라 옷을 대충 걸치는 습관을 버리는 것에서 출발한다. 성공적인 이미지 연출을 위해서는 T.P.O 원칙에 따르는 것이 기본이다. 즉, 때와 장소와 상황에 맞는 의상 선택이 이뤄져야 한다. 나아가 옷을 통해 드러나는 스타일에는 강력한 메시지가 들어있다. 그래서 내가 오늘 어떤 이야기를 하고 어떤 일을 해낼지에 따라 의상을 선택하는 것이 중요하다.

버락 오바마(Barack Obama) 대통령의 임기 마지막 공식만찬회에서 그의 부인 미셸 오바마(Michelle Obama)가 입은 갑옷 드레스(chainmail dress)가 화제가 된 적이 있다. 미셸 오바마는 그 옷을 통해 어떤 메시지를 전달하고자 했던 것인가? 그녀는 금속 갑옷 제작에 사용되는 작은 쇠사슬을 엮어 제작한 드레스를 통해 스스로를 지키기 위해 투쟁하는 여성의 힘을 강조했다고 볼 수 있다. 미국 백악관에 입성한 최초의 흑인 퍼스트레이디이자, 가능성의 아이콘으로서 여성들에게 영감을 주는 그녀답게, 한결 같은 자신의 메시지를 의상을 통해 다시 한 번 강조한 것이다.

이처럼 위엄과 권위를 드러내기 위해 격식을 갖춘 남성 혹은 여성의 패션 스타일을 힘과 권력을 의미하는 '파워(power)' 와 옷 입기라는 뜻의 '드레싱(dressing)' 을 합쳐 '파워 드레싱' 이라고 부른다.

미셸의 파워 드레싱은 현재진행형이다. 남편을 보좌하던 백악관 시절과 달리 당당한 스타일을 완성하는 데 다양한 의상이 활용되고 있다. 그녀의 파워 드레싱은 전형적인 공식을 완전히 탈피한다. 때론 전형적인 슈트 대신 다소 일상적으로 보이는 점프수트를 활용하기도 한다. 2018년 12월 런던 로열 페스티벌 홀에서 열린 행사에선 드레시한 흰색 점프수트로 우아한 모습을 연출했다. 이듬해 4월 열린 런던 북 페어에서는 역시 영국 디자이너 스텔라 매카트니의 검정 점프수트로 세련미를 과시하기도 했다. 같은 슈트이지만 그녀는 데님 소재를 사용하거나, 스트라이프 혹은 커다란 패턴을 더해 경쾌한 분위기를 살리기도 한다.

미셸 오바마식 파워 드레싱의 또 다른 특징은 컬러 사용에 있다. 권위의 상징인 무채색 대신 밝고 긍정적인 기운을 내는 따뜻한 색을 과감하게 활용한다는 점이다. 2018년 12월 뉴욕에서 열린 북 페어에서 뉴욕 패션의 대명사인 세라 제시카 파커와 만날 때 입었던 샛노란 발렌시아가의 옐로 랩 드레스가 대표적이다.

작은 체구의 사제팍과 한껏 대조되는 발렌시아가의 옐로 랩 드레스와 새퀸 니하이 부츠는 미셸 오바마가 입을 것이라고는 상상하지 못했던 룩이어서 더더욱 파격적으로 느껴졌다. 무릎까지 오는 반짝이 부츠 또한 자칫 유치해 보일 수 있는 밝은 노란색 드레스를 한층 돋보이게 하는 적절한 장치였다.

미셸의 스타일에는 마치 디스코 시대의 한 장면을 떠올리게 하는 반짝이의 향연이 있다. 투어의 첫 시작이었던 시카고에서 입었던 오프숄더 스팽글 톱, 미국 내슈빌 투어에서 입었던 초록빛이 감도는 반짝이 수트가 대표적이다. 검은색이나 흰색으로 된 재킷을 입어도, 반드시 반짝이는 브로치로 어깨나 가슴을 장식하는 것을 잊지 않았다. 이는 퍼스트레이디였던 시절에는 볼 수 없었던 화려함이다. 사람들은 미셸의 새로운 스타일을 두고 '성공과 부의 힘을 강조하기 위한 슈퍼스타의 옷이며 힘찬 설득력을 가진 부드러운 파워 드레싱'이라고 평한다.

미셸의 사례를 통해, 우리는 의상을 통해 강력한 메시지를 전달할 수 있음을 살펴보았다. 아침에 일어나 의상을 선택할 때, 오늘 내가 해야 할 일이나 말하고자 하는 메시지를 철저하게 고민해보는 것이 나를 만나는 상대를 배려하는 일이며, 이는 곧 소중한 나의 브랜드를 만드는데 첫걸음이 될 수 있다는 점을 반드시 기억하자.

패션 체크리스트

□ 나만이 추구하는 스타일이 있다.

□ 첫인상은 10초 안에 결정된다는 말을 믿는다.

□ 다음 날 출근 시 입을 옷을 하루 전날 밤에 미리 준비해둔다.

□ 분기별로 한 번씩 옷 정리를 하고, 부족한 옷은 구입한다.

□ 사람들로부터 옷 잘 입는다는 말을 자주 듣는다.

□ 자신의 신체적 단점을 커버할 수 있는 방법을 알고 있다.

□ 일의 성격과 분위기에 따라 옷차림을 다르게 한다.

□ 어깨와 허리를 곧게 펴고 걷는다.

□ 주 3회 이상 운동한다.

□ 옷차림과 태도뿐 아니라, 일하는 공간의 모습도 이미지에 속한다고 생각하고 관리한다.

선택 개수 8~10개

훌륭한 이미지의 소유자

당신은 처음 사람을 만나 관계를 시작하는 데에 아무런 문제가 없는 좋은 이미지를 갖고 있는 사람입니다!

선택 개수 4~7개

호감 이미지

당신은 처음 사람을 만나 관계를 시작하는 데에 아무런 문제가 없는 좋은 이미지를 갖고 있는 사람입니다!

선택 개수 1~3개

연구와 실천 요망

아쉽게도 당신은 첫 만남에서 호감을 살 수 있는 사람과는 거리가 멀어요.
지금까지 자신의 행동과 태도를 점검하고 더 나은 이미지를 위해 연구하고 실천하셔야 해요!

■ 남성 패션 이미지 브랜딩, 옷의 균형을 맞춰라!

옷을 잘 입는다는 것은 자신의 라이프 스타일과 상황에 맞는 신뢰감을 주는 옷차림을 선택하는 것에서 시작된다. 자신의 분위기에 맞는 옷을 선택하여 입는 것은 첫인상을 좌우하는 매우 중요한 부분이다. 사람의 첫인상은 수초 내에 결정된다. 옷차림에 따른 첫인상에 따라서 비즈니스의 승패가 나뉘기도 한다.

옷차림은 타인과 구별 지을 수 있는 나만의 경쟁력이다. 외관만으로도 신뢰성을 주는 것이 진정한 프로다. 하지만 일반인이 텔레비전에 나오는 연예인이나 유명인처럼 옷을 잘 입기란 쉽지 않다. 그리고 진정한 멋은 비싼 명품으로 치장하거나 유행을 따라가는 것에 있지 않다. 스타일링의 기본과 원칙만 잘 지켜도 누구나 자신만의 멋을 찾아낼 수 있는 것이다.

남성용 액세서리는 많지 않고 심플할수록 더욱 빛을 발한다. 남성용 액세서리의 종류로는 가방, 지갑, 벨트, 커프링크스, 시계, 우산 등이 있는데, 이들을 한꺼번에 하기보다는 꼭 필요한 제품들을 세 가지 정도 선택해서 그날의 복장과 어울리도록 배치하는 것이 좋다. 수트나 재킷에는 언제나 벨트가 필요하다. 여기에 시계와 가방 혹은 가방과 커프링크스같은 조합을 시도하면서 액세서리와 복장의 조화를 연습해 본다. 잊지 말아야 할 사항은, 액세서리는 자기주장이 드러나지 않을수록, 즉 전체적인 룩에 자연스럽게 스며들수록 다시 그 제품의 존재감이 소중해진다는 점이다.

특히 보석류를 착용하지 않는 남자에게 가죽은 품위를 나타내기에 가장 분명하고 구체적인 소재다. 그래서 남자들의 구두, 벨트, 시계, 가방에는 언제나 품질 좋은 가죽이 핵심 재료 구실을 한다. 일반적인 남성들은 수트, 재킷, 바지의 각종 주머니에 두툼한 지갑, 반쯤 남은 담배 곽, 라이터, 명함 지갑 등을 요소요소에 배치하는데, 가방은 이런 문제들을 쉽게 해결해 준다. 꼭 읽고 싶은 책이나 신문기사 스크랩을 담아두기에 좋고, 갑자기 떠오른 아이디어를 적을 수 있는 펜과 메모지를 넣을 수도 있다.

가죽 벨트는 바지를 허리에 고정시키는 실용성이 목적이지만, 단조로울 수 있는 수트의 분위기를 전환시키는 기능도 가진다. 앞이 비어 있어서 사각형의 고리 모양을 가진 정장용 벨트를 캐주얼에 매거나, 그 반대로 앞이 막힌 캐주얼 벨트를 정장에 착용하는 것은 피하는 것이 좋다. 또 가죽 제품들끼리의 통일된 이미지를 위해 보통 벨트와 구두의 컬러를 비슷한 톤으로 맞춘다. 물론 색상은 정확히 같지 않아도 무방하다. 블랙 계열, 브라운 계열 등 같은 톤이면 된다. 이렇게 톤을 맞추는 제품은 가방, 구두, 벨트, 시계 등이 있다.

요즘 시대적인 화두가 된 비즈니스 캐주얼로 유용한 재킷, 청바지 등과 같은 위크엔드 캐주얼 차림에는 다소 화려하거나 특이한 시계가 어울린다. 예의범절을 중시하여 클래식 수트를 입는 남자에게는 브라운 혹은 블랙 가죽 스트랩을 가진 깨끗한 시계가 최선의 선택이 될 수 있다. 이 선택을 서로 바꾸어 착용해도 전혀 문제없으니 열린 마음으로 시계와 옷의 밸런스를 지켜보도록 한다. 다만 정장이든 캐주얼이든 심플한 시계야말로 언제나 시간을 이기는 힘을 가지고 있고, 쉽사리 유행에 흔들리지 않았다는 사실을 표현해준다.

우리가 흔히 양복이라고 부르는 수트는 제조 방식에 따라 수제(hand made) 수트와 기성복 수트, 양자를 절충한 수미주라(su misura)로 나눠진다. 특히 자신만의 스타일로 독보적인 존재감을 원하는 이들에게는 테일러가 각 고객의 취향에 맞게 새롭게 제작하는 '비스포크(bespoke)' 또는 '커스텀 메이드(custom made)' 수트를 권한다.

Point

균형에 맞는 클래식 수트 착장법

1. '수트의 생명은 핏' 딱 맞게 입어라!

수트는 반드시 몸에 밀착되어야 한다. 그 중 가장 중요한 건 어깨이다. 어깨를 딱 맞게 입느냐, 그렇지 않느냐에 따라서 나이가 서너 살은 차이가 나 보인다. 수트를 입고 자연스럽게 팔을 내렸을 때, 팔과 옆 허리선이 약간 떠야 한다. 그런 수트가 몸의 곡선을 자연스럽게 살려주는 옷이다. 그리고 뒤태를 봐야 한다. 어깨에서 허리로 내려오는 선이 Y자가 딱 그려져야 한다. 재킷 길이는 엉덩이 아랫부분이 1/3 정도 보이는 길이가 좋다. 그래야 안정되고 키가 커 보인다. 팔도 흔들어 보고, 앉았다가 일어나도 보고, 단추를 잠갔다가 열어도 보는 등 행동을 취했을 때, 선과 어깨가 편하고 잘 맞는다면 자신에게 잘 맞는 옷을 찾은 것이다.

수트의 법칙 – 정확한 사이즈

2. V존의 길이에 유의하라!

보통 수트를 구입할 때, 투 버튼이나 쓰리 버튼과 같은 버튼의 개수가 선택의 기준이 되기도 한다. 하지만 클래식 수트를 살 때는 버튼의 개수가 아닌 V존의 길이를 먼저 살펴야 한다. 버튼의 개수는 유행을 따라가기 마련이다. 유행과 상관없이 자신의 얼굴을 살려주는 것은 V존의 길이와 폭이다. V존은 자기 얼굴의 한 배 반 정도가 가장 좋다. 그 정도의 V존이 얼굴 형태를 가장 안정적으로 나타낼 수 있다. 젊을 때는 턱선이 날렵하고 목도 길지만, 나이가 들어갈수록 턱에 살이 붙고 목도 짧아진다. 이때 V존도 늘어나게 된다.

3. 맨 아래 버튼은 항상 열어두라!

클래식 수트를 입을 때 중요한 것은 단추를 잠그는 것이 아니라 열어두는 것이다. 맨 아래 버튼은 잠그지 않는 것이 원칙이다. 버튼이 한 개라면 하나만 잠그면 된다. 하지만 버튼이 두 개 이상이라면 맨 아래 버튼은 잠그지 않는 것이 예의이며, 전체적인 의상의 흐름도 멋있어진다. 이는 카디건을 입을 때도 마찬가지다.

4. 셔츠의 숨은 1cm가 패션 감각을 좌우한다.

클래식 수트를 입었을 때 재킷이 와이셔츠의 칼라를 모두 가리면 안 된다. 클래식 슈트의 멋은 셔츠의 칼라와 소매의 1cm에 숨어 있다. 옷을 잘 입는다고 자부하는 이들도 쉽게 간과하는 부분이 바로 이 1cm다. 뒤에서 봤을 때 목 뒷부분 셔츠 칼라가 재킷 위로 1~1.5cm 정도는 나와야 하며, 손목의 셔츠 소매 역시 1~1.5cm는 보여야 한다. 이는 수트를 입었을 때 안정감과 전체적인 균형미를 유지해 주며, 공식적인 자리에서 강조되는 격식이기도 하다. 그래서 재킷의 소매를 수선할 때는 반드시 손목의 복숭아뼈에 맞춰서 수선해야 한다.

드레스 셔츠 착장법

흰색이 기본
반소매 셔츠는 금물

소매길이는
수트보다 1~1.5cm
더길게

5. 주머니는 반드시 비워라!

클래식 수트를 멋스럽게 입으려면 주머니에 아무것도 넣지 않는 게 좋다. 클래식 수트에 물건을 넣으면 어깨선이 내려앉고 전체적인 라인이 망가지게 된다. 원단의 느낌 그대로 몸에 흘러내리듯 입어야 멋스럽다.

수트는 군복에서 유래되었다. 그러다 보니 당연히 복식과 입는 예의가 중요한 것이 클래식 수트다. 각 나라별로 조금씩 특성도 다르다. 클래식 수트의 원형인 영국의 수트는 어깨가 반듯하게 각지고 긴장감을 위해 허리를 졸라매는 군복의 영향을 받음으로써, 남성의 신체 라인을 살린 입체적 구조를 지닌다. 바지를 밑단에서 말아 올린 '턴업(turnup)' 도 영국 수트의 특징인데, 비가 자주 오고 습한 영국의 날씨에서 유래했다는 설이 있다. 그밖에 이탈리아 수트, 아메리칸 수트, 유러피언 수트도 각각 나름의 개성을 지니고 있으니, 자신의 체형과 라이프스타일에 맞게 선택해 입는 센스가 필요하다.

남자의 현재적 체형을 드라마틱하게 개선할 수 있는 옷이 바로 수트다. 어떤 스타일의 수트를 선택하든지 가장 중요한 것은 자기 몸에 잘 맞는 옷을 선택해 입는 것이 핵심이다. 그러나 의외로 자신의 사이즈와 체형을 모르는 사람이 많다. 그래서 외형적 자신에 대한 이해가 필요한 것이다. 우선 자신의 신체 사이즈를 아는 가장 쉽고 간단한 법은 맞춰 입어 보는 것이다. 반대로 기성복은 다양한 브랜드의 옷을 많이 입어보고 검토해 보는 것이 자신에게 맞는 옷을 고르는 요령이다. 입어보지 않고는 미묘한 차이를 알 수 없다. 체형을 알고 여러 옷을 입어보고 자신에 맞는 옷을 찾는 것을 귀찮아해서는 안 된다. 자신에게 잘 어울리는 옷을 선택해 입거나 구매하는 것은 성형수술을 통해 얼굴을 바꾸거나 목소리를 바꾸거나 식습관을 바꾸는 것보다 쉬운 일이 아닌가?

> **패션은 드러냄과 신비로움을 조장하는 일종의 수사학이다.**
>
> – 복식사가 발레리 스틸 –

복식사가 발레리 스틸(Valerie Steele)이 패션을 위와 같이 수사학으로 정의한 것은 우리의 옷차림, 우리가 옷을 선택하는 일에 철저한 계산이 동반되어야 한다는 뜻일 것이다. 우리가 옷장을 열었을 때 '입을 옷이 없다.' 라고 생각하는 것은 내가 살아갈 오늘 하루의 내 삶의 무대를 어떻게 스타일링 할 것인가에 대한 치밀한 계산이 없어서가 아닐까? 오늘 내가 만나야 하는 사람은 누구인지, 어떠한 대화를 나누게 될 예정인지, 그렇다면 목적하는 결과를 끌어내기 위해 어떤 옷차림을 해야 하는지와 같은 것에 대한 치밀한 계산과 고민 없이는 절대로 자기만의 스타일을 만들 수 없다.

내가 만나야 하는 사람에 대한 철저한 계산이 필요한 것! 그것이 바로 패션 이미지 브랜딩의 출발이다.

■ 여성 패션 이미지 브랜딩, 자신만의 스타일를 추구하라!

Fashion for a woman, still predominates
How people view you
...and That' s not Fair, That' s not right, But It' s True

여성에게 패션이란, 여전히 인상의 대부분을 좌우해요
공평하지도, 옳지도 않지만 그래도 사실이죠.

– 미셸 오바마, 본인의 다큐멘터리 〈Becoming〉 中 –

길거리를 걷다 보면 남자는 예쁜 여자를 쳐다보지만, 여자는 옷 잘 입는 여자를 쳐다본다. 옷이란 사회 속에서 타인과의 상호작용을 위한 자아의 표현수단이며, 부족한 자아를 충족시키는 자아의 확장도구이기도 하다.

외모는 정체성과 직결되는 중요 요소라 할 수 있는데, 자신의 정체성이 부족할수록 결핍이나 불안 등으로 외적인 성형을 많이 한다. 성형에 비해 패션을 통한 자아표현은 건전한 방식의 자기 표현법이라 볼 수 있으며, 이는 현실적 자아와 이상적 자아의 격차를 줄여주는 역할을 한다.

그러나 비싼 브랜드의 명품으로 도배해 입는다고 해서 사람이 명품이 될 수 없다. 티셔츠에 청바지 하나만 걸쳐도 스타일리시 하게 보이려면, 내적 충만을 통해 자신만의 삶의 균형을 찾는 것이 우선이다.

미국 〈익슨 & 서지(Eickson & Sirgy)〉의 연구결과에 의하면. 외교적이고 사교적 활동을 많이 하는 여성일수록 눈에 띄는 강한 색상의 패션스타일을 추구한다고 한다. 자기확신이 높은 사람일수록 남에게 잘 보이려는 옷을 입기보다 개성을 당당하게 표출하는 자신만의 옷을 입는 특징이 있고, 자기 본래의 모습을 인정하는 자존감이 높은 사람일수록 일반적으로 패션감각이 뛰어나다는 것이다.

하지만 자존감이 낮다고 해서 혹은 패션 감각이 없다고 해서 실망할 필요는 없다. 패션 감각이 뛰어나지 않은 사람이라도 다수의 사람들에 의해 검증된 패션 공식을 배우고 습득하려는 노력을 기울인다면, 단기간에 멋쟁이가 될 수 있다.

이 책에서 여성 패션과 관련한 많은 부분을 할애하지는 못하지만, 조금만 신경을 기울여도 옷 잘 입는 여성으로 보일 수 있는 아이템 및 팁을 소개한다.

커리어 우먼이면 누구나 한 벌쯤 가지고 있는 '테일러드 재킷'은, 직선적인 컬러라인이 특징으로 세련되면서 단정한 이미지를 선사하는 현대여성의 오피스 룩 중 떠오르는 아이템이다. 어떤 옷과 매치하느냐에 따라 매니시룩에서부터 페미닌룩까지 다양하게 연출이 가능하다. 따라서 바쁜 아침마다 '오늘은 또 무엇을 입을까?' 하고 고민하는 직장여성에게 테일러드재킷은 청바지와 같은 존재다. 테일러드 재킷에 스트레이트 팬츠를 매치하면, 세련된 느낌을 연출할 수 있으며, 바지통이 넓은 와이드 팬츠와 함께 연출해도 복고 풍의 점잖은 차림새를 연출할 수 있어서 선택의 폭이 넓다.

여성 리더의 이미지 전략 – 테일러드 재킷을 활용하라!

매니시룩 페미닌룩

테일러드 재킷의 중성적인 느낌을 살리고자 한다면, 발가락이 드러나는 '오픈 토 슈즈' 나 '펌프스' 스타일보다는 '앵클부츠' 나 '부티' 등을 매치하는 게 좋다. 여름철에는 가볍게 발등을 덮는 슈즈를 선택하는 것이 좋다. 메탈 소재의 손목시계 역시 커리어 우먼 특유의 '자기 관리에 철저한 이미지' 를 잘 살릴 수 있다.

테일러드 재킷은 여성적인 느낌이 강한 스커트와 믹스매치 할 경우 오히려 더 페미닌한 스타일이 연출된다. 특히 골반부터 허벅지까지 딱 달라붙게 떨어지는 'H라인 스커트' 나 허리 위까지 올려 입는 '하이 웨이스트 스커트' 를 매치할 경우 도회적이고 페미닌한 오피스 룩을 완성할 수 있다. 더불어 발등이 드러나는 펌프스 스타일의 하이힐이나 크고 화려한 주얼리를 매치한다면, 보다 우아하면서도 글래머러스한 오피스 룩을 완성할 수 있다.

컬러는 사람의 기분을 '들었다 놓았다' 하는 신비한 능력을 지녔다. 여성이 생명력을 꽃피우는 데는 레드 이상으로 효과적인 옷은 없다. 잠들어 있던 열정에 힘이 생길 것이다.

비 오는 날 전용 아이템이나 컬러를 준비해 두는 것도 좋다. 비 오는 날의 코디네이션의 포인트는 유비무환이다. 준비해둔 옷이 있으면 비 오는 날이 기다려진다. 그런 날에는 선명한 색상의 귀여운 아이템으로 코디를 해주면 생기발랄해 보이고, 톡톡 튀는 비비드한 칼라는 오히려 우아하고 섹시하게 보인다.

상사와 면담하는 날에는 수수하게, 프리젠테이션을 하는 날에는 용기를 갖기 위해서라도 밝고 화사하게 보이는 옷을 선택하는 것이 좋다. 마음이 허전한 날에는 파스텔 색상의 옷을 입어보자. 밝고 화사한 파스텔 색상은 스트레스를 줄여주고 마음의 독소만이 아닌 몸의 독소까지 정화해 준다. 파스텔 색상은 가능한 화이트 색상과 함께 코디하면 더욱 정화되는 느낌을 준다.

패션에 신경을 쓰는 것은 호감을 사기 위해서이기도 하지만, 때론 인내심을 기르기 위해서이기도 하다. 일에는 많은 인내심이 필요하며, 패션은 그런 인내심을 만들고 유지시키는 데 큰 힘을 준다. 매일 매일 섬세하게 멋을 부리는 사람은 그만큼 마음도 안정된 사람이다. 자신에게 정성을 들이다보면 평상시 보지 못했던 자신의 장점도 발견하게 되고 스스로를 사랑하는 마음이 생기게 된다. 결국 그 행복한 마음이 자연스럽게 다른 사람에게도 전이되어 타인도 기분 좋게 하는 일이 되기 때문이다.

무엇보다 옷은 하나의 프레임이다. 철저한 자기 관리 속에 프레임 안의 내가 돋보여야 한다는 점을 잊지 말기를 바란다.

패션은 단지 옷의 문제가 아닐 것이다.
패션은 내게 불어오는 공기 속에 있으며,
바람 위에서 태어나는 세계다.
사람들은 그것을 느끼고 또 들이마신다.
패션은 하늘에도, 길거리에도 존재한다.
그것은 모든 곳에 존재한다.
생각과 격식 사건에도 패션은 녹아 있다.

– 코코샤넬 –

B 호감 이미지케이션, 외모보다 스타일이다

'진정한 멋은 나라는 존재를 찾아가는 여행이다.' 라는 말이 있다. 호감을 주는 이미지케이션의 핵심 중 핵심은 나 자신을 아는 것이고, 나 자신을 가꾸는 일에 절대 소홀하면 안 된다는 뜻이다.

프랑스 여성들은 멋을 내는 데에 '견고한 자아를 만드는 것' 을 매우 중시한다. 살아가면서 어떠한 의사결정의 순간에 강력하게 'NO!' 라고 말할 수 있는 것, 자신의 삶을 스스로 규제하고 편집할 수 있는 존재임을 확신하는 것, 대중들에게 섞여있지만 반드시 구별되게끔 하는 것, 이 모든 것들이 스타일의 일환이며, 자신에 대한 이해가 충분히 바탕이 되어야 진정한 자기만의 멋이 발휘될 수 있음을 그들은 알고 있는 것이다.

진정한 자기다움을 통해 자신과 완벽하게 잘 어울릴 수 있는 것을 선택하고, 최상의 모습으로 보이도록 스스로 편집할 수 있는 존재임을 확신하는 것은 매우 중요하다. 이런 관점에서 스타일에 대해 접근하고, 자신만의 스타일을 견고하게 만드는 것은 자기 배려 기술의 완결판이라 할 수 있다

'나한테 잘 어울리는 스타일은 뭐지?', '왜 나는 요즘 유행하는 저 라인의 옷이 안 어울릴까?', '저 사람은 몸매가 완벽해서 아무거나 입어도 잘 어울리는데, 난 뭘 입어도 못났어.' 이런 생각이 드는 건

나에게 맞는 스타일을 찾으려 하는 것이 아닌, 남의 스타일 혹은 최신 유행 트렌드에 자신을 맞추려 하기에 발생하는 문제다.

스타일링은 일종의 착시현상과도 같다. 나를 바로 알고 스타일링을 하면 단점을 줄이고 장점을 극대화할 수 있다. 그렇기에 내가 가지고 있는 자기다움을 찾는 일이 선행되어야 한다. 실제로 많은 사람들은 자신도 모르는 사이에 스타일에 일관성을 지닌 경우가 많다. 바지만 입는 사람, 패턴이 화려한 것만 입는 사람, 원피스를 주로 입는 사람 등등. 그런데 신기한 것은, 본인 스스로 그런 특징이 있다는 걸 모르고 있는 경우가 많다는 것이다.

균형 잡힌 상태를 끊임없이 찾아가는 과정은 그래서 더 중요하다. 균형 잡힌 내 몸 상태를 끊임없이 체크하고 찾아가는 과정에서 몸의 비율을 아는 것은 매우 중요하다. 체형에 절대적인 기준이란 있을 수 없다. 엉망이라고 생각하는 내 몸은 남과 다른 것이지 틀린 것이 아니다. 요즘 사람들이 선호하는 모래시계 형 체형도, 사실은 허리에 비해 어깨와 엉덩이가 커서 결국 허리에 부담이 가는 체형이다. 이렇듯 절대적으로 좋은 체형도, 완전히 나쁜 체형도 없는 것이다. 자신의 몸 상태를 정확히 분석하고 판단하여, '내 몸은 이렇게 생겼으니 이런 것으로 보완해주면 되겠구나.' 하면서 배우는 것이 맞다.

그렇다면 외모나 체형의 단점을 보완할 수 있는 스타일링 법을 몇 가지 살펴보도록 하자. 얼굴이 좁고 긴 사람은 옆으로 넓게 퍼진 넥라인보다는 가늘고 길게 파인 옷(얼굴 반 정도 길이로)을 고르면 좋다. 얼굴이 길어 보이는 것을 완화시켜 줄 수 있다.

목이 짧은 사람은 얼굴 길이와 유사한 깊이의 목걸이를 해줌으로써 목을 좀 더 길게 보이게 할 수 있다. 팔이 긴 사람은 손목에 프릴 등 장식이 달린 옷을 입으면 오히려 팔이 더 길어 보일 수 있다. 중앙체가 짧은 사람은 무릎 정도 길이가 되는 긴 옷을 입는 것이 전체적인 밸런스에 좋다.

몸이 직사각형 형태인 사람은 허리를 구분 지어주는 허리띠를, 또 하체에 자신이 없다면 상체로 포인트를 주는 방법으로 (화려한 목걸이, 퍼프소매 등) 하체 시선을 분산시킬 수 있다. 골격에 따라서 어울리는 소재를 다르게 하면 되는데, 골격이 드러나는 체형은 빳빳한 소재를, 살이 많은 형은 부피감 없이 흘러내리는 소재를 입으면 더 잘 어울린다.

스타일링에서 자신에게 어울리는 호감형 이미지를 성공적으로 전달하기 위해서는 강조(Accent), 위장(Camouflage), 균형(Balance)과 같은 전략을 쓸 수 있다. 강조의 경우 자신의 장점을 더욱 돋보이게 하는 전략이다. 여성의 경우 허리가 가늘면 허리띠를 착용해서 더욱 부각시킬 수 있다. 반면 위장은 체형을 보완해 줄 연출법이나 메이크업을 하는 것이다. 균형은 바디 타입 분석을 통해서 자신에게 어울리는 디자인을 찾는 전략이다. 가령 몸이 크다면 체크 패턴의 조밀도가 큰 것을 선택해야 하는 것처럼 말이다.

이처럼 자신의 몸 상태를 정확히 인지함으로서 어떠한 체형의 사람인지 먼저 생각하고, 비율을 중시하면서 자기 개성에 맞는 스타일을 만들 줄 아는 사람, 더 나아가 옷차림을 통해 자신의 내면을 돌아보고 행동의 스타일까지 자기 방식으로 완벽히 체득하는 사람이야말로 진정 자기다움이 있는 매력적인 사람이다. 행동의 스타일까지도 유의하라.

■ 신뢰감을 주는 스타일을 위한 패션 브랜딩 전략

패션은 나 자신을 드러내는 가장 좋은 수단이다. 사람의 취향과 성격 등이 고스란히 반영되는데다가 그날의 기분과 상황을 나타내기 쉽다. 아울러 T.P.O에 맞는 옷차림을 통해 전달하고자 하는 메시지를 강력하게 전달하는 수단이 되기도 한다.

IT업계의 판도를 뒤흔든 고 스티브잡스 애플 회장은 그의 트레이드마크인 청바지 차림을 통해 혁신적 도전이라는 메시지를 전달했다. 칼리 피오리나(Carly Fiorina) HP 전 회장은 재직 당시 여성 최고의 CEO라는 이미지를 심어주기 위해 블랙 정장과 브라운 정장을 즐겨 입었다.

역대 대통령들의 패션을 살펴보면 넥타이, 행커치프, 정장 등을 잘 활용했다. 남성 정치인들의 경우 특히 넥타이를 통해 정치적 메시지를 드러내는 경우가 많다. 넥타이 색을 통해 소속감을 부각시키는가 하면 대화와 협치를 강조하기도 한다.

이명박 전 대통령은 대선 전 경선 당시 붉은 계통의 넥타이를 착용함으로써 강인한 이미지를 주고자 했으며, 어두운 계열의 정장에 화사한 색의 넥타이를 매는가 하면, 소매를 걷어붙이는 모습 등을 통해 기업가 이미지를 연출하고자 했다.

문재인 대통령 역시 자신이 드러내고자 하는 정치적 메시지를 넥타이를 통해 풀어냈다. 대선 후보 당시 1~4차 TV 토론회에서 문 대통령은 사선의 스트라이프 넥타이를 착용했다. 다른 후보들이 각 정당의 상징 색을 넥타이 혹은 셔츠, 자켓 등으로 풀어낸 것과는 다른 모양새를 보인 것이다. 실제로 줄무늬 넥타이는 미국의 존 케네디 대통령이 착용하면서 승리의 넥타이로 불리기도 했다. 문 대통령은 취임 이후 '독도 강치 넥타이'를 착용한 바 있다. 독도에서 서식했으나 일본의 남획으로 인해 멸종된 동물 '강치'가 프린팅 된 넥타이를 착용함으로써, 독도의 영유권에 대한 입장을 분명히 밝힌 것이다. 특히 이 강치 넥타이는 중소기업에서 제작한 넥타이여서 정책적 정체성도 함께 드러냈다고 볼 수 있다.

결국 신뢰감을 주는 다양한 스타일 트레이닝을 통해 메시지를 전달하는 데에 미적 선호도는 단지 잘생기고 못생기고의 관점에서 이야기할 수 있는 것이 아니다. 보다 호감과 비호감이 차지하는 비중이 더 크다. 상대에게 호감을 주려면 자신만의 이미지를 창조해야 한다. 자신이 속해 있는 포지션의 이미지를 최대한 끌어내는 것이 중요한 것이다.

창조적인 예술가, 도전적인 기업인, 스마트한 변호사, 친근한 의사 등 각 포지션에 따라 스타일링도 달라진다. 자신의 포지션에 맞는 이미지를 찾고 그 이미지로 사람의 마음을 끄는 매력을 뿜어내는 것. 그것이 패션 브랜딩 전략의 기본이다. 그리고 자신만의 매력을 찾아내기 위해서는 우선 패션의 정석을 알아야 한다.

클래식 수트는 달리 말하면 양복이다. 한복과 대별되는 서양의 옷이라는 뜻이다. 한복에도 복식이 있듯이 양복에도 복식이 있다. 외국인들이 한복을 입고 옷고름을 반대로 매고 있으면 고쳐주고 싶듯이, 외국인도 한국인의 수트 착장 상태를 보았을 때 같은 생각을 하고 있다는 것을 당신은 알고 있는가? 수트도 고유의 격식을 제대로 지킬 때 멋과 품격이 살아나고 신뢰의 원동력이 된다.

미술을 배울 때도 데생과 스케치부터 배우지 않는가? 그래야 나중에 색을 입히고 자신만의 창의적인 그림을 그려낼 수 있다. 마찬가지로 남성복의 가장 기본이 되는 클래식 수트를 제대로 알아야만, 품격 있는 모습으로 자신만의 멋을 그대로 반영해 낼 수 있는 것이다.

단 한 벌의 수트만 골라야 한다면, 정답은 싱글 브레스티드(한 줄 단추) 스트라이프 수트다. 더블 브레스티드(두 줄 단추) 자켓은 뚱뚱한 체형을 더 강조하게 된다. 스타일 좋은 리더들의 수트 차림을 보면 스트라이프 수트가 단연 사랑을 받고 있음을 알 수 있다. 이는 무난한 단색차림의 수트보다 화려함과 고급스러움을 느낄 수 있는데다 젊고 슬림 해 보이는 효과까지 누릴 수 있기 때문이다.

격식을 갖춘 클래식 수트를 입을 때는 셔츠 안에 속옷을 입지 않아야 한다. 서양에서 셔츠가 속옷이기 때문에 셔츠 안에 속옷을 또 입는 것은 속옷을 두 번 입는 것과 다름없다. 그래서 특별한 경우를 제외하고는 영국과 같은 나라에서의 비즈니스 상황에서 수트 재킷을 함부로 벗는 것은 절대 금물이다.

셔츠는 가장 저렴한 비용으로 손쉽게 세련될 수 있는 방법이다. 셔츠의 칼라가 이루는 각에 의해서 종류가 나뉜다. 깃과 깃의 각도가 90도이면 '레귤러 칼라'. 120도이면 '윈저 칼라' 또는 '와이드 칼라' 라고 부르고, 180도면 '윙 칼라' 라고 부른다. 그 외에도 '라운드 칼라' 와 '핀 칼라', '버튼다운 칼라' 등이 있다. 그중에서 사람의 얼굴을 가장 안정적으로 받쳐줄 수 있는 셔츠가 와이드 컬러셔츠이다. 버트다운 칼라의 셔츠는 캐주얼 셔츠이기 때문에 절대로 클래식 수트와 함께 착장하지 않도록 유의해야 한다.

셔츠 칼라의 종류

레귤러 칼라

쎄미 와이드 칼라

탭 칼라

차이나 칼라

와이드(윈저) 칼라

버튼 다운 칼라

넥타이는 의상이기 전에 하나의 메시지다. 넥타이는 색상이나 무늬에 따라 다양한 상징을 담고 있다. 사회인이라면 넥타이의 색깔과 무늬만으로도 대화를 주고받을 수 있는 식견이 있어야 한다. 하지만 많은 이들이 장례식장의 검은색 넥타이와 일반 넥타이를 구분하는 수준에 그친다. 회색 타이는 차가워 보이고 인상을 흐릿하게 만들기 때문에 카메라 앞에 설 때는 피하는 것이 좋다.

의상에 메시지를 더하라 – TPO에 맞는 컬러 선택법

블루	레드	와인	옐로우	스트라이프
스마트, 신뢰감	열정, 자신감	다재 다능한 컬러 아이템	긍정, 희망 적극성	격식, 스타일

바지를 고를 때는 허리주름과 카브라(바지 밑단을 접는 것)를 중점적으로 보면 된다. 허리주름과 카브라는 둘 다 없는 것이 좋다. 하지만 허리 사이즈가 34인치 이상일 경우, 허리주름이 있어야 사이즈가 맞을 것이다. 그렇더라도 허리주름은 자신의 허리 사이즈를 넘지 않도록 개수를 최대한 줄여주는 것이 좋다. 바지 밑단은 자연스럽게 떨어져서 바지의 전체적인 흐름을 유지해주어야 한다. 그러기 위해서는 바지 밑단이 구두 등을 살짝만 덮어주면서 뒤꿈치를 적당히 가려주는 것이 좋다. 그래서 바지를 줄일 때는 사선으로 뒤쪽을 조금 길게 하고, 앞쪽은 그에 비해 조금 짧게 수선하는 것이 노하우다.

가죽 천연소재의 질감을 살려주는 것은 갈색 벨트이다. 구두가 처음 수제로 생산되던 시절의 구두는 갈색이었다. 가죽의 갈색 재질을 살리기 위해서는 숙련되고 고된 세공작업이 필요했다. 그러다가 2차 세계대전이 발발하게 되었고, 대량의 군화가 필요하게 되자, 가죽을 세공하는 대신 검게 물들이는 방법을 택하게 된다. 이것이 검은색 구두의 유래다. 구두는 통가죽의 질감이 최대한 살아있는 갈색 구두가 격식에도 맞고 품격도 살리는 선택이며, 구두와 벨트 색은 통일해야 함에도 유의하자. 검정 구두에는 검정 벨트, 갈색 구두에는 갈색 벨트를 착용하면 좋다.

수트 컬러에 따른 구두 선택법

구두를 선택하는 요령을 살펴보면, 포멀한 수트에는 기본적으로 끈 있는 옥스퍼드 계열의 구두를 신는다. 캐주얼의 핵심인 재킷이나 니트 차림에는 옥스퍼드도 좋고 끈이 없는 슬립온(slip-on)도 괜찮다. 진짜 멋쟁이는 신발에 포인트를 준다. 천편일률적인 검정이 아닌 브라운 색상이 훌륭한 선택이다. 이는 구두의 재료가 되는 좋은 소가죽이 모두 갈색이었던 역사에서 유래한 것이다. 과거 블랙 구두는 장례식용이나 빛이 없는 저녁에 신었다고 한다. 브라운 컬러는 수십 가지가 넘는 선택이 가능하기 때문에 멋을 아는 신사들이 더욱 선호했다.

구두 바닥은 가죽으로 된 것이 적절하다. 가죽을 사용해 제대로 만든 구두라야 익숙해진 다음 착용감도 좋아진다. 고무 바닥으로 된 구두는 습기를 배출하지 못함으로써 발의 건강에 악영향을 미친다. 내추럴하면서도 클래식컬한 멋을 내는 브라운 윙팁 슈즈가 추천 아이템이다. 구두코에 달린 장식이 날개를 펼친 새를 닮아 윙팁 슈즈라 불리는데, 모든 색상의 수트를 빛나게 하는 신발이다. 양말은 수트와 같은 계열 색이나 어두운 색으로 선택해야 한다.

스타일에 따른 구두 착장법 – 구두를 선택하는 Tip

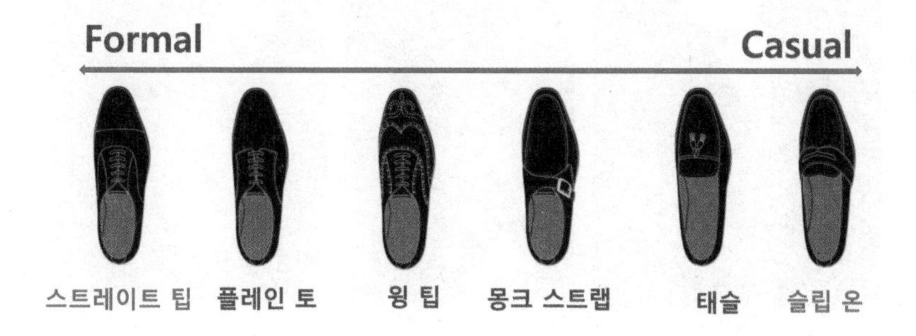

나아가서 스타일 트레이닝 방법 중 포켓 치프(Pocket Chief)와 같은 액세서리를 적극적으로 시도해 보는 것도 좋다. 기본 스타일은 비슷한 느낌이 통일감을 주기 때문에 격식을 갖춰야 할 자리에서 무난하게 사용할 수 있으며, 다소 딱딱한 수트 차림에 부드러운 인상을 준다. 수트의 고급스러운 분위기, 액센트를 넣을 수 있는 특별한 장치로는 네이비, 블루, 와인, 그레이 색상이 기본이다. 셔츠나 타이의 소재와 색상을 고려하여 하나와 비슷하게 맞추거나 보색 대비를 시키면 멋스럽다. 실크 타이를 한 경우에는 린넨 소재를, 양모나 면 소재의 타이를 한 경우에는 실크로 된 포켓 스퀘어를 하는 것이 기본이다. 색상은 타이와 유사계열로 선택하되 수트에 스트라이프가 있는 경우에는 스트라이프 색상에 맞춰야 한다. 또한 포켓 치프는 포켓 위로 4cm 이상 나오지 않게 연출하도록 한다.

여기에서 강조하고 싶은 것! 스타일에서 중요한 것은 단순히 옷차림만이 아니란 것이다. 아무리 멋스럽게 옷을 갖춰 입더라도 품격과 취향을 보여주는 세련된 몸가짐이 더해지지 않는다면 완벽한 스타일링이 될 수 없다. 구부정한 자세와 피곤에 지친 인상이 아닌 곧은 자세와 당당한 걸음걸이에 환한 표정까지 함께 어우러진다면 진정 세련미와 품격이 넘치는 패션 리더로 거듭나게 될 것이다.

■ 퍼스널 컬러 브랜딩, 컬러로 존재감을 높여라!

우연히 길을 지나가다가 예뻐 보여서 충동구매로 옷을 샀는데, 맘에 들지 않아 옷장 속에 넣어놓고 입지 않은 적이 있는가? 혹은 새로 구입할 제품의 디자인은 정했는데, 어떤 컬러를 사는 게 좋을지 몰라 망설인 경험이 있는가? 사람은 누구나 자신만의 컬러를 가지고 있는데, 이에 대한 파악이 덜 됐기 때문에 발생하는 현상이다.

우선 이미지를 브랜딩 하려면 일차적으로 이미지를 메이킹 하기 위해서 나만의 컬러를 찾는 과정이 필요하다. 눈동자 색, 머리색, 피부 톤 등 개인이 가진 색깔에 따라 컬러를 선택하는 것이 좋다. 예를 들어 같은 노란색이라도 개나리 노란색은 따뜻한 느낌을 주고, 레몬 노란색은 차가운 느낌을 주기 때문에 잘 구분해야 한다.

똑같은 옷을 입어도 컬러감에 따라 다양한 느낌을 줄 수 있기 때문에, 다양한 계열의 색을 얼굴에 대입해 보고 어울리는 컬러를 찾는 노력을 기울여야 한다. 이것만 잘 파악하면 옷을 구매하고 선택할 때 절대 실패하는 법이 없다.

이처럼 퍼스널 컬러 브랜딩이란 색채학의 일종으로서 개성을 중시하는 현대 사회에서 자신의 개성을 나타내기 위해 자신에게 특유의 색상을 부여하고, 가장 잘 어울리는 색상을 찾는 이론이다. 선천적으로 타고난 자기를 구성하고 있는 색조와 딱 들어맞는 색, 피부,

성격 등 나에게 어울리는 색을 활용하는 방법 중 하나인 것이다.

간단하게는 봄 웜 톤, 여름 쿨 톤, 가을 웜 톤, 겨울 쿨 톤의 4가지로 구분하며, 좀 더 자세히 12~16가지로 나눠 구분할 수도 있다. 머리카락 색, 눈동자 색, 피부색 톤 등 여러 가지로 진단할 수 있다.

사람마다 가장 잘 어울리는 베스트 컬러가 있다. 이를 알기 위해서는 먼저 피부색을 알아야 한다. 피부색은 찬 색과 따뜻한 색으로 나뉜다. 따뜻한 색에는 노란색이 베이스이며, 찬 색에는 흰색과 푸른색이 베이스로 깔려 있다. 같은 검은색 옷을 입어도 어떤 사람은 피부 톤이 살아나며 얼굴이 작고 또렷해 보인다. 반면에 어떤 이는 얼굴의 각이 더 두드러지고 나이가 들어 보인다. 자신의 피부색과 얼굴 주변의 색이 어울리지 않아서 나타나는 현상이다.

자신의 퍼스널 컬러에 매치 되지 못할 경우에는 피부 톤이 칙칙해 보이며, 이목구비가 흐려지거나 답답한 인상을 주기도 한다. 또는 전체적으로 부자연스럽고 인조적으로 보이며, 얼굴이 부어 보이기도 하고 다크서클 등 불필요한 곳에 음영이 생긴다.

이처럼 퍼스널 컬러 진단을 통해서 자신의 타고난 신체의 색을 찾아내면, 외모나 코디를 하는데 유용하게 쓰일 뿐 아니라 전체적인 스타일리쉬함을 살려주는데 큰 영향을 끼치게 된다. 그러나 단순히 피부가 '웜' 하니까 웜 톤을 써야 하고, 피부가 '쿨' 하니까 쿨 톤을 써야 한다는 연속성의 개념만 강조하는 것만으로는 부족하다. 범위와 정도의 차이만 있을 뿐 모든 사람은 따뜻한 색과 차가운 색을 두루 사용할 수 있기 때문이다. 퍼스널 컬러 브랜딩에서 따뜻함과 차가움 어느 것에도 치우치지 않는 중간점을 만들어 내는 것이 퍼스널 컬러의 위력이며 곧 '조화'다.

앞서 패셔니스타로 언급한 테레사 메이(Theresa May) 전 총리의 퍼스널 컬러를 짚어보자. 그녀는 나이 듦의 상징인 그레이 헤어를 굳이 감추지 않는다. 가리고 꾸미지 않아도 아름다울 수 있다는 것을 증명한다. 반면, 컬러 선택에 있어서는 특정 컬러를 고집하기보다는 다양함을 추구한다. 생기 있는 레드 드레스나 재킷, 스커트로 스타일에 활력을 불어넣는가 하면, 블랙 코트와 재킷으로 시크한 매력을 발산하기도 한다. 이런 옷차림과 잘 어울리는 튀는 컬러의 슈즈를 매치함으로써 화룡정점을 이루어 내는 것이 메이의 스타일링 포인트라 할 수 있다. 화려한 체크와 도트, 레오퍼드 등 어떠한 패턴이든 멋스럽게 소화해내기도 한다. 이 같은 디테일한 퍼스널 컬러 감각 덕에 그녀에게는 늘 젊음, 패셔니스타라는 수식어가 따라다닌다.

이처럼 컬러로 자신을 표출하는 것은 말 그대로 컬러 자체가 자신의 메시지가 될 수 있기 때문이다. 사람은 첫 만남에서 빠르게는 1초 늦어도 15초 안에 사람을 인식하는데, 그 스냅스(snaps) 현상에 가장

여성 파워 영국총리 '테리사 메이' 패션 – 강렬한 레드 패션

여성 파워 영국총리 '테리사 메이' 패션 – 시크 카리스마 블랙 패션

크게 영향을 주는 것은 비주얼한 컬러 이미지다. 그래서 우리는 자신만의 퍼스널 컬러를 인식하여 색의 제한을 없애고, 모든 색을 지혜롭게 쓸 수 있도록 노력해야 하는 것이다. 이때 컬러와 자신의 연속성과 조화의 의미를 혼동하지 않는 것이 매우 중요하다.

모델들은 다양한 색상과 다양한 스타일의 옷을 하루에도 수십 벌씩 입어 본다. 당신도 다양한 컬러를 의도적으로 자주 사용하고 가까이 하다 보면, 자신만의 베스트 컬러를 찾을 수 있게 된다. 평소에

는 눈에 띄지 않았던 고급스럽고 자연스러운 베이직 컬러를 갖게 될 것이며, 안 어울리는 워스트 컬러가 무엇인지를 알게 될 것이다.

그렇다면 어떤 컬러 메시지로 자신을 연출해낼 것인가? 자신의 일을 어떤 컬러의 이미지와 조화롭게 연결해서 성공적인 결과를 이끌어 낼 것인가 하는 것은 이제 당신의 능력에 달렸다. 컬러는 사람을 행복하게 만들어 주는 파장을 가지고 있다. 오직 당신만의 고유한 컬러를 찾음으로서 스스로 존재감을 높여라.

■ 얼굴은 외모와 표정의 합이다. 얼굴의 균형을 맞춰라!

패션의 완성은 표정이다.
호감 가는 표정을 통해 선택받는 이미지로
자신을 브랜딩 해 보는건 어떨까?

- 윤혜경 -

'페이스펙' 이라는 말을 아는가. 얼굴(Face)과 스펙(Spec)의 합성어로 '외모도 스펙' 이라는 신조어다. 높은 학점과 다양한 자격증 등 우수한 스펙을 갖추고도, 외모가 떨어지면 취업의 문턱을 넘기 어려운 현실을 풍자하는 표현이다. 그러나 관점을 달리하면 외모를 가꾸고 이미지를 관리하는 것도 실력이라는 의미가 된다.

한 기업의 리더에게도 이런 이미지가 중요하다. 기업인은 회사 구성원 중 가장 특별한 영향력을 발산하는 사람이기 때문이다. 리더는 여러 방면에서 구성원들에게 에너지를 주게 된다. 외모, 말투, 목소리, 옷차림 등 기업인이 가진 이미지가 곧 회사를 대표하는 이미지가 되는 경우가 많기 때문이다.

그러므로 기업인은 반드시 자신의 이미지가 회사를 이끌어 가는데 효과적으로 작용하는지 생각해볼 필요가 있다. 하지만 이런 이미지는 쉽게 얻어지는 것은 아니다. 끊임없는 자기관리와 트레이닝을 통해 좋은 인상을 만들 수 있는 것이다.

기업의 리더로서 얼굴의 골격과 크기 등에 걸맞은 안경 선택이나 메이크업, 체형의 단점을 커버할 수 있는 옷 선택하기, 반드시 상황에 맞는 표정을 짓는 일 등 개인의 가치와 기업의 가치가 일치하도록 노력을 기울이면서 균형을 맞추어가야 한다. 앞서 언급한 '인상은 과학이다.' 라는 말처럼 긍정의 이미지를 지속해서 내뿜을 때 비로소 좋은 인상을 갖게 된다.

나아가 미소를 띤 얼굴에 더한 감사와 사랑의 말은 개개인에게 성장이라는 이름과 성공의 확신을 가져다준다. 스피치에서 첫 인상은 처음 3분이다. 3분 동안 청중은 전달자의 말을 들을 것인지, 무시할 것인지를 무의식적으로 결정하게 된다. 여기 수많은 청중들을 상대로 스피치를 앞둔 한 사람이 있다. 이 사람은 스스로 '나는 잘 할 수 있을 거야.' 라는 믿음을 가지고 당당한 모습으로 사람들 앞에 섰다. 중간 중간 매끄럽지 못한 부분도 있었지만, 그는 호탕한 웃음과 특유의 유머감각으로 그 순간을 잘 넘김으로써 오히려 청중들로 하여금 호감을 이끌어냈다.

한 심리 실험에 따르면, 대중들은 모든 것을 완벽하게 해내는 사람보다는 완벽한 것처럼 보이지만 자그마한 귀여운 실수를 하는 이를 보다 인간적이라고 여겨 함께 일하고 싶어 한다고 한다. 물론 이 실험은 기본적으로 자신의 맡은 일은 성실하게 해왔던 사람에 한정된다.

자신을 사랑하지 않는 사람은 다른 사람에게도 진심으로 사랑을 받지 못한다. 그 이치는 당연하다. 자기 안에 불만이 많고 자존감이 낮은 사람은 끊임없이 타인에게 관심과 사랑을 갈구하고 계속해서 그들의 마음을 시험하려 든다. 마치 '내가 이렇게 힘들게 해도 너는 떠나지 않을 거지?' 라는 무의식의 발현처럼 말이다. 이와 관련해서 평균원리를 적용해 볼 수 있다. 예를 들어, 갑이란 정치 후보자는 본인의 대기업 CEO 이미지를 강조하여 "경제만큼은 확실히 살리겠다."라는 슬로건을 내세웠고, 을이란 후보는 "나는 이것도 잘하고 저것도 잘하는 후보."라고 작은 장점 여러 개를 강조했을 때, 유권자에게 '경제' 가 크게 와 닿는 단어라면 매우 큰 장점으로 인식되어, 갑이 을보다 더 좋은 인상을 형성해 더 많은 지지를 받게 될 가능성이 크다고 한다.

아울러 부정성 효과(Negativity effect)가 있는 데, 이것은 모든 특성이 동일한 가중치로 평가되는 것이 아니라, 부정적 특성이 긍정적 특성보다 더 큰 가중치로 평가되는 효과이다. 즉 나쁜 정보는 좋은 정보보다 큰 임팩트로 다가와 나쁜 첫인상을 형성하게 만드는 것이다. 첫인상은 사람 뿐 아니라 사물이나 기계에도 적용할 수 있다. 예를 들어, 스마트폰을 손에 쥐어든 순간 어떻게 해야 화면을 확대하고 줄이며, 어떻게 해야 전화를 걸 수 있고 애플리케이션을 활용할 수 있을지, 어떤 키를 누르면 어떤 기능일 것이라는 직감이 오는 것을 말한다. 즉 대상 자체에서 느껴지는 인상인데 이를 어포던스(Affordance)라고 한다. 이는 스마트 기기 사용자 경험에서 중요한 요소이기도 하다.

어쨌거나, 인간이 지금까지 자연환경을 개척하고 생존하기 위해 '저것은 위험할 거야.', '저것은 안전하게 만질 수 있을 거야.' 라는 즉각적인 판단을 할 수 있었던 것도 바로 대상들이 '어포던스' 를 지니고 있기 때문이다. 우리가 사람을 보고 형성한 첫인상으로 '아 저 사람과 친해지고 싶다.' 내지는 '저 사람 왠지 표정이 기분 나쁘고 멀리 하고 싶다.' 라는 즉각적인 직감을 가지게 되는 것도 같은 원리이다.

첫인상이 좋고 나쁨은 얼굴이 잘생기고 못생기고의 문제가 절대 아니다. 첫 만남을 통해 나누는 대화나 표정으로 신뢰감을 형성할 수도 있고 호감을 줄 수 있으며, 매력적인 사람이 될 수도 있고 그 반대가 될 수도 있다. 외모가 뛰어나면 이성 설득에 분명 도움이 되겠지만, 동성에게는 오히려 부정적 영향을 미치기도 한다.

시러큐스 대학의 저드슨 밀스(Judson Mills) 교수의 『용모와 설득효과에 대한 연구』에서 밝혀진 재미있는 사실은, 매력적인 여성이 설득하면 남성은 대체로 그 의견을 쉽게 받아들이지만, 뛰어난 외모의 여성이 동성을 설득하려면 질투 등 불필요한 반발을 사게 된다는 것이었다. 실제로 회사나 학교에서 월등한 미인은 다른 여성들로부터 따돌림을 당하는 경우가 많다. 남성 역시 남성을 설득할 때 매력적이지 않은 편에게 설득하기 용이했다. 이처럼 빼어난 외모가 득이 아니라 실이 되는 경우도 참 많다. 반면 뛰어난 설득자일수록 매력적인 인상과 미소를 잘 보낸다는 공통점이 있다. 다만 이성에게 더 큰 효과가 있다. 웃는 얼굴은 전염성이 강해서 협상 장소의 분위기를 온화하고 즐겁게 만들어준다. 즐거운 분위기에서는 설득도 잘 됨은 더 말할 필요가 없다.

그렇다면 얼굴의 균형을 맞출 수 있는 이미지 스타일링 방법에 대해 살펴보자. '이미지의 70%는 헤어스타일' 이라는 말이 있을 만큼,

헤어는 매우 중요한 요소다. 비즈니스 석상에서는 가능하면 이마를 보여라. 미간 사이를 보여주면 신뢰도를 높일 수 있기 때문이다. 반대로 머리를 내리게 되면 시선이 눈으로 간다. 눈빛이 강하면 호전적이고 공격적인 느낌을 주기 때문에 앞머리는 내리는 것이 좋다. 헤어스타일에 따라 의상 선택도 스타일도 달라진다.

눈썹은 얼굴 인상의 핵심이다. 눈썹 하나만으로도 인상이 달라 보이는 경우가 많다. 눈썹 메이크업은 에보니 펜슬(Ebony pencil) 또는 짙은 갈색의 아이브로우 섀도우(Eyebrow shadow) 등으로 빈 곳을 채운다는 느낌으로 자연스럽게 본인의 눈썹에 가까운 모양으로 그리면 된다. 하지만 눈썹의 끝이 너무 짧거나 전체적으로 가늘고 아래로 처져 있는 등의 이유로 보완이 필요할 경우, 채워주는 듯한 느낌의 모습으로 모양을 잡아주면 된다. 콧방울에서 일직선으로 이어지는 부분을 눈썹 앞머리로 잡고, 콧방울과 눈동자를 이어 뻗은 부분을 눈썹 산, 입 꼬리와 눈 꼬리를 연결해 지나는 부분을 눈썹 끝 지점으로 잡는다. 눈썹은 연하게 시작해서 뒤로 갈수록 진해지는 것이 자연스럽다.

다음으로, 다양한 얼굴 표정을 짓는 것은 얼굴의 균형을 맞추는 중요한 요소다. 우리 인간의 얼굴 근육의 개수는 약 80개다. 이중 웃을 때 사용되는 근육이 약 50개라고 한다. 그리고 이 근육으로 만들 수 있는 감정의 표정은 무려 7천~1만여 가지나 된다고 한다. 얼굴은 뇌에서 보낸 감정 신호를 섬세한 근육들의 움직임으로 표현하는 생리적 행위를 통해 내면의 자신을 표정이라는 이름으로 외부로 드러내는 것이다. 그러나 정작 보통 사람들은 단 12~15개 정도의 표정만을 쓰고 있다고 한다.

사람의 몸에 있는 근육들이 사용하지 않으면 퇴화하듯이, 얼굴 근육 역시 마찬가지로 사용하지 않으면 퇴화한다. 자주 웃지 않는 사람들은 웃음과 관련된 근육들이 퇴화하여 나중에는 웃는 표정을 짓기가 어려워진다. 단편적으로 단체 사진 속에 찍힌 사람들의 표정을 보라. 사람들이 얼마나 미소에 인색한지 잘 알 수 있다.

상대에게 호감을 주는 리더가 되기 위해서는 무엇보다 얼굴 전체를 부드럽게 할 것, 미간은 찌푸리지 말 것, 평온한 시선으로 정면을 볼 것, 입은 살짝 다물고 있을 것, 턱은 자연스럽게 할 것, 반드시 상황에 맞는 표정을 지을 것 등이다. 자신의 얼굴에 호감을 주는 인상을 스스로 트레이닝하고 만듦으로써 외모와 표정의 조화가 잘 이루어지도록 얼굴 균형 맞추기에 힘쓰기 바란다.

02

Behavior Image Branding

> 리더는 생각을 통해서 새로운 방식을 얻는 것이 아니라
> 행동을 통해서 새로운 사고방식을 얻는다.
>
> – 경영사상가 리처드 파스칼 –

대중에게 각인된 재벌의 이미지를 떠올려보자. 가끔 대기업 경영인이 '갑질' 등으로 논란을 일으키면 개인의 일탈로만 보지 않는다. 사회적 파장이 클 경우 법적 책임을 넘어 그 기업에 대해 불매운동이 벌어지기도 하고, 또 다른 증언과 폭로가 이어지며 기업의 흥망성쇠를 좌우하기도 한다.

정해진 출근시간보다 항상 30분씩 일찍 출근하여 사람들에게 밝은 미소로 인사하는 사람이 있다. 누군가 이 사람에게 말을 걸면 자

리에서 벌떡 일어나 상대가 하는 말에 귀를 기울인다. 한결같이 회사 사람들을 친절하게 대하는 그는 남녀 직원 모두에게 신뢰를 받고 있으며, 협력사와도 좋은 관계를 유지하고 있다. 좋은 평판 덕에 그는 매년 유력한 승진 후보로 물망에 오른다.

리더처럼 생각하는 유일한 방법은 행동을 우선시하는 것이다. 한 사람의 태도나 행동은 브랜드를 좌우하는 매우 중요한 요소이며, 자신이 속한 조직은 물론 사회 전반에 나비효과를 가져오기도 한다. 이처럼 태도와 행동 관점에서의 브랜딩을 행동 이미지 브랜딩(Behavior Image Branding)이라 한다.

행동 이미지 브랜딩에서 우리가 가장 중점을 두고 관리해야 할 부분이 바로 '매너'이다. 매너는 행동을 통해 자신을 반짝반짝 빛나게 하는 행동의 미학이다. 그렇다면 성공에서 매너란 것이 얼마만큼의 영향력을 발휘할까? 결론부터 말하자면 현대사회에서는 매너가 또 다른 나의 실력이 되고 스펙이 되며 권력이 된다.

국민MC 유재석을 보자. 평범한 개그맨이었던 그가 자타공인 최고의 연예인이 될 수 있었던 가장 큰 힘이 바로 매너였다. 그는 여성 게스트들과 사진 포즈를 취하거나 게임을 할 때, 신체 접촉을 최소화해 여성을 배려하는 '매너손' 자세를 취하는 것으로 유명하다. 항상 미소 가득한 얼굴로 보는 이들의 기분까지 정화시키는 기술은 기본이고, 자신을 낮추고 상대를 높임으로써 게스트에 대한 예우를 다

한다. 예능 프로그램에 서툰 사람이 출연하더라도 분위기가 어색하지 않게 깨알 같은 웃음을 유도하는 특유의 센스까지 지녔다.

필자는 과거에 유재석이 '메뚜기'로 불리던 시절에 그를 처음 본 적이 있다. 그 당시 그의 태도와 행동을 보고 '저 사람은 성공하겠구나.'라는 확신을 가질 수 있었는데, 실제로 승승장구하는 모습을 보며 '역시! 내 직감이 틀리지 않았구나.' 하는 생각을 갖게 되었다.

국민MC로 한창 주가를 높이고 있을 때 만난 그의 모습도 여전했다. 그가 후배의 결혼식 사회를 맡게 되어 다시 보게 되었는데, 이때에도 항상 남을 배려하는 그의 모습은 빛이 났다. 사회 진행은 물론이고 예식 이후에 그에게 접근하는 모든 사람을 상냥하게 응대하는 모습을 보고 '아, 저 사람은 매너가 몸에 배어 있구나.'라는 사실을 다시 한 번 실감할 수 있었다.

이처럼 사람의 이미지를 돋보이게 만들고, 성공의 발판이 되는 매너. 이번 장에서는 우리가 성공적인 사회생활을 하는 데 있어 꼭 필요한 글로벌 비즈니스 행동 관련 매너에는 어떤 것들이 있고, 어떻게 발전시켜 나갈지 중점적으로 다루기로 한다.

A 글로벌 리더가 되는 기술. 매너가 경쟁력이다

> 매너는 인격이다.
> 사소한 차이가 명품을 만들 듯 훌륭한 인격으로
> 명품 같은 멋진 비즈니스맨이 되라.
>
> – 윤혜경 –

매너는 단순히 하나의 친절, 예절이라기보다는 그 사람의 가정환경, 교육 수준을 평가할 수 있는 잣대이다. 국제화 시대에 발맞춰 영어만 잘한다고 해서 글로벌인재가 되는 것은 아니다. 어디에서나 '젠틀' 할 수 있는 힘이 바로 글로벌 파워의 기본이다.

미국 컬럼비아대학 MBA 과정에서 미국 유수기업 CEO를 대상으로 '당신의 성공에 가장 큰 영향을 준 요인은 무엇입니까?' 라는 질문에, 응답자의 93%가 '대인관계 매너' 를 자신의 경쟁력이자 성공요인으로 꼽았다는 조사 결과가 있다. 미국뿐만 아니라 우리나라 채용전문기업 잡코리아가 직장인과 구직자 1412명을 대상으로 조사한 결과에서도 '성공적인 직장생활을 위해서 필요한 것은 무엇인가?' 라는 질문에 동료 간의 매너가 꼽혔다. 조사 결과에서 보듯이 대인관계 매너 기술은 성공의 필수조건이자 업무 외에도 필요한 능력인 것이다.

매너를 갖춘다는 것은 바로 내가 타인들과 잘 어울릴 줄 알고, 함께 공감하고 소통할 줄 아는 인성 좋은 사람이란 걸 보여주는 것과 다름없다.

그렇다면, 과연 매너는 타고나는 것일까? 그렇지 않다. 좋은 매너는 대부분 부단한 노력과 자기 관리 끝에 지금의 면모를 갖춘 것이다. 그런 중요성을 잘 알고 있으면서도 누군가는 가르쳐 주는 사람이 없어서, 혹은 배울 곳이 없어서 쉽게 일상에서 익히기 어려운 것이 사실이다. 또한 잘 알고는 있지만 쑥스러워서 실천에 옮기지 못하는 경우도 많다.

수십 년 사회 경험으로도 배울 수 없는 것이 매너다. 보이지 않는 이 법칙은 자신의 능력을 돋보이게 하는 그림자이자 글로벌 시대의 생존 전략임에 틀림없다. 일상을 즐겁고 여유롭게 누리는 방법, 호감 있는 사람이 되는 스킬은 바로 매너와 인성 좋은 사람이 되는 것이다.

이렇게 인성이 중요하다는 것을 증명이라도 하듯이, 취업시장에서 인재를 뽑는 데에서 그 무엇보다 인성의 중요성을 강조하고 있다. 많은 공기업들이 직무와 무관한 얼굴 사진, 수상 경력, 정보기술(IT) 활용능력, 봉사활동, 어학연수 경험 등을 기재하는 항목을 삭제했다. 이는 곧 스펙을 초월하여 창의 및 인성 좋은 인재를 뽑겠다는 의지를 표명한 것이다.

결국 이 모든 것을 종합해 보면, 현대 사회생활에서 비즈니스 매너는 성공적인 사회생활을 위한 필수조건이자 업무능력 외에 필요한 능력이라고 볼 수 있다. 그렇다면 이 매너라는 것은 어떻게 실천해야 하며, 배우면 몸에 익을까?

우선 매너의 개념과 범위를 알아보자. 흔히 매너와 에티켓을 헷갈리는 경우가 많은데, 매너는 사람마다 차이가 있고 판단 기준이 지극히 주관적인 반면, 에티켓은 일종의 법칙으로서 주관적이기보다는 지극히 객관적인 입장에서 규정된다. 말로 하지 않아도 지켜져야 할 무언의 법칙인 것이다.

매너와 에티켓

방식 (ways)

형식(forms)

매너의 사전적 의미는 행동이나 습관의 정형화된 상태, 즉 사회구조 속에서 타인과 어울려 지내면서 갖춰야 할 기본적인 태도이다. 매너는 마누스(Manus)와 아리우스(Arius)의 복합어인데, 마누스는 영어의 'Hand' 즉, 사람의 손, 행동, 습관 등의 의미를 내포하고 있고, 아리우스는 'More at manual', 'More by manual' 이란 뜻으로 방식 · 방법을 의미한다.

에티켓이란 용어는 프랑스어 'Estiquier' 에서 유래하였다. 옛날 베르사이유 궁전의 정원에 어떤 무례한 사람이 들어가 꽃을 밟아버린 사건이 생기자, 정원 주변에 출입금지라는 말뚝을 박고 출입을 막았었는데 이 때 말뚝에 붙인 표지가 에티켓이었다고 한다. 궁전에 출입할 때 지켜야 하는 유의사항과 예절을 적은 쪽지(Ticket)에서 유래되었다는 설도 있다.

에티켓은 사람들이 상황에 따라, 상대방에 따라, 자신의 신분에 따라 지켜야 하는 기본적인 생활 규범의 의미로 이해하면 된다. 사전적 의미로 사회적으로 받아들여진 습관을 규정화한 것이며, 특정 장소, 특정 상황, 특정 영역에 국한되어 지켜야하는 협의의 약속을 의미한다.

에티켓은 행동의 기준이고, 매너는 그것을 행동으로 나타내는 것이라 정의할 수 있다. 즉 에티켓이 형식(form)이라면 매너는 방식(ways)이다. 아무리 에티켓에 부합하는 행동이라도, 매너가 좋지 않으면 세련되고 품위 있는 행동방식이라 볼 수 없다.

예를 들어, 지하철에서 노약자에게 자리를 양보해야 하는 것은 젊은이가 지켜야 하는 에티켓이며, 노약자를 위해 선뜻 자리를 양보하는 것이 매너이다. 둘 다 남을 존중하고, 배려하는 기본 개념이 깔려있다.

에티켓을 잘 지키는 나라로는 일본이 꼽힌다. 남에게 해를 끼치는 일을 철저히 삼가는 것이 그들의 국민성이다. 일본인들의 성숙된 관중문화가 전 세계의 주목을 받은 바 있다. 월드컵 중 일본 팬들은 경기가 끝나자 음식 쓰레기와 일회용 제품들을 모두 치웠다. 세계 여러 나라의 방송이 "일본 팬들이 경기장 쓰레기를 치우는 모습은 모두에게 강한 인상을 남겼다"고 보도했다. 이를 두고 한 사회학자는

"축구 경기가 끝난 후 경기장을 치우는 것은 그들이 어릴 때 학교와 체육관을 치우면서 배운 기본 태도의 연장이다. 어릴 때 기억이 계속해서 떠오르며 많은 일본 사람들은 이런 행동이 습관이 된 것"이라고 분석했다.

대한민국을 넘어 글로벌 스타가 된 방탄소년단 멤버들은 매너 있는 행동으로 귀감을 주고 있다. 무대 위에서는 카리스마 가득한 모습이지만, 일상생활에서는 차분한 말투와 매너 있는 행동으로 이들을 더 매력적으로 보이게 한다. 특히 멤버 지민의 매너와 선한 영향력을 칭찬하는 이들이 많다. 지민은 평소 같은 팀 멤버가 칭찬받을 행동을 했을 때 등을 쳐주고 엄지손가락을 치켜세운다. '어르신께 길 안내하는 지민의 영상' 을 보면 도움을 주는 입장임에도 어르신께 허리 숙여 인사하는 모습을 보인다. 또 한 번은 시상식에서 팀 멤버의 수상 소감이 끝난 후, 다른 그룹에게 마이크를 전달하는 순간에 보여준 지민의 배려 깊은 행동 역시 회자되고 있다. 마이크 손잡이 부분을 상대방이 받기 편한 방향으로 돌려 전달한 것이다. 사실 이런 매너는 기본임에도 불구하고 실생활에서 이를 잘 지키는 사람을 만나기란 쉽지 않다. 심지어 칼이나 가위 같은 위험한 물건을 건넬 때조차 별 생각 없이 날이 선 부분을 쑥 내미는 이들도 적지 않다.

매너와 에티켓은 상대방에 대한 존중과 배려이자 인격이 드러나는 거울이다. 작은 행동 하나가 나를 명품으로 빛나게 해줄 수 있음을 기억하자.

■ 상대방이 느끼는 첫 번째 감동, 인사의 파워

> 어떠한 경우라도 인사하는 것은 부족하기보다
> 지나칠 정도로 하는 것이 좋다.
>
> – 톨스토이 –

성공한 CEO들의 저서에는 인사의 중요성이 매우 많이 언급된다. 인사는 사람과 사람이 만나 하는 일 중 가장 첫 번째로 이루어지는 것이다. 곧 상대방이 느끼는 첫 번째 감동으로 자신의 신뢰감을 높이는 기준이 된다. 인사란 인간관계의 첫걸음이자 상대에게 마음을 열어주는 구체적인 행동의 표현이다. 사람과 사람의 만남에서 이루어지는 여러 의례화 된 언어 및 행동 규범이며, 상대에 대한 친절과 존경심, 환영, 감사함, 반가움, 기원, 배려, 염려 등 다양한 의미를 담고 있다. 인사는 상대방을 위하기보다는 나 자신을 위한 것이다. 마음에서 우러나오는 만남의 첫 출발이며, 마음가짐의 외적 표현이다. 인사를 함으로써 새로운 관계를 구축할 수도 있고, 그 관계를 지속시키는 힘을 얻는다. 나아가 나의 이미지와 평판을 단단하게 구축하는 밑거름이 된다.

최근에 받은 인사 중 가장 불쾌했던 인사를 떠올려보자.

불쾌했던 이유가 무엇이었나?

반대로 최근에 받았던 인사 중 가장 기분 좋았던 인사를 생각해보자.

기분 좋았던 이유가 무엇이었나?

이렇게 인사의 차이점을 생각해 보고 느낌을 터득하는 것은 매우 좋은 방법이다.

인사는 형식적이 아니라 존경심을 담아 성심성의껏 해야 한다. 기분 좋은 인사를 통해 좋은 이미지를 남김으로써 상대는 나를 기억한다. 설령 상대가 나를 못 알아보더라도 먼저 인사하는 것이 좋은 인상을 심어주는 비결이다. 인사의 시작은 상대의 눈을 바라보는 것이다. 이어 몸을 구부리면서 인사말을 하고, 인사말이 끝났을 때 몸을 일으키는 것이 예의다. 몸을 구부린 후 0.5~1초 정도의 멈추는 것이 적당하다.

할까 말까 망설이다가 하는 인사는 효과가 없다. 말로만 하는 인사는 가벼워 보이고, 고개만 끄덕거리는 인사는 경망스러워 보인다. 또한 무표정한 인사는 상대를 기분 나쁘게 함을 유의하자.

인사란 사람으로서 마땅히 섬기면서 해야 할 일.
인사는 선수필승의 마음으로
상대가 누구이든 내가 먼저 하는 것!
먼저 한다는 것은 상대를 존중하고 존경한다는 뜻이다.

선수필승의 마음으로 상대를 존중하라!

– 윤혜경 –

다음으로 인사하는 방법에 대해 알아보자. 인사할 때 시선은 발끝을 기준으로 둔다. 15도 인사 시에는 발끝 2m 앞을 응시하고, 30도 인사 시에는 발끝 1.5m 앞, 45도 인사 시에는 발끝 1m 앞을 응시한다.

상황에 맞는 적절한 인사를 하는 것도 중요하다. 인사는 크게 3가지 종류로 나뉜다. 복도, 화장실, 엘리베이터와 같은 좁은 장소, 전화 통화 중 친한 동료끼리 또는 물건을 주고받을 때 가볍게 할 수 있는 '목례'가 있다. 목으로 한다고 해서 목례가 아니다. 한자 눈 '목(目)' 자를 써서 눈을 바라보고 하는 인사라고 해서 목례이다. 상체를 15도 정도 숙이며 상대의 눈을 보고 하는 가벼운 인사이다.

고객 맞이 또는 배웅, 고객을 재차 만났을 때, 상사를 만났을 때 등 일반적인 상황에서는 '보통례'를 한다. 상체를 30도 정도 숙이는 것이 적당하다.

마지막으로 감사나 사과의 뜻을 표하거나, VIP고객, 단체고객을 배웅할 때 하는 '정중례'가 있다. 서두르지 않고 천천히 하는 것이 포인트이며, 상체를 45도 정도 숙이도록 한다.

인사의 종류 – 상황 별 인사법

15도 인사
약례

30도 인사
보통례

45도 인사
정중례

사실, 인사법을 몰라서 안하는 사람은 별로 없을 것이다. 인사란 상대가 누구든 내가 먼저 하는 것이며, 먼저 인사를 한다는 것은 상대를 존중하는 마음을 행동으로 보여주는 행위이다. 아는 것과 행동하는 것은 다르다. 행동하지 않는 것은 곧 모르는 것과 다름없다. 그러므로 보다 의식적으로 인사를 행하려는 마음가짐과 노력이 필요하다. 인사를 꼬박꼬박하는 것이 습관이 되면 상대를 존중하는 마음이 함께 자리 잡게 될 것이고, 타인의 기억 속에 남는 나의 이미지도 보다 긍정적으로 각인될 것이다.

'그깟 인사 하나' 가 아니다. 상황에 맞는 멋진 인사로 타인에게 기억되어지는 사람이 되자.

■ 스킨십의 시대, 악수 리더십을 발휘하라

직설적이고 승부사 기질이 강한 도널드 트럼프(Donald Trump) 미국 대통령. 그는 독특한 악수법으로 화제를 몰고 다닌다. 그가 주로 사용하는 악수는 상대의 손을 세게 잡는 본 크러시(Bone crush) 형이다. 과거 아베 일본 총리와 트럼프 대통령의 악수가 무려 19초나 이어진 적이 있다. 트럼프의 강력한 잡아채기 악수에 당한 아베 총리는 무안한 표정을 감추지 못했다. 그런가 하면 독일 메르켈 총리는 악수를 기다리고 있는데, 트럼프가 딴청을 피워 무안을 준적이 있었으며, 영국 메이 총리와 악수할 때는 트럼프가 손등을 토닥인 것이 결례로 지적되기도 했다.

트럼프 대통령과의 악수에 판정승을 거둔 이들도 있다. 젊은 피 정치인 쥐스탱 트뤼도 캐나다 총리는 트럼프와의 악수에서 만만치 않은 손힘을 과시해 트럼프를 머쓱하게 만들었다. 마크롱 프랑스 대통령은 한술 더 떴다. 트럼프의 손을 하얗게 만들 정도로 꽉 잡고 쉽게 놓아주지 않았다. 또 여러 정상들이 모인 자리에서는 다른 이들과 먼저 악수하며 트럼프를 외면하는 방식으로 자존심 싸움을 벌이기도 했다. 이후 마크롱 대통령은 자국의 한 매체와의 인터뷰에서 "상징적인 것일지라도 양보하지 않는다는 것을 보여주려 했다. 쉬운 상대가 아니라는 것을 드러낸 진실의 순간이었다."고 말했다. 이처럼 정상들의 악수는 단순한 의미를 넘어 다양한 의도를 내포한다. 때로는 악수에 국가의 자존심이 걸리기도 한다.

비즈니스에서도 악수가 매우 중요한 의미를 갖는 것은 물론이다. 악수 매너는 비즈니스의 시작이자 상대방에 대한 배려이다. 악수는 커뮤니케이션의 첫 단계이며, 서로에게 적의가 없음을 나타내고 교류를 시작한다는 의미이다. 악수는 단순해 보이면서도 어떻게 하느냐에 따라 다양한 의미를 담을 수가 있다.

2013년 4월, 박근혜 전 대통령과 빌 게이츠(Bill Gates) 마이크로소프

트사 창업주의 악수가 뜨거운 논란을 빚었다. 빌 게이츠가 왼손을 주머니에 넣은 채 대통령과 악수했기 때문이다. 그간 그의 매스컴에 노출된 악수 모습과 별반 다르지 않았다. 그럼에도 불구하고 우리 국민들에게 불쾌감을 준 것은 바로 문화와 관습 차이이다. 자유분방한 서양에서는 논란이 되지 않는 악수였겠지만, 악수를 행한 장소가 한국이었다는 점에서 그는 비난 대상이 되었다. 회장의 악수 태도를 무례하다 비난하는 사람이 있는가 하면, 그렇지 않았다는 사람도 있다. 지금은 세계화 시대이다. 서로 문화 차이를 인정해야 할 때인 것이다.

빌 게이츠의 악수법에서 보듯이 서구인들의 인사엔 겸손의 의미가 들어있지 않다. 당당하지 못하면 비굴로 인식할 뿐이다. 한국식 '굽신' 인사법은 자칫 그들로 하여금 겸손이 아니라 인종차별과 같은 잠재된 동물적 충동을 불러일으키게 할 수도 있다. 그러니 겸손하게 자신을 낮추는 한국식 인사법은 국내에서, 그것도 사적인 관계에서 우리끼리만 허용되어야 한다.

오늘날의 인사는 사람과 사람이 만나 서로 인격적으로 동등하다는 사실을 확인하는 절차다. 따라서 겸손과 공손함을 자기 낮춤이 아니라 바르고 당당한 자세에서 존중과 배려로 표현해야 한다. 허리나 고개가 아닌 눈과 입, 손으로 마음을 표시하는 것이다.

악수를 청하면 반드시 자리에서 일어나 통성명을 하면서 당당한 모습으로 악수하는 것이 좋다. 이것이 악수의 기본 매너이다. 악수는 서로 반가운 마음을 표현하는 것이다. 손을 잡음으로써 일체감을 느끼고, 잡은 손을 흔들면서 마음의 문을 여는 것과 같다.

악수는 원칙적으로 오른손을 사용한다. 왼손에는 결투 신청의 의미가 있다. 따라서 손에 물건이 있을 때는 미리 왼손으로 옮기거나 내려놓고 오른손으로 악수를 하는 것이 좋다.

손을 쥐는 것은 우정의 표시이다. 너무 느슨하게 쥐는 것은 냉담한 느낌을 줄 수 있다. 스치듯 가볍게 쥐는 것은 상대를 경멸하는 느낌까지 줄 수 있다. 적당한 힘으로 손을 쥐는 것이 좋다. 손은 상하로 가볍게 흔들되 어깨보다 높이 올리지 않는다. 비즈니스는 2번, 정치적 악수는 5번, 친구와는 7번 이상 흔들어도 무방하다. 윗사람과 악수를 할 때에는 윗사람이 흔드는 대로 맡겨 두는 것이 좋다.

인간의 90%는 자기방어를 위해 오른팔을 앞으로 휘두를 수 있는 능력을 타고 난다. 그런데 양손으로 악수하는 것은 상대의 오른손을 완전히 장악하기 때문에 상대에 대한 통제력을 가지게 된다. 따라서 오랜 친구처럼 감정적인 교류가 이루어진 관계나 파워 게임을 원하는 상대가 손바닥을 아래로 향해 악수를 청할 때 활용한다.

첫인상이 미소 띤 표정이 상대에게 호감을 주듯이, 악수를 할 때도 자연스러운 미소를 지으면 친근하고 긍정적인 인상을 심어 줄 수 있다. 악수를 하면서 인상을 쓰거나 무표정하게 있다면 상대방은 부정적인 이미지를 가지게 될 것이다.

악수를 할 때는 반드시 상대의 눈을 보아야 한다. 악수를 하면서 시선이 다른 곳을 향해 있으면 신뢰감이 생기지 않을 뿐더러 상대를 무시하는 느낌을 주게 된다. 상대방의 눈 색깔을 구별할 수 있을 정도로 눈을 똑바로 쳐다보라. 실제로 상대방의 눈을 0.5초를 더 보는 것과 덜 보는 것이 호감을 사는 데 큰 차이가 있다.

악수는 서로의 손을 맞잡고 있기 때문에 적당한 거리를 유지하는 것이 중요하다. 지나치게 팔을 뻗어 악수를 하게 되면 부자연스러울 뿐 아니라 상대방에게 불편함을 주게 된다. 자연스럽게 팔꿈치가 굽혀지는 정도의 거리에 서서 손을 내밀면 된다.

악수를 할 때 유의할 점 중 하나가 바로 손의 힘이다. 손을 쥐는 힘을 더러 자부심과 자신감으로 오해하는 사람이 있다. 피해야 할 유형들을 살펴보면 다음과 같다.

첫 번째, 본 크러시(Bone crush)형이다. 이것은 손의 뼈가 으스러지도록 세게 잡는 유형인데 처음 만난 사람에게 이렇게 힘을 주는 것은 "당신을 꼭 누르고 말겠다."는 뜻으로 읽히어 상대방에게 불쾌감을 줄 수 있다.

두 번째, 핑거 핀치(Finger pinch)형이다. 손가락만 세게 쥐면서 악

수하는 유형으로 남녀 간의 악수에서 볼 수 있다.(자신감이 부족한 사람이라는 인상)

세 번째, 죽은 물고기를 잡듯 힘없이 잡는 데드 피시(Dead fish) 유형이다. 이런 유형의 악수는 상대방의 손을 특히 세게 잡는 미국인들이 가장 싫어하는 악수라고 한다. 차갑게 손을 내밀면서 무관심을 표현하는 것으로, 나약한 사람이라는 인상과 함께 성의가 없다고 느껴질 수 있다. 악수를 할 때 손을 잡는 힘의 크기는 상대방이 불쾌하지 않도록 적당해야 한다.

피해야 할 악수 유형

- **Bone Crush형** (공격적 지배적 성향)
  손의 뼈가 으스러지도록 세게 잡는 유형

- **Finger Pinch형** (자신감 부족)
  손가락만 세게 쥐면서 악수하는 유형

- **Dead Fish형** (나약함, 무관심)
  죽은 물고기를 잡듯 힘없이 잡는 유형

악수를 할 때 지나치게 손을 흔드는 것은 실례이며 경박스럽게 보인다. 손을 맞잡고 2~3번 정도 자연스럽게 흔들어 준 다음에 2초 정도 손을 꼭 잡았다 놓으면 신뢰감을 줄 수 있다. 여성의 경우 반지 등의 액세서리로 인해 고통을 줄 수 있다.

악수를 청하는 데에도 나름의 순서가 있다. 여성이 남성에게, 연장자가 연소자에게, 기혼자가 미혼자에게, 지위가 높은 사람이 지위가 낮은 사람에게, 선배가 후배에게 먼저 악수를 청한다. 하지만 남녀 간의 악수에서는 상하 구별이 우선일 수도 있다. 예를 들어 남성이 상사라면 여성 직원에게 악수를 먼저 청해도 되며, 상대가 부부동반일 경우 남자들이 먼저 악수를 청하는 것도 실례가 아니다.

■ 경쟁력 있는 정보 인맥관리, 명함 교환 시 상대의 이름을 불러라!

"내가 그의 이름을 불러주기 전에는 그는 다만 하나의 몸짓에 지나지 않았다. 내가 그의 이름을 불러주었을 때 그는 나에게로 와서 꽃이 되었다."

김춘수 시인의 시 '꽃'은 이름을 부르는 행위 자체가 얼마나 가치 있는가를 일깨워준다. 이처럼 이름을 불러 상대의 마음을 움직이게 하는 효과를 심리학적 용어로 '자아관여 효과'라고 하는데, 이는 매우 간단하면서도 호감지수를 크게 높일 수 있는 아주 중요한 행동지침이다.

비즈니스에서 가장 먼저 하게 되는 첫인사가 명함 교환이다. 이 때 명함을 받아들고 그냥 눈으로만 확인하는 것으로 그치는 것이 아니라, 상대의 직함이나 이름을 확인한 후 다시 한 번 부르는 것만으로도 상대의 호감을 살 수 있는 좋은 방법이다. 이는 필자가 평소에 강의나 컨설팅을 통해 명함 수수법을 설명할 때 가장 강조하는 사항이며, 이를 실행했을 때 그 결과는 기대 이상의 좋은 반응을 얻게 될 수 있을 것이라 장담한다.

명함은 처음 만나는 상대방에게 자신의 소속과 성명을 알리고 증명하는 역할을 하는 소개서이자 분신이다. 현대인들의 첫 만남에서는 반드시 명함이 오간다는 점을 감안할 때, 경쟁력 있는 정보와 인맥 관리를 위한 방법 중 가장 기본적인 것이 명함 관리라고 할 수 있다.

그렇다면, 명함은 과연 언제부터 만들어지고 쓰이기 시작했을까? 중국이 명함 사용의 시초 국가로 추정되지만, 당시에는 지금과는 용도가 달랐다. 중국인들은 다른 사람의 집을 방문했을 때 상대방이 부재중이면 이름을 적어 남겨두었다. 채륜이 종이를 발명한 시점이 AD 105년임을 감안한다면, 그것이 오늘날 명함의 용도와 일치하는지 확인할 수는 없다.

독일에서도 중국과 비슷한 용도로 16세기경 이름을 적은 쪽지를 사용했으며, 용도는 다르지만 프랑스에서는 루이14세 때부터 명함을 사용했다고 알려져 있다. 일본의 경우 최초로 명함이 사용된 때는 1854년 에도막부의 관리가 방일한 미국 사절단에게 자신의 지위와 이름을 적어 건네준 때로 거슬러 올라간다. 우리나라 최초의 명함 사용자는 한국인 최초의 유학생인 유길준으로, 현재 미국의 메사추세츠주의 세일럼시피바디에섹스 박물관에 그가 사용했던 명함이 보관되어 있다.

명함을 교환하는 순간에 이미지가 흐려진다면 상대에게 호감을 얻는 것은 불가능하다. 이토록 비즈니스에 매우 중요한 명함. 그렇다면 위에 설명한 이름 부르기 외에 사람들의 기억 속에 좋은 인상을 남기기 위한 명함 수수법을 익혀둘 필요가 있다.

Point

명함 수수법

1. 상대방이 읽기 쉽도록 돌려 잡고 전달하면서 자신을 소개한다.
2. 반드시 시선을 교환한다.
3. 교환과 동시에 간단하게 자신을 소개한다.
4. 상대의 허리와 가슴 높이 사이에서 포물선을 그리면서 전달한다.
5. 반드시 일어서서 주고받는다.
6. 명함의 모서리를 잡고 건네며, 이 때 명함의 글씨를 손으로 가리지 않도록 한다.
7. 동시교환 시, 오른손으로 주면서 왼손으로 받는다.

8. 동시교환 시, 서열이 낮은 경우에는 상대방보다 낮은 위치로 전달한다.
9. 받은 명함은 두 손으로 잡고 정중히 본다.
10. 회사명과 이름, 직함이 틀리지 않도록 조심하여 올바르게 읽어 본 후, 반드시 직함과 이름을 반복해서 말한다.

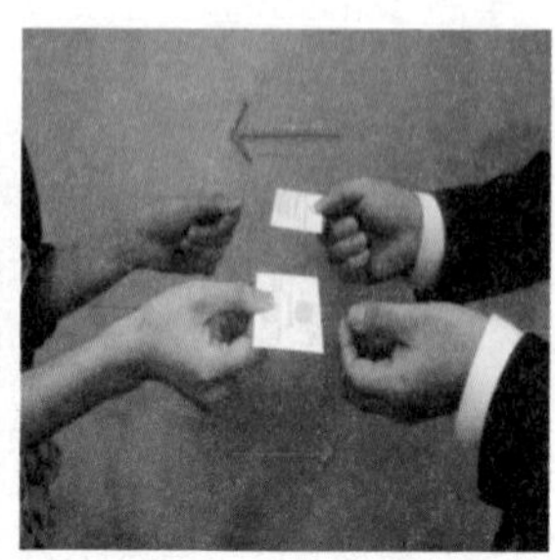

가장 기본이 되는 위 10가지 수수법 외에 몇 가지 더 명심해야 할 원칙이 있다. 상대방의 명함을 읽어볼 때 회사명, 이름, 직함에 잘 모르는 한자가 있을 시 "죄송합니다만, 존함을 어떻게 읽습니까?"하고 정중히 묻는다.

명함을 가지고 인사할 경우, 한 손은 가슴 높이로 명함을 들고 다른 손은 앞으로 한다. 명함을 옮기거나 운반할 경우, 허리 아래에 놓이지 않도록 높이를 유지한다.

상대방이 명함을 내미는 데 "저는 명함이 없습니다."라고 하는 건 결례다. 이때는 "죄송합니다. 마침 명함이 없는데, 카톡이나 문자로 전달해드려도 되겠습니까?"라고 사과를 겸해 의견을 물은 뒤 상대가 원하는 대로 전달한다.

명함을 테이블에 놓고 밀어서 건네지 않도록 한다. 대화 도중 상대의 명함을 여러 차례 보는 것은 실례이다. 명함을 받고 확인할 새도 없이 바로 지갑에 집어넣는 행위 또한 지양해야 한다. 상대가 어떤 사람인지를 확인하는 절차는 상대로 하여금 '나를 존중하고 있구나.' 라는 느낌을 주고, 나에 대한 관심이 증대되는 매우 중요한 행위이다. 이는 반드시 지켜야하는 에티켓이니 절대로 간과해서는 안 된다.

수수법 못지않게 명함 관리법 역시 중요하다. 자신만의 명함 관리를 활용해 직접적인 매출 상승을 달성할 수도 있다. 일례로 한 영업사원은 1명의 고객도 놓치지 않고 명함에 자필서명을 하여 고객을 환송한 결과, 6개월 지나 매장 내 매출 상위클래스를 달성했다고 한다. 사람들은 1인당 약 250명의 인맥을 가지고 있다는 말이 있다. 자신의 핵심고객에게 1명씩만 소개를 받는다면 매출이 늘어나는 것은 순식간일 것이다.

무엇보다 자신의 명함은 깨끗이 관리해야 한다. 다른 사람의 명함도 소중히 다루어야 한다. 자신의 명함을 바지 뒷주머니에 넣어 꾸깃꾸깃하게 사용하거나, 상대방의 명함을 가지고 손장난을 하거나, 상대방의 면전에서 명함에 낙서하는 것은 크게 결례를 범하는 것이다.

명함을 돈 지갑에 넣고 다니는 것도 삼가야 한다. 자신의 분신과도 같은 명함을 지갑에 넣어 다니는 것은 물질과 명예를 동일시하는 사람으로 보일 수 있다.

명함지갑은 예비용 포함 2개 정도의 사용을 권장한다. 재질은 가죽제품 사용을 권장하는데, 금속제품 사용 시 시끄러운 단점이 있기 때문이다. 명함지갑의 안쪽 칸에는 자신의 명함, 바깥쪽 칸에서는 상대방의 명함을 정리한다.

미팅이 끝난 후 만난 사람의 인상, 대화의 주제, 날짜와 시간 등을 명함 여백에 기록한 후 명함첩에 정리하면 상대방을 기억하기 쉽다. 또 나중에 그를 또 만나게 될 때 화젯거리를 발굴해 낼 수 있다. 그러나 그 사람의 면전에서 메모하는 것은 결례이다.

보통 직장관계 명함과 개인관계 명함으로 분류하지만, 만나는 사람의 계층이 폭 넓을 때는 직장 및 회사별, 업종별, 모임별로 분류하여 정리한다.

마지막으로, 경쟁력 있는 정보, 인맥관리에 있어 가장 중요한 것은 명함을 받은 당일이나 다음날까지 반드시 문자나 카톡 등 연락을 통해 자신을 인식시키는 과정을 거쳐야 한다는 것이다. "어제 ㅇㅇㅇ에서 만난 어느 곳에 근무하는 누구입니다. 만나 뵙게 되어 영광이었으며, 추후 다시 뵙게 될 날을 기대합니다."와 같은 내용으로 문자나 카톡 및 전화를 하라. 이는 곧 상대방이 다시 한 번 나를 기억할 수 있도록 하는 중요한 일이자, 비즈니스에 매우 유익한 명함 활용법이다.

■ 자신을 돋보이게 하는 순간, 자신감 있게 소개하라!

자기소개와 타인소개는 대인관계에서 우리가 생각하는 것보다 큰 영향력을 발휘한다. 소개란 배려와 존중의 표현이라고 할 수 있다. 성의 있는 소개는 상대에게 잘 기억될 뿐만 아니라, 분위기를 밝게 만들고 나 자신을 돋보이도록 만들어준다.

자기소개를 할 때 진솔하고 자신감 있게, 상냥한 표정과 미소를 띠는 것은 기본이다. 소개는 모두 일어나서(환자나 고령자가 아닌 이상) 하는 것이 원칙이다. 자신의 이름을 정확히 전달하고 상대의 이름을 주의해서 듣는 것도 필수다.

여러 사람에게 자신을 소개할 때는 '20자의 법칙을 따르라' 고 권하고 싶다. 단순히 이름과 소속만 말하는 것이 아니라, 자신을 드러낼 수 있는 매력적인 문구를 덧붙여 보자. 필자가 자기소개를 할 때를 예로 들자면, '세상을 움직이는 영향력, 그 중심에 함께 하고 싶다.', '펀하고 유쾌하게 행복한 성공을 디자인하다.' 같은 문구를 자주 사용하는 편이다.

우리는 누군가에게 타인을 소개하는 일도 자주 겪게 된다. 길에서 혹은 특정 장소에서 우연히 만날 경우, 지인들 사이에서 소개를 시켜줄 때가 있는데, 이런 상황을 어색하게 여기는 경우가 많다. 그래서 소개를 생략하거나 대충 얼버무리는 모습을 보이곤 하는데, 이는 지인에 대한 예의가 아니며, 나의 이미지에도 결코 긍정적이지 않음을 명심해야 한다.

서로 다른 사람을 소개할 경우에 두 사람의 성함이나 직위만 전달하는 것만으로는 부족하다. 각자의 이름을 다 밝히고, 직업과 회사에 대해 융통성 있게 덧붙이는 게 효과적이다.

"이쪽은 저와 같은 회사 회계팀의 김명석 대리인데 이름처럼 아주 명석합니다."

"이 분은 제가 모시는 홍만기 부장님이시며, 만능 스포츠맨이십니다."

이런 소개는 양측을 모두 기분 좋게 할 뿐만 아니라, 소개하는 나 자신까지 빛나게 만든다.

한 발 더 나아가, 인사 직후 분위기가 다소 서먹할 경우, 두 사람의 공통 관심사를 제시함으로써 자연스럽게 대화를 이어나갈 수 있게 하는 것도 세련된 소개법이다.

"우리 부장님이 골프를 좋아하십니다."

"두 분 연배와 성격이 비슷하셔서 잘 통하실 것 같습니다."

이런 화두를 던져 자연스럽게 대화가 진행될 수 있도록 만드는 것이 중요한 테크닉이다.

외국인과 한국인을 소개할 때는 "MS 김미영", "MR. 에릭 스미스"와 같이 항상 상대방의 풀네임(Full Name)을 한번 불러주는 것이 중요한 포인트다.

소개하는 순서도 반드시 지키는 것이 좋다. 본인 회사 사람을 타사 사람에게, 직급이 낮은 사람을 높은 사람에게, 나이 어린 사람을 연장자에게, 남성을 여성에게, 개인과 단체 중 개인을 먼저 소개함이 원칙임을 기억하자.

B 테이블 매너, 매너는 경험이다

'현대는 빠르게 변화하는 국제화 사회로 다양한 문화를 경험하며 바쁘게 살아가고 있다, 이러한 가운데 우리는 기본적으로 세 번의 식사를 하게 되고 이러한 식사시간을 통해 가족은 물론 많은 이들과 소통하며 서로를 확인하고 새로운 에너지를 얻게 된다. 근래에는 여러 형태의 식사모임이 이루어지고 레스토랑이나 연회장, 결혼식 또는 해외여행 중 갖게 되는 다양한 모임에서 식사의 종류는 양식이 주를 이루고 있다. 이럴 때 커틀러리(나이프, 포크, 숟가락) 사용법을 몰

라 당황한 나머지 쩔쩔매거나 매너에 무관심하여 무례하게 행동한다면 당신의 이미지는 부정적으로 비쳐지게 될 것이다.

'밥상머리 교육' 이라는 말이 있다. 이 말은 곧 식사 예절, 영어식 표현으로 '테이블 매너' 와 통한다. 어릴 때부터 배워 몸에 밴 식탁 예절을 의미한다. 테이블 매너를 보면 그 사람의 인품과 성장과정까지 알 수 있다. 어렸을 때부터 부모로부터 배운 행동 하나하나가 그대로 가문의 교양과 문화수준을 나타내기 때문이다.

음식을 함께 먹는다는 건 국적과 시공을 초월한, 인류의 가장 오래된 사교 행위이자 함께 문화 교류의 과정이다. 또한 테이블 매너는 상호간 즐겁게 먹기 위한 약속이다. 나의 즐거움뿐만 아니라 상대의 즐거움을 배려하는 것은 너무나 당연한 일이기 때문이다. 그런데 우리 주변에는 잘못된 경험과 습관에 기인한 테이블 매너로 타인을 불편하게 하는 사람들이 너무나 많다. 일반 식당이든 고급 한식당이든 매너 없는 사람들을 만나기란 그리 어렵지 않다.

대표적인 경우로 지적하고 싶은 것이 바로 식사 속도이다. 함께 식사하는 사람이 한참 먹고 있는데 혼자 허겁지겁 빨리 그릇을 비워 상대방을 당황케 하는 이들을 자주 목격할 수 있다. 이와 반대로, 상대를 배려하지 않고 너무 느긋하게 식사를 하는 것도 매너가 아니다. 그런가 하면 식사 자리에서 이를 쑤신다거나, 물수건으로 얼굴이나 몸을 닦는 행동, 물을 입에 머금고 가글하는 행동 등으로 불쾌감을 자아내는 이들도 심심찮게 볼 수 있다.

불쾌감을 자아내는 정도는 아니더라도 경험 부족으로 매너에 서툰 경우도 적지 않다. 현대에는 여러 형태의 다양한 문화 속에서 다양한 사람과 식사 모임이 이루어지고 있다. 레스토랑이나 연회장, 결혼식 또는 해외여행 중 갖게 되는 모임 등에서 양식을 접하게 되는 경우도 많다. 이럴 때 당황하여 쩔쩔매거나 무례하게 행동한다면 당신의 이미지는 부정적으로 보일 것이다.

테이블 매너는 나라마다 차이가 있고, 다르게 발전해 오고 있다. 우리나라에서는 그릇이나 식기를 들고 먹는 게 예의가 아니지만, 이웃나라 일본에서는 그렇게 먹는 걸 흔하게 볼 수 있다. 대부분의 나라에서는 수저와 포크, 젓가락 등 식기를 사용해 음식을 먹지만, 인도에서는 맨손으로 음식을 먹는 것이 일상화되어 있다. 따라서 테이블 매너는 나라 · 문화별로 달라져야 한다.

이 책에서 방대한 양의 글로벌 테이블 매너를 모두 언급하는 데에는 한계가 있기에, 우리나라에서 중요시하는 식사 예절 및 비즈니스와 연관된 식사 자리에서 꼭 명심해야 할 테이블 매너를 간추려 살펴보자.

사실 우리나라의 식사 매너에 대해 모르는 사람이 있을까? 하지만 알면서도 크게 개의치 않는 것이 문제다. 지나치게 큰 소리로 웃고 떠들어서 다른 손님들에게 방해를 주는 것은 물론, 큰 소리로 웨이터를 부르고 함부로 하는 모습에 저절로 눈살이 찌푸려진다. 예로부터 밥상을 앞에서 금기가 많았던 우리네 전통 식사 예절을 그대로 지킬 필요는 없지만, 시대가 바뀐 지금까지도 유효한 매너는 있다. 엄숙하게 밥만 먹자는 것이 아니라 모두에게 즐거운 식사가 되기 위해서 최소한의 예의는 지켜야 한다.

우선, 식사 전 예절부터 살펴보면, 어른들을 입구에서 떨어진 상석으로 안내하며, 어른이 먼저 자리에 앉은 다음 앉도록 한다. 스커트를 입고 좌식할 때에는 냅킨이나 손수건을 바르게 펴서 무릎을 가린다.식사 중 예절로는, 어른이 먼저 수저를 든 후 수저를 들도록 한다. 식사 속도는 어른들과 맞추도록 한다. 숟가락과 젓가락은 한꺼번에 잡지 않고, 천천히 번갈아 가면서 사용한다. 한 번에 한 가지의 반찬만을 먹고, 음식을 먹을 때는 소리를 내지 않는다. 식사 중 어른이 질문을 하면, 입 안의 음식물을 삼킨 후 수저를 가지런히 놓고 대답한다.

식사 후, 수저는 국그릇 위에 걸쳐 놓았다가 어른이 음식을 다 먹고 난 후 얌전히 내려놓는다. "잘 먹었습니다."라는 인사를 빠뜨리지 않도록 한다.

다음으로 비즈니스와 연관된 식사 자리에서 지켜야 할 테이블 매너를 알아보자. 먼저, 비즈니스의 대상 혹은 구체적인 목적에 따라 레스토랑을 선택하는 것부터 매너가 시작된다. 누구와 먹는지, 무엇 때문에 식사를 하는 지에 따라 한식 혹은 중식, 양식 등의 레스토랑을 결정한다. 결정이 여의치 않다면 미리 상대에게 물어보는 것도 좋은 매너다.

사전 예약은 매우 중요한 절차다. 예약은 사전준비를 완벽하게 하고, 만족스러운 서비스를 제공 받을 수 있는 필수적인 요소이다. 예약 시 가급적 많은 정보를 제공하면, 보다 의미 있고 즐거운 식사를 하는 데에 도움이 된다. 예약자명, 방문 날짜와 시간, 참석인원, 선호하는 좌석, 모임의 종류, 특별 요청사항(케이크, 샴페인, 촬영 등) 같은 구체적인 정보를 미리 알려주면, 레스토랑이 보다 철저한 준비를 할 수 있을 것이다.

식사 메뉴와 와인 선택을 하기 전에 상대방이 종교 · 체질 · 신념적 이유로 먹지 않는 음식은 없는지, 레스토랑의 드레스코드는 어떤지 등을 반드시 확인해야 한다. 가장 비싼 앙트레나 고급 와인을 주문하기보다는 호스트가 먼저 주문하기를 기다린다.

약속시간에 맞춰 정시나 5분 정도 이른 도착은 좋지만, 결코 늦어서는 안 된다. 착석한 동료와 다른 손님을 배려해 업무와 관련 통화라도 테이블을 벗어나서 하는 것도 중요한 매너라 하겠다.

매너라 하면 사람을 구속하는 불편한 것으로 오해하는 경우가 많다. 그러므로 매너를 익힐 때 왜 그래야 하는지에 대한 이유를 알면 한층 이해하기가 쉽다. 매너 하나하나에는 합리적이고 과학적인 배경이 숨어있기 때문이다.

이렇게 매너 하나하나의 의미를 알게 되면 매너는 자연스럽게 몸에 베게된다. 결국 매너는 의식화된 습관이고 경험임을 잊지 말기를 바란다.

■ 그 사람의 품격, 웨이터 법칙을 기억하라

식당에서 서빙을 하다 실수로 손님의 양복에 와인을 쏟은 웨이터. 이때 봉변을 당한 손님의 반응은 어땠을까? "오늘 아침 바빠서 샤워를 못했는데, 허허, 어떻게 그걸 알았죠?" 당시 합석 중이던 IT업체 CEO 데이브 굴드(Dave gould)는 "실수한 웨이터를 웃음으로 용서하는 걸 보고 그가 어떤 사람인지 알 수 있었다. 나는 그와 즉각 거래를 시작했다."고 말했다.

정반대의 상황도 있다. "여기 주인 나오라고 해. 난 널 당장 해고시킬 수 있어."라고 하면서 반말과 위협적인 언사로 웨이터를 마구 꾸짖었던 손님. 이를 목격한 의류업체 CEO 브렌다 반스(Brenda Barnes)는 이렇게 말했다.

"웨이터나 부하 직원을 쓰레기처럼 취급하는 사람에게 무엇을 기대할 수 있겠나? 상대에 따라 대하는 태도가 달라지는 사람과는 가급적 비즈니스를 하지 않는 게 원칙이다."

이것이 바로 전세계 수많은 CEO들이 비즈니스의 철칙으로 삼고 있는 '웨이터 법칙'이다. 자신보다 약자이거나 서비스를 제공하는 사람에게 하는 행동을 보면 그 사람의 품격을 알 수 있다는 것이다.

미국 방위산업체 CEO 빌 스완슨(Bill Swanson)은 『책에서는 찾을 수 없는 비즈니스 규칙 33가지』라는 책에서 "당신에게는 친절하지만 웨이터에게 무례한 사람은 절대 좋은 사람이 아니다."라고 했다. 특히 그는 "다른 것들은 간혹 상황에 따라 달라질 수 있지만, 이 웨이터 법칙만은 결코 오차가 없는 확실한 비법이다."라고 할 정도로 여러 비즈니스 규칙 중에서도 '웨이터 법칙'의 중요성을 강조했다.

이는 결코 웨이터를 대할 때만 통용되는 법칙이 아니다. 상대가 누구냐에 따라 '부하 직원 법칙', '청소노동자 법칙', '아르바이트생 법칙', '승무원 법칙', '경비원 법칙', '비서 법칙' 등 우리에게 서비스를 제공하는 사람들에 따라 다양하게 불릴 수 있다.

이 법칙은 우리나라 사람들에게는 '갑질'이라는 단어로 더 친숙한 편이다. 오랫동안 주민의 폭력을 참아 오다가 스스로 목숨을 끊은 아파트 경비원, 비행기 승무원에게 라면 맛이 없다고 다시 끓여오라고 투정을 부린 일명 '라면상무', 비행 도중 항공사 부회장이 직원에게 막말과 폭행을 한 것이 빌미가 된 '땅콩회항' 사건 등 이와 유사한 사례를 우리는 너무나 많이 듣고 겪지 않았던가.

'나와 상관없는 이야기'라고 치부할 일이 아니다. 특히 조직을 이끌어가는 리더의 자리에 있는 사람이라면 "일을 이 따위로 하고 밥이 넘어 가?", "이렇게 일하면서 월급은 따박따박 가져가지?", "업무시간에 어딜 그렇게 싸돌아다녀?" 라는 말로 부하 직원에게 상처를 준 적이 없는지 돌아봐야 할 것이다.

그렇다면, 일상생활에서 이 같은 폭언이 오가는 이유는 무엇일까?

취업포털 사람인이 2014년 직장인 1008명을 대상으로 한 설문결과에 따르면, '그 사람의 말하는 습관이 문제라서'(55.9%)라는 답변이 압도적으로 1위를 차지했다고 한다. 말하는 습관은 곧 그 사람의 품격이다. 타인에게 상처를 주는 말을 하는 사람은 본인의 품격이 형편없음을 드러내는 것이고, 이는 곧 자신의 평판 관리나 비즈니스 측면에서도 치명적인 단점으로 작용한다는 사실을 반드시 명심하자.

■ Greetress의 안내 : FM을 따르라!

일본 혼다 자동차의 소이치로 사장이 미국행 여객기에 탑승했을 때의 일이다. 그는 간단한 여행가방에 빨간 티셔츠 차림으로 비행기에 올랐는데, 누가 봐도 세계적인 기업가라고 생각할 수 없는 복장이었다. 이런 그의 모습을 본 승무원이 "이코노미석은 저쪽입니다."라고 안내하자, 화가 난 소이치로 사장은 1등석 좌석표를 보여주며 "다시는 이 비행기를 타지 않겠소."라고 말했다고 한다. 이는 외모와 분위기에 따라 사람의 가치가 결정될 수 있음을 잘 보여주는 일화다.

레스토랑의 입구에 들어서자마자 인사와 함께 자리를 안내하는 그리트레스(Greetress)에게 우리가 잘 모르는 필드 매뉴얼이 있음을 알고 있는가? 그날의 기분에 따라 임의로 혹은 마구잡이로 안내하는 것이 아니라, 현장지침을 토대로 엄정하게 심사한 후 그 손님에게 가장 잘 어울리는 자리로 안내하는 것이다.

이때 그리트레스가 판단하는 기준은 방문한 손님의 분위기와 유형, 외모나 행동거지 등이다. 여자들끼리 온 경우 자리 배치는 보통 중앙, 남성과 여성이 함께 온 경우는 창가, 노약자나 장애인은 입구에서 가까운 자리 등으로 자리를 배치해주는 것이 일반적인 지침이다. 또한 상석의 위치는 벽을 등진 자리, 입구 쪽에서 먼 자리, 경치를 바라볼 수 있는 자리 등의 지침이 존재한다.

따라서 고급 레스토랑에 방문할 때에는 사전에 자기 자신을 가다듬을 필요가 있다. 일반적인 디너에서 복장은 정해져 있지는 않지만, 모임의 성격에 맞추어 적절한 옷을 입음으로써 최소한 다른 사람에게 불쾌감을 주지 않도록 해야 한다. 격식을 갖추어야 하는 자리에서 남자는 보통 검은색 내지는 감청색 계통의 상하 복 한 벌로 된 정장이면 무방하다. 이때 검은색 계통의 양말과 검은색 구두가 기본이다. 여자의 경우 원피스나 검정 상하 수트가 적당하며, 모자를 쓰고 식당에 가는 것은 가급적 피하는 것이 좋다.

지금은 예약 문화의 발달로 그리트레스의 지침이 작용하는 경우가 예전보다는 줄었다. 때때로 우리는 격식을 차리는 것을 부정적으로 잘못 해석하곤 한다. 그러나 그리트레스의 FM(Field Manual)을 알고 미리 준비하거나, 그 기준과 기본을 충실히 따랐을 때 우리는 지성인으로서 존중받을 수 있다. 더불어 나를 비롯한 일행이 보다 기분 좋은 시간을 보낼 수 있음을 인식하자.

■ 격식을 중요시하는 양식, 바깥쪽부터 사용하라!

엘리자베스(Elizabeth) 2세가 서양 테이블 매너를 잘 모르는 중국 고위관리와 만찬 중, 중국 관리가 식사 전 손가락을 씻는 핑거볼에 담긴 물을 마셔버리자, 그녀 역시 태연하게 핑거볼에 담긴 물을 마셨다는 유명한 일화가 있다. 엘리자베스 여왕은 테이블에서 지켜야 하는 에티켓은 어겼을지 몰라도 상대를 배려하는 매너는 탁월했던 것이다.

위 사례는 동양인의 입장에서 양식은 유독 에티켓이 많다고 느낄 수 있다. 서양인들은 냅킨의 사용법만 보고도 그 사람의 출신 배경이나 매너의 수준을 어느 정도 가늠할 수 있다고 한다. 서양인들은 오늘날 햄버거, 샌드위치, 토르티야, 버팔로윙스 등 웬만한 음식은 손으로 집어먹는다. 그들의 맨손 사랑의 정황으로 보았을 때, 손으로 집어먹는 습관이 냅킨의 발전을 촉진시켰으리라 추측된다.

냅킨은 음식을 먹다가 떨어질 경우 손님의 무릎을 보호하기 위한 용도로 쓰인다. 그렇다면 어느 시점에 냅킨을 펴야하는 것일까? 자리에 앉자마자? 아니다. 일행 모두가 자리에 앉은 뒤 요리가 나오기 시작할 때 냅킨을 펼친다. 식전에 연설이나 인사, 건배가 있는 경우에는 의식을 마친 다음 펼친다. 냅킨은 반드시 이등분해서 반으로 접은 후, 접힌 끝단이 밖을 향하게 놓는다. 입을 닦을 때는 냅킨의 안쪽을 사용한다. 식사 후 커피를 마실 때까지 무릎에 냅킨을 두며, 다 사용한 후에는 접시 왼쪽에 가볍게 접어서 둔다. 음식을 다 먹은 뒤에는 수저를 처음 위치에 가지런히 놓고, 사용한 냅킨은 대충 접어서 식탁 왼쪽 위에 놓는다. 냅킨이나 나이프 또는 포크가 바닥에 떨어졌을 때는 웨이터가 주워 줄 때까지 기다리는 것이 좋다.

천재지변이 없는 한, 냅킨을 양복이나 조끼의 단추 구멍, 드레스 셔츠의 목 부분에 걸지 않도록 한다. 냅킨을 수건으로 사용하는 것도 금물이다. 핑거볼을 사용한 다음 손가락의 물기를 닦거나, 물이나 포도주를 마시기 전 입술의 기름기를 제거하기 위해 사용한 것만 허용된다. 냅킨으로 땀을 닦거나 입술의 립스틱을 닦아서는 안 되며, 입술을 닦을 때는 가볍게 누르듯이 닦아 낸다. 물이나 포도주를 엎지른 경우에는 냅킨으로 닦기보다 웨이터를 불러서 처리하도록 한다.

비상사태가 발생하지 않는 한, 식사 도중 자리를 뜨는 일은 금물이다. 냅킨을 식탁에 올려 두면 식사가 끝난 것으로 간주되어 음식을 치워버리는 불상사가 생길 수 있으니 조심하자.

패밀리 레스토랑에서 제공하는 페이퍼 냅킨도 리넨냅킨과 동일하게 사용한다. 이 역시 반으로 접어 무릎 위에 올려두고 쓴다. 식사를 마친 뒤에는 냅킨을 대충 접어 식탁 왼편에 둔다. 너무 단정하게 접어 두면, 쓰지 않은 것으로 착각해 다시 사용할 수도 있기 때문이다. 두루말이 화장지를 식탁에 올려 두고 쓰는 일도 금물이다.

다음으로 서양인들이 중요하게 여기는 양식 에티켓으로는 '테이블 간의 거리'가 있다. 미국인이 대화할 때 가장 쾌적하게 느끼는 거리가 21인치 곧 55cm라는 심리학자 홀의 실험결과가 있다. 양식당에서 의자를 배치할 때 간격을 60cm를 기준으로 삼는 것은 결코 우연이 아니다.

식탁 위의 식기 배치하는 테이블 세팅에도 에티켓이 존재한다. 중앙의 큰 접시를 중심으로 배치하며, 나이프와 포크는 양쪽 가장자리(바깥쪽) 것부터 사용한다. 세팅된 모든 식기는 자신이 사용하는데 불편한 점이 있더라도 움직이지 않고 그대로 놓고 사용한다. 식사가 끝났다고 해서 식기를 포개놓는다거나 한 쪽으로 치워놓지 않는다. 이때 빵 접시는 왼쪽에 있고, 와인이나 물컵은 오른쪽에 있음을 유의하여 남의 빵을 먹는 일이 없도록 해야 한다. 한국인들은 오른손잡이가 대부분이어서 자칫 옆 사람의 빵을 먹는 실수를 범하기 쉽다.

주문한 식사가 본격적으로 나오기 시작하면, 디너 접시를 기준으로 양쪽 모두 바깥쪽 끝에 놓인 커트러리(Cutlery)부터 차례대로 사용한다. 수프에는 오른쪽 끝의 수프 스푼을, 애피타이저에는 왼쪽 끝의 샐러드 포크를, 메인 디시에는 왼쪽의 디너 포크와 오른쪽의 디너 나이프를 이용하는 것이다. 한 코스가 끝나면 해당 접시와 커트러리를 치우고 그 다음 코스가 서브되며, 식사가 완전히 끝나면 지금까지 사용한 그릇과 커트러리를 모두 치우고 디저트를 위한 새로운 세팅이 준비된다. 이때 와인을 더 마시겠다는 의사표현을 해야 잔을 치우지 않는다. 그리고 원한다면 웨이터에게 디저트를 조금 늦게 서브하도록 요청해도 좋다. 규모 있는 연회나 만찬에서는 아예 처음부터 디저트 스푼이나 포크가 함께 세팅되어 있는데, 그럴 경우 디너 접시의 윗부분에 가로로 놓여있는 스푼과 포크를 사용하도록 한다.

고급 양식당에서는 주로 코스 요리를 먹게 되는데, 일반적으로 애피타이저(Appetizer), 메인 디시(Main dish), 디저트(Dessert)의 세 가지 코스가 기본이다. 그렇지만 반드시 코스로만 주문해야 하는 것은 아니다. 가기 전에 미리 어느 정도 먹을 것인지 염두에 두었다가 수프와 메인 디시, 또는 메인 디시와 디저트, 아니면 메인 디시만 주문해도 실례가 되지 않는다. 메뉴를 보아도 잘 모르겠다면 웨이터에게 도움을 요청한다. 절대 창피한 일이 아니다. 잘 모르면서 그냥 주문했다가 낭패를 보게 되면 즐거운 식사를 망치게 되므로 그게 더 어리석은 일이다.

포크와 나이프를 양손에 들고 얘기하지 않는다. 또 손에 들고 있는 포크와 나이프를 바로 세워서 잡는 것도 보기에 좋지 않다. 식사하다가 나이프를 접시 위에 내려놓고, 포크를 왼손에서 오른손으로 옮겨 잡는 것은 괜찮다. 빵은 손으로 집어 먹게 되므로 먹는 중간에 얼굴이나 머리를 만지지 않도록 한다. 나이프 사용 시 흉부가 박을 썰듯이 과도하게 사용하지 않도록 주의하자.

영국식은 보수적인 유럽의 전통을 발휘하듯, 나이프는 시종일관 오른손, 포크는 왼손에 쥐고 식사를 한다. 프랑스식은 격식에 얽매이기 싫어하는 자유분방함을 그대로 드러낸다. 나이프는 오른손에 쥐되, 포크는 왼쪽에 쥐었다가 오른손으로 옮겨 쥐는 것이 프랑스식 테이블 매너이다. 마치 술주정뱅이의 갈지자 걸음걸이를 연상시킨다는 점에서 지그재그 사용법이라고도 불린다.

본격적인 양식 요리의 시작인 수프는 레스토랑의 수준과 개인의 매너를 평가하는 척도가 된다. 단순히 메인요리에 들어가기 전에 대충 허기를 달래는 용도가 아니라, 요리사가 선보이는 음식솜씨의 정수가 숨겨져 있는 유일한 음식 중 하나이다. 그러므로 정성껏 만들어준 수프를 맛보기도 전에 소금과 후추를 치는 행위는 요리한 사람의 실력을 못 믿는다는 뜻으로 오해를 받을 수 있다. 음식이 서브되면 일단 맛을 본 후에 자신의 기호에 따라 소금이나 후추를 치는 것이 좋다. 양식 레스토랑에서 반드시 유의해야 할 부분이다.

연한 맛의 콘소메(맑은 수프)는 진한 맛의 주요리와, 진한 맛의 포타쥬(걸쭉한 수프)는 담백한 요리와 주문하면 적절하다. 수프용 스푼은 위쪽 부분을 가볍게 잡는다. 수프를 뜬 후 국물이 테이블 보에 떨어지지 않도록 접시에서 잠시 멈춘 후 입으로 가져간다. 수프가 뜨겁더라도 입으로 불거나 소리를 내지 않으며, 몸을 숙이지 않고 먹는 게 관건이다.

수프 스푼으로 저어서 식히거나 수프 볼을 들고 마시지 않는다. 그러나 손잡이 컵에 수프가 나오면 손으로 쥐고 마시되, 손잡이가 오른쪽으로 향하게 올려놓는다. 이때 수프를 자기 앞쪽에서 바깥쪽으로 하여 떠먹는 것은 미국식이며, 바깥쪽에서 안쪽으로 먹는 것은 유럽식이다. 수프를 먹을 때 흐르지 않게 하려고 입을 너무 그릇 가까이 대지 않는다. 먹고 싶지 않을 때는 빈 접시에 스푼을 뒤집어 놓는다.

서양에서 포도주와 빵은 예수의 피와 몸을 상징한다고 한다. 최후의 만찬 때 예수가 앞으로 다가올 자신의 죽음을 예비하여 빵을 직접 손으로 뜯어?제자들에게 나누어 주었듯이, 빵은 손으로 뜯어 먹어야 한다. 나이프는 빵에 버터를 발라먹는 용도로만 이용한다. 빵은 계속 리필이 되는데, 요리와 요리 사이의 입맛을 전환하는 용도이므로 너무 많이 먹는 것은 좋지 않다.

마지막으로 비즈니스 디너의 마지막 부분, 즉 디저트 코스에서 제공되는 치즈는 단지 디저트의 한 종류라는 의미를 뛰어넘는다. 문화적이며 인격적인 모든 관문을 통과한 후, 그 사람의 미식가적인 수준을 가늠하는 마지막 관문이다. 제대로 접대를 하는 식탁에서는 과일이나 케이크 같은 디저트보다 그 나라와 지역을 대표하는 최고급 치즈를 준비한다. 그것도 치즈 모듬이 개별적으로 달랑 제공되는 것이 아니라, 웨건(치즈트롤리)이나 큰 접시 등에 여러 종류가 담겨서 나온다. 여기에서 자신이 좋아하는 것을 골라 바로 그 자리에서 잘라먹으면, 서양 사람들은 '저 사람 뭘 좀 아는군.' 하며 보는 눈이 달라진다. 그러므로 글로벌 비즈니스를 하는 사람이라면 반드시 서양미식의 최고봉인 치즈를 제대로 이해하고 즐길 줄 알아야 한다.

■ 숟가락을 사용하지 않는 일식, 젓가락 사용에 유의하라!

일식을 대할 때도 지켜야 할 에티켓이 있다. 양식에 비해 복잡하지는 않으나, 한식을 먹을 때와는 다른 에티켓이 더러 있다. 미처 모르고 있었거나 일상생활에서 놓쳤던 것이 없는지 천천히 살펴보자.

음식의 종류에 따른 중요한 에티켓 포인트를 꼽자면, 초밥은 대개 젓가락으로 먹지만, 물수건(일어로는 덴시보리)으로 손을 닦아가며 손으로 집어 먹어도 예의에 어긋나지 않는다. 꼬치는 통째로 손에 들고 입으로 바로 먹는 것이 아니라, 한 손으로 꼬치를 눌러 젓가락으로 하나씩 빼내어 먹는다. 면 요리는 후루룩 소리를 내며 들이마시듯 먹는 것이 성의의 표시다. 일식은 한식처럼 먹을 때 나는 소리에 크게 신경을 쓰지 않아도 된다.

일식은 대체로 오른쪽으로 중심을 잡는다. 젓가락은 오른손으로 위에서 집어 왼손에 받친 다음 다시 오른손에 쓰기 좋게 쥔다. 뚜껑을 열 때는 오른손으로 밥그릇-국그릇-보시기 순으로 연 뒤 우측에 포개어 둔다. 차를 마실 때는 두 손으로 찻잔을 든 뒤 왼손 바닥에 받치고 오른손으로 찻잔을 감싸 쥔다.

밥을 먹을 때는 왼손으로 밥공기를 들고 젓가락으로 떠먹는다. 국그릇도 왼손으로 들고 젓가락으로 내용물을 밀어내며 마신다. 일식에서는 숟가락을 사용하지 않으며, 국은 다 마신 다음에 뚜껑을 덮는다.

접시 위나 그릇에 젓가락을 올려놓지 않는다. 젓가락 받침이 없다면, 젓가락을 싼 종이나 쟁반 끝에 놓는다. 생선회나 튀김 등 반찬을 먹을 때는 작은 접시를 받쳐 입가까지 가져가 먹는다. 특히 식사 할 때 젓가락으로 다른 사람을 도와주지 않는다. 식사가 끝나면 젓가락의 끝을 차에 씻어 깨끗이 한 후 처음 들어있던 싸개에 다시 집어넣는다.

또한 일식에서는 상대가 술잔을 다 비우기 전에 술을 따르는 것이 예의이니 첨잔에 익숙해져라.

■ 테이블을 회전하는 중식, 시계방향으로 돌려라!

흔히 '중식' 하면 자장면과 짬뽕으로 대변되는 싸고 간편한 배달음식을 떠올리기 쉽다. 그래서 '배부르게 먹으면 그만' 이라고 생각하기 쉽지만, 중식에도 엄연히 지켜야 할 에티켓이 있다.

특히 중식 에티켓 중 강조하고 싶은 것은 회전 테이블은 시계 방향으로 돌리되 상석부터 돌린다는 사실이다. 이를 잘 따르지 않아 식사 중 이리 돌리고 저리 돌리고 중구난방으로 혼란을 겪는 경우를 자주 보게 된다.

식사를 시작할 때 주빈[13]의 술잔에 먼저 술을 따라 주고나서 다른 손님에게 차례로 부어준다. 주인이 일어나 감사 인사를 하고 술을 권할 경우, 술을 못 마셔도 답례 표시로 입가에 댔다 내려놓아야 한다. 술 거절은 한국보다 더 무례하게 간주된다. 축배는 단숨에 마시고 비운다. 첫 요리가 나오면 주인이 한 젓갈 집어 주빈의 접시에 올려준다. 음식을 덜 때는 먼저

13) 主賓. 손님 가운데서 주되는 손님.

주인이 개인접시에 덜고 다른 손님에게 권한다.

탕은 렝게(사기로 된 중국 숟가락)로, 요리와 쌀밥, 면류는 젓가락으로 먹는다. 탕을 다 먹으면 렝게를 뒤집어 놓아야 한다. 식사 중 젓가락을 사용하지 않을 때는 개인접시 끝에 걸쳐 놓고, 식사가 끝나면 젓가락 받침에 놓는다. 쌀밥과 요리를 함께 먹은 뒤에 탕류를 먹는다. 요리의 종류가 많을 때는 요리 – 주식 – 탕 순으로 먹는다.

중국 식탁은 대개 원형이다. 둥글다는 것은 원만하고 영원하다는 좋은 의미를 지녔기 때문이다. 원형 탁자가 놓인 자리에서는 안쪽 중앙이 가장 상석이다. 주빈이 그 자리에 앉는다. 주빈의 왼쪽 자리가 차석, 오른쪽에 '넘버 쓰리'가 앉는다. 말석은 입구 쪽, 즉 문을 등지고 앉는 자리다. 주빈이나 주빈 내외는 주인 내외와 마주 앉는다. 어디 앉아야 할 지 모르겠다면 기다리는 것이 좋다. 주인이 알아서 자리를 정해준다.

테이블에 있는 간장, 식초, 겨자 등의 양념은 자신의 앞 접시에 조금씩 덜어 먹는다. 생선 요리가 나왔을 경우, 메인 접시에 있는 생선은 뒤집지 않는 것이 예의이며, 뼈나 가시 등은 보이지 않게 입에서 빼내 자신의 그릇에 놓는다.

음식이 바뀔 때마다 새 접시로 바뀌므로 먹을 만큼만 덜어 먹고 음식이 앞 접시에 남지 않게 한다. 식사 중일 때는 젓가락을 접시 끝에 받쳐놓고, 식사를 끝마쳤을 때는 젓가락 받침대 위에 올려 둔다. 차를 마실 때는 받침까지 들고 마신다. 뚜껑을 반쯤 덮어두면 계속 마시겠다는 의미다.

중식은 접시를 모조리 다 비우는 것은, 주인이 음식 준비를 조금만 준비한 것으로 여겨질 수 있기 때문에 예의에 어긋나는 것으로 간주된다.

C 비즈니스 협상의 매개체, 와인 매너

■ 와인은 커뮤니케이션 음료, 눈맞춤에 유의하라

와인은 글로벌 비즈니스 사교 모임에 있어서 없어서는 안 될 음료이다. 글로벌 비즈니스 인간관계를 원만하게 해주는 데에 있어서 와인 파티야말로 제격이다.

와인 커뮤니케이션에서 가장 중요한 것은 건배 시 반드시 상대의 눈을 바라보아야 한다는 것이다. 짧고 간단하며 함축적으로 자신의 눈높이 정도까지만 올린다. 건배 제의는 주최자인 호스트의 몫이며, 술을 못 마시는 사람이라도 건배를 위한 샴페인이나 맥주 등은 받아두는 게 좋다. 빈 잔이나 음료수 잔, 물잔이라도 들어서 상대에 대한 예의를 표해야 한다.

잔을 들 때는 잔의 다리 부분을 살짝 잡고, 살짝 기울여 잔의 중앙

부분이 닿도록 가볍게 접촉한다. 건배할 때의 소리도 좋고 깨질 위험도 없는 곳이 잔의 가장 뚱뚱한 부분이기 때문이다. 그리고 상대방의 와인 잔과 높이를 같게 하는 것이 올바른 매너다.

고개를 뒤로 젖혀 마시거나 단번에 들이키지 않도록 하며, 술을 너무 많이 마셔 식사 중에 취하지 않게 주의한다. 술을 마실 의사가 없는데 종업원이 술을 따르려 하면, 술잔을 손에 갖다 대거나 낮은 목소리로 사양을 표한다. 술잔을 엎어 놓는 것은 예의에 어긋나는 일이다.

호스트가 먼저 맛을 보는 '호스트 테이스팅'의 유래는, 서양식 예절 중 하나인 악수나 식사 시 손을 가볍게 테이블에 올려놓는 행위와 동일한 의미를 가지고 있다. 악수가 '내 손에 당신을 해칠 무기가 없다.'는 뜻이고, 손을 테이블에 가볍게 올려놓는 것은 '나는 테이블 밑에서 손으로 독약을 섞지 않는다.'는 뜻이다. 호스트 테이스팅도 '이 술에는 아무런 해가 없다. 그러니 내가 먼저 마신다.'는 의미가 들어있다. 즉, 상대방을 안전하게 대하겠다는 것을 표현하는 것으로부터 시작되었던 것이다. 그러나 현대에 이르러서는 안전유무의 확인보다는 주문한 와인의 이상 유무를 확인하고, 참석자들에게 즐거움을 주고자 하는 의미로 확장된 와인 매너의 꽃이라 할 수 있다.

위대한 비즈니스맨은 한 병의 잘 조화된 훌륭한 와인과 같다. 한 명의 성공한 비즈니스맨이 탄생하기까지, 그리고 한 병의 훌륭한 와인이 태어나기까지 얼마나 많은 노력과 시간을 필요로 하는가? 국제 비즈니스에서 와인은 술이 아니라 언어라고 한다. 따라서 와인을 함께 하고 그 맛을 표현하는 것은 국제화 시대에 단순한 개인의 기호를 넘어 비즈니스맨의 커뮤니케이션 전략의 하나이다.

■ 와인을 즐기는 또 다른 묘미, 와인 초이스

잘 익은 포도의 당분을 발효시켜 만든 알코올음료를 영어로는 와인(Wine), 프랑스어로는 뱅(Vin), 이탈리아어로는 비노(Vino), 독일어로 바인(Wein)이라고 한다.

와인은 그 종류와 브랜드가 매우 다양하다. 가장 흔하게 색상에 따라 레드와인, 로제와인, 화이트와인으로 분류되며, 알코올 함량은 화이트와인 10~13%, 레드와인 12~14%, 강화와인은 16~23%에 이른다. 역사는 BC. 9000년 경 신석기 시대부터라고 보는 것이 일반적이다. 포도를 따서 그대로 두면 포도껍질의 천연 효모인 이스트(Yeast)에 의해 발효가 진행되어 술이 되었고, 그것이 인류가 마시기 시작한 최초의 술이었다고 추측한다.

먼저, 가장 흔하게 볼 수 있는 레드와인에 대하여 살펴보자. 레드와인은 포도의 껍질을 함께 사용하여 제조하는데, 탄닌 성분이 들어있기 때문에 떫은맛이 난다. 이 맛을 다른 표현으로 '드라이 하다' 고 한다. 이렇게 드라이한 맛이 음식을 섭취하는 데 있어 전체적으로 입맛을 정돈시켜주기 때문에 식탁에 많이 애용된다. 특히 레드와인은 고기 요리와 함께 곁들이면 궁합이 잘 맞는다.

레드와인의 대표적인 종류로는 피노누아, 진판델, 멀롯, 카버넷소비뇽, 쉬라즈 등이 있다. 피노누아 순으로 하여 연하고 부드러우며, 카버넷 소비뇽과 쉬라즈는 드라이함의 최강을 자랑한다. 일반적으로 레드와인은 드라이한 느낌이 매우 강하기 때문에 중급 이상의 와인 애호가들이 주로 찾는다.

화이트 와인은 청포도의 포도알과 줄기를 사용하여 만들며, 청포도 알맹이의 푸른 느낌이 잔 안에 살아있는 특징이 있다. 청포도 특유의 청명감이 전체적으로 와인을 더욱 더 깔끔한 느낌이 나게 만드는데, 이런 청명감에 대한 표현을 '크리스피' 하다고 한다. 청명감이 두드러지는 화이트 와인일수록 가격이 비싸며, 청명감의 특징이 있기 때문에 주로 여름에 많이 마시며, 생선 및 가금류 요리와 궁합이 잘 맞는다.

화이트와인의 종류에는 샤도네이, 소비뇽 블랑, 리슬링, 피노 그리지오가 있다. 샤도네이는 보통 레드와인을 담아 숙성시키는 오크통에 담아지는 것이 특징인데, 기존 화이트와인에서는 찾아볼 수 없는 드라이함이 느껴진다. 소비뇽 블랑과 리슬링, 피노, 그리지오는 와인 스토어에서 많이 볼 수 있는 종류의 와인이다. 초보자들에게는 부드럽기로 정평이 나 있는 화이트 와인인 리슬링를 먼저 도전해보는 것도 좋다. 화이트 와인의 생명은 무엇보다 목구멍으로 넘어가는 청량감에 있다.

한국인은 보통 식사 시 용도에 따라 아페리티프(Aperitif), 테이블 와인(Table Wine), 디저트 와인(Dessert Wine)으로 구분해 선택하는 경우가 많다.

우선, 본 식사를 시작하기 전에 식욕을 돋우기 위하여 샐러드 등의 전채요리와 함께 한 두 잔 가볍게 마시는 와인이 있다. 식전용 와인 아페리티프는 본격적인 식사를 하기 전에 입맛을 돋우기 위해 마시는 와인으로, 드라이한 백포도주나 덜 숙성된 샴페인이 대표적이다. 한두 잔 정도 가볍게 마실 수 있게 산뜻한 맛이 나는 화이트 와인이나 샴페인, 셰리 등을 추천한다. 식전에 마시는 샴페인 한 잔은 정말 식욕을 마구 불러일으키기 때문이다.

메인 식사용으로 쓰이는 테이블 와인은 음식의 종류에 따라 어떤 와인이 음식 맛을 돋워 줄 것인가를 선택하면 된다. 테이블 와인은 식욕을 증진시키고 분위기를 좋게 하는 역할 외에도 입안을 헹궈내어 다음에 나오는 음식들의 맛을 잘 볼 수 있게 해준다. 레스토랑 같은 곳에 가면 와인 리스트 혹은 베버리지(Beverage)[14] 메뉴가 따로 있는 것을 볼 수 있는데, 사실 전문가나 와인 애호가가 아닌 이상 빈티지와 생산국가를 확인한다고 해도 맛의 차이를 모르는 경우가 많다. 그러므로 와인을 선택하기 어렵거나 한 병이 부담스러울 때, 하지만 약간 와인이 마시고 싶은 날이라면 하우스 와인을 선택하라. 하우스 와인은 대게 원 글라스(one glass)로 판매되는데, 평균 1잔에 7천원에서 9천 원 정도로 부담스럽지 않은 선에서 선택할 수 있다. 한 잔으로 멋지게 분위기를 내고 싶다면 매너 있게 초이스 하라. 꼭 하우스 와인이 아니더라도 글라스 기준으로 판매하는 와인도 있으니, 잘 모

14) '음료'를 의미하며 알코올성 음료와 비알코올성 음료를 모두 포함한다.

른다면 직원에게 식사와 어울리는 와인을 추천받도록 하자. 맛있는 식사와 와인 한 잔으로 평생 잊지 못할 행복한 추억으로 남길 수 있을 것이다.

디저트와인은 식사 후에 입안을 개운하게 하기 위해 마시는 와인이다. 약간 달콤하고 알코올 도수가 약간 높은 디저트 와인을 한잔 마심으로써 입안을 개운하게 마무리 지을 수 있다. 포트나 셰리가 대표적인 디저트와인이며, 약간 단 샴페인도 좋고 아이스와인도 좋다. 약간의 점성 같은 것이 느껴지면서 당도가 높은 와인을 좋아한다면 아이스와인을 추천한다. 디저트용으로는 달콤한 화이트와인이나 완전 숙성된 샴페인을 주로 마시는데, 근래에는 코냑과 시가로 화려하게 마감하는 사람들이 늘고 있다.

모든 와인은 발효 시 포도 자체의 당분이 분해되면서 알코올과 함께 탄산가스가 생긴다. 보통 와인은 이 탄산가스를 제거시킨 뒤 병에 담는다. 이에 반해 가스를 병에 가둔 와인을 총칭하여 스파클링 와인이라고 한다. 우리가 흔히 보통명사로 알고 있는 샴페인(불어로는 상파뉴)이 대표적인 스파클링 와인인데, 엄밀한 의미에서 프랑스 상파뉴 지방에서 나오는 와인만 샴페인이라고 한다. 그 외 알자스와 부르고뉴에서 나오는 크레망(Crement)이나 뱅 무스(Vinsmousseux), 이탈리아의 스푸만테(Spumante)가 대표적인 스파클링 와인들이다.

이밖에 브랜디의 첨가 여부에 따라 일반 와인과 강화 와인(Fortified Wine), 가향 와인(Flavored Wine)으로 나누기도 한다. 강화 와인은 브랜디 같은 증류주를 첨가해 알코올 도수를 높인 것으로, 포르투갈의 포트(Port)나 스페인의 셰리(Sherry)가 이에 속한다. 가향 와인은 와인 발효 전후에 과일 즙이나 쑥 같은 향을 첨가해 향을 좋게 한 것이다.

만약 식사 시에 술을 잘 못하는 사람이라면 가벼운 음료나 주스 등으로 참여하고, 음료를 서브 받을 때는 글라스를 잡지 않고 테이블에 그대로 놔두는 것이 매너다.

D 시대가 변하면 매너도 변한다

■ 포스트 코로나 시대, 더욱 강조되는 매너와 에티켓

"마스크를 착용하지 않으신 분은 출입할 수 없으며, 거리두기를 실천 부탁드립니다."

요즘 공공장소 입구에서 흔하게 듣고 볼 수 있는 문구다.

그야말로 비상이다. 전 세계의 신종 코로나 바이러스 감염증(코로나19) 누적 환자가 12월 기준으로 6천 4백만 명에 육박했고, 국내 확진자만 약 3만5천 명을 넘어선 것으로 집계되고 있다. 코로나19 바이러스가 전 세계를 강타하면서 우리 실생활에 많은 변화가 일고 있다. 앞에서 우리가 살펴본 매너와 에티켓이 상대의 기분을 배려하는 일이었다면, 코로나 전염을 예방하기 위한 마스크 착용과 거리두기, 위생 습관 등은 상대의 건강 더 나아가 생명까지 배려한다는 점에서 반드시 지켜야 할 규범으로 강조되고 있다.

특히 미국, 이탈리아, 스페인, 일본 등지에서는 감염자가 말 그대로 폭증하고 있다. 이런 위기 상황에서 전염을 최대한 예방할 수 있는 마스크를 쓰는 것은 가장 손쉬우면서도 가성비가 높은 자구책이다.

의학 분야의 논문을 다루는 코크런 도서관(Cochrane Library)은, "사람들이 지속적으로 마스크를 쓰면 사스에 걸릴 위험을 70% 감소시킨다."고 밝히고 있다. 코로나19와 사스는 동일한 코로나바이러스 계열이니, 마스크 사용도 같은 효과가 있을 것이라는 의미다.

마스크 사용은 분명 감염 예방에 유익하다. 우리나라에서 최근 계절성 독감 환자가 급감했다는 주장이 나왔는데, 이는 코로나19 여파로 국민들이 마스크를 열심히 착용했기 때문이라고 한다. 마스크 사용은 코로나 바이러스뿐만 아니라 다른 바이러스도 차단해 준다는 증거다.

이에 따라 앞으로 마스크 착용은 어느 국가를 막론하고 통용되는 글로벌 에티켓으로 강조될 것으로 보인다. 세계 여러 나라에서 '마스크 착용 의무화'를 두고 갑론을박이 벌어지기도 하는데, 의무화 여부를 떠나 나와 상대방을 배려하는 차원에서 반드시 마스크를 착용하는 습관을 갖는 것이 좋다.

손을 깨끗이 씻는 습관도 중요하다. 외출 전후와 식사 전후는 물론 평상시에도 손을 비누로 깨끗이 씻어야 한다. 공공장소의 입구나 승강기 등에는 손 소독제를 비치하는 것도 당연시되고 있다. 앞서 테이블 매너를 알아볼 때 손으로 음식을 먹는 것이 전통과 관습인 나라가 있다고 했는데, 인간의 생존을 위협하는 바이러스 앞에서 이런 관습은 조금씩 무너지지 않을까 하는 생각마저 든다. 아울러 거리두기 운동의 확산 속에 친근감의 표현이자 사람의 감정을 다독여주는 스킨십마저 불쾌한 행동으로 대접받지 않을지 우려가 되기도 한다.

그 누가 예상이나 했겠는가. 대인관계에서 얼굴을 가리는 것이 예의가 되는 날이 오리라고……. 이처럼 매너와 에티켓은 때와 장소 상황에 따라 변화한다. 시대의 흐름에 잘 적응하고 맞춰나갈 때 우리는 '매너 좋은 사람' 으로 불릴 수 있을 것이다.

03

Speech Image Branding

"인간에게 가장 중요한 능력은 자기 표현력이며,
현대의 경영이나 관리는 커뮤니케이션으로 좌우된다."

– 피터 드러커 –

플레쉬만(A.Fleishman)은 효과적인 커뮤니케이션이 "인간의 삶에 있어서 마찰을 막아주는 윤활유"라고 했다. 커뮤니케이션의 방법은 언어적 혹은 비언어적 커뮤니케이션으로 분류할 수 있다. 언어적 커뮤니케이션은 단어, 음성, 억양, 소리의 크기 등을 말한다. 비언어적 커뮤니케이션은 신체적 표현 즉 몸짓, 자세, 표정 등을 활용한 의사소통이다.

'말 한마디로 천 냥 빚을 갚는다.', '발 없는 말이 천리 간다.', '촌

철살인(寸鐵殺人)', '청산유수(靑山流水)' 등 속담이나 사자성어 중에는 '말'의 중요성을 다룬 것들이 참 많다. 그만큼 예나 지금이나 인생을 살아가는 데 있어 말이 갖는 무게감은 실로 대단하다고 할 수 있다.

말 잘하는 사람은 뭔가 다르다. 사람들을 매혹하고 마음을 움직이게 하며 생각에 변화를 불러일으킨다. 말은 '설득'의 힘을 갖고 있다. 설득의 실체는 바로 새로운 정보와 지식 그리고 참신하고 산뜻한 접근 방법으로 요약할 수 있다. 누군가와의 커뮤니케이션에서 '아, 이건 설득력 있는데'라고 느꼈다면, 상대는 내가 그동안 접해보지 못했던 사실이나 흥미로운 이야기 혹은 사안에 대한 구체적이고 효과적인 방법론을 설파한 경우다. 그러니 역으로 내가 타인을 설득하려면, 무엇보다 새로움에 주목해야 한다. 새로움은 곧 남과 다른 개성과 매력으로 말을 차별화하는 것이다. 설득은 그저 그렇고 지루한 설명이 아니다.

또한 말은 '감동'을 준다. 경험, 눈높이, 공감이 키워드다. 잘나고 똑똑한 애인이라도 서로 공감대가 형성되지 않는다면 결혼상대로는 다시 생각할 일이다. 게임에 빠진 아들을 구하려면 곁에 앉아 괴물을 함께 물리치는 수고가 필요하다. 아이비리그 출신 교수의 현란한 이론도 학생들 수준을 못 맞추면 강의로서 부적격이다. 감동의 체험을 일깨우려면 "당신 맘 잘 알아요. 제가 그랬거든요. 같이 풀어갑시다." 같은 시선과 태도가 마음 바탕에 자리해야 한다.

말은 '웃음'을 준다. 나의 말하기가 어떤 이를 웃음 짓게 한다는 건 놀랍고 감사한 일이지만, 정말 어려운 작업이다. 아저씨들이 '유머'라고 쓰고 '음담패설'로 읽다가 왕왕 패가망신의 열차를 타지 않던가? 젊은이들은 웃음을 준다는 게 고작 개그 프로를 흉내 내거나 어쭙잖은 성대모사 일색이다. 남을 기쁘고 즐겁게 만드는 가장 확실하고 빠른 길은 자신부터 웃는 얼굴을 만드는 것이다. 너그럽고 상냥한 미소가 자연스러운 수준이 될 때까지 연마하고 노력하면 얼굴처럼 심성(心性)도 비슷해진다는 연구도 있다.

명심해야 할 또 다른 사실은, 효과적인 화술은 입으로만 하는 것이 아니라 온몸으로 말하는 것이란 점이다. 미국 UCLA의 앨버트 메라비언(Albert Mehrabian) 명예교수에 따르면, 상대방에 대한 인상이나 호감을 느끼는 요소 중 말의 내용(언어적 요소)보다는 비언어적(넌버벌, Non-Verbal) 요소가 차지하는 비율이 93%나 된다고 한다. 따라서 비언어적인 표현이 다양한 의사소통 상황(설득, 협상, 마케팅 등)에서 성공적으로 자신의 이미지를 구축하는 넌버벌(Non-verbal) 트레이닝이 매우 중요하다는 게 그의 설명이다.

좋은 커뮤니케이션이란 빈틈없고 민첩한 자세, 그리고 얼굴 표정이나 몸짓 언어를 활용하는 능력에서 나온다는 점을 잊지 말자.

A 성공하는 리더들의 몸짓의 비밀

> 많은 사람들은 본인이 전달하고자 하는데 있어
> 메시지를 방해하는 바디랭귀지를 사용하면서
> "왜 설득이되지 않는가?"
> "왜 내 말을 믿지 않는가?"를 알지 못한다."
>
> – 앨런 피즈 –

이미지 브랜딩 강의 중에서도 커뮤니케이션 관련 부분을 진행하다 보면 몸짓언어에 대한 관심은 과히 폭발적이다. 강의 중에 여러 질문을 받곤 하는데 어느 상황에서 어떤 제스처를 써야 말하는 데 효과적이냐는 것이다. 손동작을 넘어 눈빛과 시선, 표정의 처리 등 궁금한 사항의 수준과 종류도 다양하다. 그럴 때마다 내 대답은 당연 명제처럼 들릴지 몰라도 한결같다. "가장 중요한 것은 자신의 말에 진심과 자신감을 담아 상대의 말에 경청하라. 그러다보면 제스처는 자연스레 따라온다. 단 이러한 행위가 체화되지 않은 경우, 의식화된 연습이 뒷받침 되지 않으면, 부자연스러울 수 있음을 명심해야 한다." 라고 말이다.

우리는 알게 모르게 말이 아닌 행동으로 감정을 표현하고 있다. 내가 상대방의 행동을 보고 그 사람을 이해한다면, 또 내가 의미 없이 하는 행동이 상대에게 어떤 영향을 줄 수 있는지 미리 안다면, 우리의 대화가 더욱 폭넓게 발전하지 않을까? 상대방은 이미 대화를 하는 동안 나의 제스처를 통해서 그의 이야기에 얼마나 호감을 느끼는지, 상대에게 얼마나 우호적인지, 혹은 상대를 지배하려고 하는 건 아닌지 재빠르게 판단을 내리기 때문이다.

제스처를 안 쓰면 고루하고 답답해 보인다. 그렇다고 너무 과한 제스처는 메시지의 집중을 방해하며 분위기를 산만하게 만든다. 여기에서 사람들이 자주 착각하는 것은 '제스처'를 상황에 맞게 인위적으로 만들어 연습하면 효율적인 스피치가 가시화될 것이라는 확신이다. 물론 어느 정도는 의도한 바가 가능하겠지만, 결코 자연스럽지 않을 것이며 어색할 것이다.

제스처에 해당하는 독일어 '게스테'를 찾아보면, '몸짓', '손짓'과 함께 연극에서는 '동작'과 '표정'을 아우른다. 그 다음 비유적 의미로는 '암시'를 뜻하며, 의도를 드러내는 간접적인 '행동'과 '태도'를 뜻함이라고 새긴다. 모두 옳은 말이고 곱씹어 볼 대목이다. 제스처는 인류 최초의 의사소통 수단으로서, 넓은 의미의 비언어적 표현에 속하며, 몸의 전체적인 자세, 머리의 움직임, 표정, 눈맞춤, 머리-손-팔-다리의 움직임, 자세의 열림과 닫힘 정도에 이르기까지 몸짓을 통한 감정과 생각을 전달하는 '몸짓 언어'란 용어로 사용된다.

몸짓 언어의 중요성을 일깨운 연구로 유명한 것이 바로 미국 UCLA대학 알버트 메라비언 교수가 내놓은 통계다. 어떤 사람이 유의미하고 인상적인 대화 · 강연 · 설교 등을 접했을 때 그 요인이 무언가를 조사한 이론인데, 7%만이 그 메시지 내용에 영향을 받고 38%는 발음 · 음색 · 어조 · 말투 등의 목소리 요소, 그리고 가장 많은 55%는 몸짓 언어 때문에 그러했다는 것이다. 이는 말하고자 하는 주제나 내용이 중요하지 않다는 것이 아니라, 너무 메시지의 내용에만 집착한 나머지 내용과 몸짓이 일치되지 않는 오류를 범해서는 안 된다는 의미로 받아들일 수 있다.

그러므로 무엇보다 중요한 것은 단순히 어떤 사람이 내용을 전달함에 있어, 특히 정서적 내용이 담긴 정보를 전달할 때 말투와 몸짓 언어가 어울리지 않거나 내용에 부합하지 않으면 전하려는 바가 왜곡될 수 있다는 사실이다. 다시 말해 제스처가 거의 없거나 서툴거나 작위적이면 효과적인 의사 전달이 이뤄지기 어렵다는 이야기다.

시카고 대학의 맥닐 교수는 한술 더 떠 "모든 것은 두 손에 달려 있다."고 말했다. 그는 "몸짓과 생각과 언어는 밀접하게 연결되어 있으며, 만일 어떤 사람이 자기 일을 제대로 수행하는 지적 감각과 자신감이 넘치는 사람이라면, 그의 손짓은 멋진 사고 과정을 그대로 보여주는 창(窓)일 것"이라고 말했다.

이렇듯 신체 언어의 중요성을 알았다면, 이제부터 손을 주머니에서 꺼내는 것을 두려워하지 말자. 딱딱한 분위기를 녹이는 데는 손짓만 한 것이 없다. 손을 묶혀두지 말라. 손은 자유로워야 할 자격이 있다.

몸짓은 자연스러워야 한다. 공장에서 찍어낸 듯한 몸짓은 패착이다. 누군가의 몸짓을 흉내 내려 하지 말고, 이야기에 따라 자연스럽게 몸짓이 나오도록 자신을 믿고 내버려 두라. 물론 어느 정도 연습과 계산이 필요할 것이다. 그러나 이때도 자신의 개성과 성격이 진실하게 묻어나야 한다. 동작이 큰 몸짓은 결정적 순간을 위해 아껴 두자.

그리고 몸짓을 내 몸의 영향권 내로 한정하라. 강연자나 발표자에게 영향권이란 대략 두 눈에서 배꼽까지, 그리고 양팔을 벌린 상태로 양손 끝 정도를 범위로 하는 동그라미다. 몸짓과 시선을 이 범위 내로 유지하려고 노력하라. 손이 배꼽 아래로 내려가 흔들리면 기운이 없고 자신감도 떨어져 보인다. 허리 위에서 다양한 몸짓을 구사하라. 그 모습을 보고 사람들은 당신을 굿 스피커로 인정하게 될 것이다.

■ 긍정적 상호작용의 촉진제, 미소로 외모 콤플렉스를 뛰어넘어라!

성시경의 '미소천사' 라는 노래 가사 중에는 '짜증내고 화를 내도 너의 미소만 보면 바보 같은 나' 라는 가사가 있다. 이처럼 미소에 사람의 감정을 밝게 만들고 생각까지 바꾸는 힘이 있음은 누구도 부인할 수 없는 사실이다. 미소는 사람의 마음을 여는 촉진제이자 대인관계에 있어서 매우 중요한 능력이다. 미소를 잘 활용하면 외모 콤플렉스도 커버할 수 있다.

이목구비가 예쁘지는 않지만 참 기분 좋게 웃는 사람이 있다. 이런 사람을 보면 저절로 웃음이 나오고 기분이 좋아진다. 이게 바로 미소의 마력이다. 미소는 '만나서 반가워요.', '당신이 좋아요.', '지금 이 시간이 행복해요.'라는 뜻을 내포하고 있다. 당신 앞에서 끊임없이 이런 메시지를 보내는 사람에게 어떻게 긍정적인 태도를 취하지 않을 수 있을까?

날카로운 눈매, 매부리코, 각진 턱, 튀어나온 입, 허스키한 목소리 등 타고난 신체적 특징으로 인해 자신의 첫인상이 좋지 않다고 고민하지 말자. 외모 콤플렉스를 뛰어넘는 것 중 가장 중요한 것이 바로 편안한 미소이다. 다만, 긍정적 기운을 가져다주는 미소는 저절로 얻을 수 있는 것이 아니라 평상시 마음가짐이나 트레이닝을 통해 체득되는 것임을 명심하자.

'뒤센 미소'라는 말을 들어본 적 있는가? 기욤 뒤센(Guillaume Duchenne)이라는 프랑스 신경학자는 사람이 활짝 웃을 때 광대뼈와 눈꼬리 근처의 근육이 움직여서 미소를 만든다는 걸 발견했다. 그리고 그렇게 웃는 것이야말로 진짜 웃음이라고 하면서, 그런 미소를

'뒤센 미소' 라고 칭하기 시작했으니, 광대뼈가 봉긋하게 올라오면서 입과 광대 눈이 함께 웃는 미소를 말한다. 이와 달리, 항공업계를 주름잡던 팬 아메리카 월드 항공(Pan American World Airways, 팬암)의 스튜어디스들이 공식적으로 우아하게 웃는 미소는 '팬암 미소' 라고 한다. 눈은 웃지 않고 입꼬리만 올라간 미소를 말한다.

미소는 성격이 아니라 능력이다.
사람의 마음을 여는 데 미소만큼 확실한 방법은 없다.

이것 또한 능력이라고 받아들이는 순간,
갈고 닦아야 할 훈련의 대상이 된다.

– 곤도 노부유키 일본 레이저 사장의 '곤도의 결심' 中–

일본의 사업가 곤도 사장은 아주 오래 전부터 '좋은 소식을 보고 받을 때는 미소를 띠고, 좋지 않은 소식을 보고 받을 때는 더욱 미소를 띠자.' 라고 다짐하고, 이를 실천해 오고 있다고 한다. 홧병이 만연한 현대를 살아가는 우리가 새겨야 할 마음가짐이 아닐 수 없다.

얼굴의 좌우대칭이 완벽한 사람은 없다. 광대뼈, 짝짝이 쌍꺼풀, 턱 선 등의 차이로 대부분의 사람들이 좌우 대칭이 다른 얼굴을 가지고 있다. 왼쪽과 오른쪽을 비교했을 때 눈꼬리와 입꼬리가 올라간 쪽이 열린 얼굴, 즉 예쁘게 보이는 얼굴이다.

OPEN FACE를 찾아라!

평상시 '셀카'를 자주 찍어본 사람이라면, 자신의 양쪽 얼굴 중에서 유난히 더 예쁘거나 멋지게 사진이 찍히는 방향을 알 것이다. 실제로 양쪽 중 더 예뻐 보이는 얼굴이 있는데, 이를 열린 얼굴이라고 한다.

거울을 바라보고 미소를 지어보자. 입꼬리와 눈꼬리가 더 올라간

쪽을 체크하면서 다시 한 번 환하게 웃어보자. 이때 부자연스러운 억지웃음보다는 눈도 함께 자연스레 웃는 미소를 지어주는 것이 중요하다. 그리고 웃었을 때 입꼬리와 눈꼬리가 더 올라간 방향이 바로 열린 얼굴이다.

자신의 열린 얼굴을 찾았다면, 바로 그 열린 얼굴 쪽으로 가르마를 타야 훨씬 어려보이고 예뻐 보인다는 사실을 반드시 기억하자. 기존의 가르마 위치가 열린 얼굴 방향과 달라 가르마 위치를 바꾸려 해도 하루아침에 자연스럽게 바뀌지 않는다. 때문에 습관적으로 바꾸고 싶은 방향으로 머리를 쓸어 넘기거나, 헤어 제품을 활용해서 자리를 잡아주는 노력이 필요하다. 미소는 타인으로부터 호감을 사는 최고의 도구이다. 반복적인 셀카 촬영을 통해 미소연습을 하다보면 당신의 최상의 얼굴을 찾게 될 것이다. 이제부터 사진 촬영할 때는 무조건 열린 얼굴 쪽 방향을 사수하자.

■ 타인을 사로잡는 매혹적인 공감 테크닉, 눈을 맞춰라!

사람의 생각과 의도는 얼굴에 그대로 나타난다. 대화를 하는 도중 눈맞춤과 미소를 통해 상대방의 감정을 움직여 보자. 호감을 주는 시선은 자연스럽고 부드럽게 상대방의 눈을 보는 것이다. 눈동자는 항상 중앙에 위치하도록 하며, 상대방의 눈높이와 맞춘다. 반면 위

아래로 치뜨는 눈매, 위아래로 흘려 보는 눈매, 한 곳에만 응시하는 눈매, 곁눈질은 바람직하지 않다.

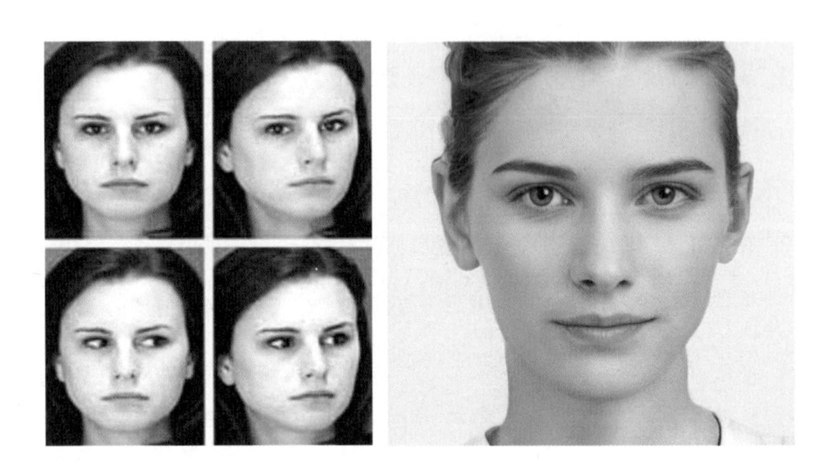

사랑에 빠진 연인들은 흔히 눈이 마주치자마자 불꽃이 튀었다고 말하는데, 과학자들의 연구에 따르면 이 말은 사실인 것으로 나타났다. 게다가 상대가 이성이 아니라도 그렇다. 영국 런던대학 인식신경과학연구소의 크누트 캠프(Knut Kampe) 박사는 〈네이처〉 최신호에 매력적인 사람과 눈이 마주칠 때 대뇌 보상 중추의 활동이 활발해진다는 연구결과를 발표했다. 그러나 매력적인 사람이라도 눈길이 딴 곳을 향하고 있으면 아무런 반응이 없었다. 보상 중추는 동물에게 먹이나 물이 주어질 것이라는 기대가 있을 때 활동이 활발해지는 부위를 말한다.

연구팀은 남녀 8명씩 16명의 피실험자에게 40명의 낯선 인물들이 정면이나 옆을 보고 있는 사진을 보여주면서, 뇌 혈류량의 변화를 기능성 자기공명영상(fMRI)으로 측정했다.

실험 결과 사진 속의 인물이나 피실험자의 성별에 상관없이, 매력적인 얼굴이 자신을 바라보고 있으면 보상 중추의 활동이 수초 내에 마치 불이 켜지듯 급격히 증가했다. 집단 사회에서 누가 자신에게 이로움을 줄 것인지를 아는 것은 생존과 직결되는 문제다. 일반적으로 매력적인 외모는 바로 건강하고 강한 체력을 의미하기 때문에 집단에서 높은 지위를 차지하는 경우가 많다. 캠프 박사에 따르면, 뇌의 보상 중추가 매력적인 외모에 즉시 반응하게 진화한 것도 이 때문이라고 한다. 반대로 눈길이 마주치지 않으면, 자신에게 관심이 없는 것으로 해석해 보상 중추가 반응하지 않다는 것이다. 이는 "상대방이 자기에게 관심이 없다는 데 실망했기 때문"이라는 것이 캠프 박사의 설명이다.

매력적인 얼굴일수록 눈맞춤의 공감효과는 파격적이라고 한다. 하지만 매력적인 얼굴이 아니라고 해서 좌절하지는 말자. 위 실험 결과처럼 아무리 매력적이고 아름다운 외모를 지녔다고 해도 상대와 눈맞춤이 이뤄지지 않으면 별 위력을 발휘하지 못하기 때문이다. 그러므로 매력적인 외모를 지니지 않았더라도 호감 있는 눈맞춤과 따뜻한 시선을 통해 상대방과의 신뢰를 형성할 수 있고, 사랑의 메시지를 보낼 수도 있으며, 느낌과 감정을 진솔하게 전달할 수 있음을 잊지 말자.

■ 삼각 zone의 중요성, 시선의 높낮이에 유의하라!

시선의 높낮이에도 감정이 실리는 법이다. 따라서 커뮤니케이션에 있어 시선과 응시는 매우 중요한 포인트이다. 대화 시 가장 기본이라 할 수 있는 에티켓은 시선은 정면을 바라보고 상대의 눈을 맞추는 것이다. 그렇게 하면 동공 관찰을 통해 상대의 진짜 마음을 열 수 있다.

특히 눈의 위치와 시선이 머무는 지점의 삼각구도에 따라 상대방과의 관계가 좌우되기도 한다. 한 연구에 따르면, 상대방의 시선 높낮이를 크게 3가지로 구분하면, 관계를 일정한 형태로 분류하는 작업이 가능하다고 한다.

먼저, 상반신에서 얼굴 전체에 시선을 두는 것은 '사교적 응시'로서, 상대방을 자세히 알려는 심리가 표현된 것이다. 특히 초면인 상대를 볼 경우 이런 시선으로 보게 되는데, 이는 상대에게 흥미와 호기심이 있다는 표현이다.

상대방의 시선이 인중 아래부터 목 부분에 머문다면, 이는 유대감이 형성된 관계에서 오는 '친밀한 응시'일 가능성이 크다. 다만, 처음 만난 상대를 이런 시선으로 응시하면 자칫 불쾌감이나 오해를 불러올 수도 있음을 유의해야 한다.

상대방이 이마 중앙과 양쪽 눈을 정점으로 하는 삼각형 부분에 시선을 두고 대화한다면, 지배와 복종이라는 심리가 작용된 것으로서 '강렬한 응시'라 칭할 수 있다. 이렇게 계속 시선을 주고받으면 상대는 강한 긴장감을 느끼게 된다.

■ 타고난 외모보다 중요한 '분위기'의 힘, 우아한 관찰주의자가 되라!

관찰 능력이 뛰어난 사람이 타인을 더 잘 배려한다고 한다. 행동이나 태도 등 그 사람의 몸짓 언어를 이해하는 폭이 높은 사람이 대화를 잘 이끌어가고, 커뮤니케이션 능력이 뛰어나다는 뜻이다.

이야기를 들어주던 상대방이 턱에 손을 괴거나 점점 주의가 흐트러지는 모습을 보인다면, 이는 상대방이 지루하거나 피곤하다는 뜻이다. 이럴 때에는 말수를 줄이고 상대방에게 말할 기회를 더 제공하거나, 대화의 주제를 전환할 필요가 있다.

반대로 상대가 두 눈을 크게 뜨고 당신에게 시선을 고정한 채로 경청하고 있다면, 이는 당신의 이야기에 호기심을 갖고 있다는 방증이다. 따라서 조금 더 자신감 넘치고 위트 있는 어조로 말을 이어간다면, 더욱 호감을 느낄 것이다.

몸짓 언어를 사용하는 것에도 절제가 필요하다. 과한 것이 설득력 있는 게 아니라, 상대방을 배려하며 분위기에 적합한 제스처를 적절하게 구사하는 것이야말로 우아함의 근본이 될 수 있는 것이다.

타고난 외모보다 중요한 것이 바로 그 사람만이 가지고 있는 분위기의 힘이다. 분위기란 그 자리에서 느껴지는 기분, 몸에서 풍기는 인상, 사람의 동작이나 행동에서 발산되는 느낌을 말한다. 그러므로 진정 아름다운 사람은 어딘지 모르게 분위기가 느껴지는 사람이다. 타고난 얼굴이나 신체 같은 외형을 바꾸는 것은 누구나 할 수 있는 일은 아니다. 그러나 분위기를 자기 나름대로 갈고 닦는 일은 누구나 할 수 있다. 작은 몸짓 하나 손짓 하나에도 그 사람의 품격 있는 분위기가 나올 수 있음을 잊지 말고 스스로 끊임없이 훈련해보는 것은 어떨까?

여기에서 당신이 관찰하는 것을 상대가 모르게 하는 것도 중요한 포인트이다. 비언어 행동에서 어떤 단서를 잡으려면, 사람들을 주의 깊게 관찰하고 그들의 행동을 정확하게 해석해야 한다. 특히 다른 사람을 관찰할 때는 자신의 의도가 드러나지 않도록 주의해야 한다. 처음으로 비언어 단서를 발견하려 애쓰는 사람들은 대개 상대방을 뚫어져라 쳐다보는 경향이 있는데, 이러한 자세는 바람직하지 않다. 상대방이 당신의 의도를 눈치 챌 경우 자신의 의도를 숨기려 할 것이다. 이상적인 방법은 상대방이 모르게 그들을 관찰하는 것이다.

요기 베라(Yogi Berra)[15]는 "주의 깊게 바라보는 것만으로도 많은 것을 관찰할 수 있다."고 했다. 놀라운 직관력으로 생각의 주파수를 맞추는 분위기 넘치는 사람이 되어 보자.

15) 뉴욕 양키스의 전설적인 포수로 2015년 노환으로 타계했다. 선수로서의 업적뿐 아니라 촌철살인의 명언을 많이 남긴 것으로도 유명하다.

■ 날씬하고 탄력 있는 몸매의 비밀, 바른 자세를 유지하라!

앞서 아름다움에 있어 절대적인 기준은 없다고 설명하였다. 다만, 누구나 '좋다' 고 인정하는 기준은 있게 마련인데, 우리 몸을 기준으로 아름다운 몸이란 바로 '건강한 몸' 이라 할 수 있다. 건강한 몸으로 가꾸고 유지하는 것은 자신에게 이로울 뿐 아니라 다른 이들에게도 매력적으로 비춰진다.

건강한 몸을 시각적으로 표현하면 날씬하고 탄력 있는 몸매라고 할 수 있다. 이런 몸매는 선천적으로 타고 나는 것이 아니라, 스스로 노력을 통해 누구나 얻을 수 있다. 보통 꾸준한 운동을 해야만 이런 몸매를 가질 수 있는 것 아니냐고 반문하기 쉬운데, 사실 운동보다 더 중요한 것은 평소 바른 자세를 유지하는 것에 있다.

바르게 서기

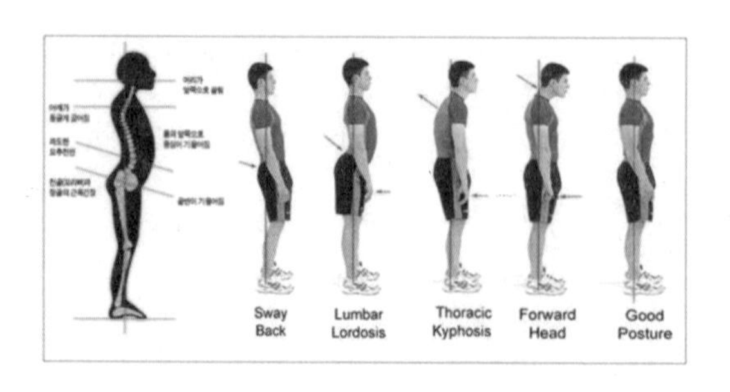

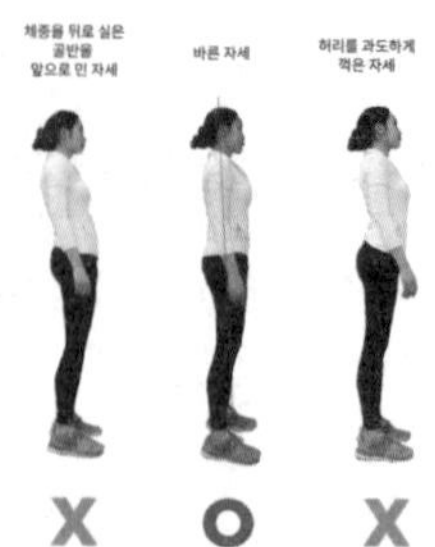

평상시 항상 정면을 보고 척추를 반듯이 세우고 서는 습관을 가져야 한다. 허리나 목을 구부정하게 앞으로 숙이거나 뒤로 젖히지 않도록 유의해야 한다. 앉는 자세에서 날씬하고 탄력 있는 몸매를 만드는 핵심적인 요소는 혈액순환인데, 앉아 있는 시간이 길어지다 보니 혈액이 하체에 몰리고 순환이 제대로 되지 않아 부종이 생기는 것이다. 더욱이 좋지 못한 자세로 오랜 시간 앉아 있는 경우 턱이나 목, 어깨, 골반, 발목 등이 틀어지면서 몸매의 불균형을 초래한다.

올바른 자세와 함께 근력운동을 동반한다면 더 극적인 효과를 기대할 수 있다. 우리 주변에서는 비슷한 키와 체중임에도 불구하고 어떤 사람은 날씬해 보이고, 어떤 사람은 통통하게 보이는 경우를 보게 된다. 그 이유는 체성분이 어떤가에 따라서 몸이 각기 다르게 보이기 때문이다. 체중을 이루고 있는 성분들 중에 체지방량과 근육량의 비율에 따라 보이는 차이가 나게 되는 것이다. 따라서 근력운동을 꾸준히 하거나 매일 30분 이상 걷기, 혹은 앉았다 일어서기 30회 같은 나름의 목표를 설정하고 실천한다면 보다 날씬하고 탄력 있는 몸매를 유지할 수 있다.

자신의 몸에 대해 잘 이해하고 단점을 커버할 줄 안다면, 사진을 찍었을 때 실제 내 모습보다 더 만족스런 결과를 얻을 수도 있다. 좀 더 날씬한 모습을 사진 속에 담고 싶다면, 몸을 틀고 팔꿈치를 세우면서 한쪽 무릎을 굽힐 것. 이 것만 기억하면 된다. 추가로, 앉은 포즈에서 한쪽 다리는 높낮이를 두면 좋다. 이렇게 하면 한쪽 다리가 자연스럽게 꺾이면서 라인도 살고 다리도 예쁘게 나온다. 모든 것은 연습과 훈련이 동반되어야 함을 잊지 말자.

B 성공을 부르는 스피치 이미지케이션, 신뢰가 생명이다.

전달력이 높아지면, 비로소 그 사람 말에 대한 신뢰도가 높아진다는 연구결과가 있다. 그렇다면 전달력 있는 스피커가 되기 위해서 필요한 것은 무엇일까? 첫 번째로 밝은 미소로 호감지수를 높여야 한다. 다음으로는 목소리 트레이닝으로 믿음직스럽고 프로페셔널한 이미지를 창출하는 것이 중요하다. 예를 들어, 복식 호흡법과 마스크 공명법을 집중해서 연습함으로써 중저음의 안정되고 공명이 풍부하게 실린 목소리로 신뢰감을 높일 수 있다. 마지막으로, 상대를 배려하는 화법으로 매력지수를 높이는 방법이 있다. 타인에게 호감을 주고 사람의 마음을 자석처럼 끌어들이는 매력의 중심에는 친절이 있다는 사실 또한 잊지 말아야 한다. 칭찬과 감사함의 표현을 적극적으로 하는 배려 화법으로 신뢰감 넘치는 파워 스피커가 되어보는 건 어떨까?

타인에게 신뢰를 얻고 진정 말을 잘하고 싶다면, 무엇보다 주변에서 항상 신선한 이야깃거리를 찾아라. 그리고 누구에게 어떻게 전달할 것인지를 생각해보자. 그리고 반드시 상황에 맞는 표정을 지어라.

말은 음성 · 시각 · 내용 · 언어로 구성된다. 이 중 하나만 부족해도 말을 잘하는 느낌을 주기 어렵다. 타고 난 목소리가 좋다면 더할 나위 없이 도움이 되지만, 무엇보다 중요한 건 항상 자기다운 느낌으로 당당하고 자신 있게 말하는 것이다.

또 어미 처리를 정확하고 분명하게 해야 한다. 어디에 사는지 물었을 때 '강남.' 이라고 단답형으로 말하는 것보다 '강남구 역삼동에 삽니다.' 라고 하는 것이 좋다. 아울러 말끝을 흐리면 안 된다. 특히 신입사원들이 보고할 때 이런 실수를 많이 하는데, 정확하게 말을 전달하는 연습이 중요하다.

발음이 좋으면 지적인 역량이 커 보이는 효과가 있다. 대부분의 사람들은 경제적인 발음을 선호한 나머지, 혀 입술 턱 근육을 잘 안 쓰려고 하고 또 정확하게 움직이려 하지 않는 경향이 있다. 이는 곧 전달력과 깊은 관련이 있는데, 이때 발음의 정확도는 모음에서 나온다. 모음에 따른 입의 모양, 자음에 따른 혀의 위치 표준 발음법 등을 익혀서 그것을 스스로에게 적용시켜 보라. 하루에 10분 이상 읽는 연습을 통해 명료하게 발음하도록 노력하라. 대충 발음해도 알아듣기는 하겠지만, 듣는 사람의 입장에서는 매우 큰 차이가 있다. 평소에 또박또박 소리 내서 말하는 방법을 체득해야 한다.

팔을 뻗어 과녁을 맞히듯 말하는 것도 중요하다. 말을 할 때 끝을 붙여서 내 말이 팔 끝까지 간다는 느낌으로 해야 한다. 또 프렙(Prep) 기법으로 말을 하면 유연하게 내 의도를 표현할 수 있다. 프렙 기법이란 먼저 핵심 메시지를 말한 다음, 그 내용에 대한 이유에 대해 설명하는 방식이다. 이후 객관적인 근거나 사례를 제시한 뒤 다시 핵심 메시지를 강조하는 기법으로서, 리더가 조회에서 조직원들에게 말하는 경우 짧은 시간에 말하기 좋은 방식이다. 제대로 말이 안 되는 경우 이를 적극 연습해서 활용하면 좋다.

사전 설득 기법도 익혀주면 도움이 된다. 이는 메시지를 전달하기 전에 상대방이 이미 그 메시지를 받아들이도록 상황을 설계를 끝내는 작업을 말한다. 가령 설득을 할 때 어떤 식으로 말을 꺼내야 할지 내용을 고심하는 것도 중요하지만 타이밍이 더 중요하다. 용건을 말하기도 전에 부탁을 수락할 수밖에 없는 상황을 만들어야 한다.

마지막으로, 톤이 일정하고 단조로운 목소리는 타인을 괴롭게 한다는 것을 명심하자. 항상 강조법을 사용하라. 크고 강하게 혹은 작고 약하게, 톤에 리듬감을 주고 포즈를 조절하면 전달력이 높아진다.

미국의 학자인 앨런 피즈(Allan Pease)가 기록한 천 건의 판매용 면담과 협상을 분석한 결과, 사업을 목적으로 한 만남에서 바디랭귀지가 협상 테이블에 미치는 영향력의 80%를 차지한다고 한다.

비언어 커뮤니케이션의 핵심은 상대방과 대화 시 눈맞춤이다. 이야기를 듣고 있는 중 60%는 시선을 맞추고, 40%는 노트나 프레젠테이션을 보는 등의 다른 곳으로 시선을 돌려라.

대화상에서의 눈맞춤은
60%를 유지하라!

비언어 커뮤니케이션에서 관찰하고 집중해야 할 두 가지 원칙이 있다면, 바로 편안함과 불편함이다. 다른 사람의 행동에서 편안함과 불편함의 단서를 읽는 법을 익히면, 대화는 보다 원활해질 확률이 높다. 우선 그들의 몸과 마음이 무엇을 의미하는지 구별하기 어렵다면, 먼저 편안한 행동(예를 들어 만족, 행복, 이완)으로 보이는지 아니면 불편한 행동으로 보이는지를 파악하라. 관찰된 행동은 대개 이들 두 가지 영역, 편안함과 불편함 중 하나에 속할 것이다.

보편적인 몸짓 언어는 모든 사람들에게 비슷하게 나타난다. 그러나 '특이 비언어 행동' 으로 불리는 유형은 개인마다 차이가 있다. 특이신호를 알아내려면 일상생활에서 친구, 가족, 직장동료 등의 행동패턴을 지켜볼 필요가 있다. 상대방을 더 잘 알수록, 그 사람과 오랫동안 관계를 맺을수록 특이신호를 쉽게 발견할 수 있다. 예를 들어, 당신의 아들이 시험을 보기 전에 머리를 긁적이거나 입술을 깨문다면, 초조함이나 미흡한 시험 준비의 신호로 읽을 수 있다.

상대에게 불쾌감을 주는 몸짓 언어. 신체의 일부를 다른 부분에 접촉시킨 규칙적인 움직임, 물체를 본래 이외의 목적으로 사용, 의미없는 동작의 반복, 앞이나 뒤로 손 모으기, 주머니에 손 넣기, 머리에 손 얹기, 손과 손을 만지작거리기, 코나 귀를 만지거나 엉덩이를 긁기, 팔짱 끼기, 청중을 향한 손가락질, 볼펜을 만지작거리는 등의 행동은 절대적으로 삼가야 한다.

인간관계에도 황금률이 있다. 인간관계란 상대가 있어야 성립되는 관계이다. 상대의 협력을 얻지 않고서는 어떠한 인간관계도 성공할 수가 없다. 성공하는 화술이란 상대의 입장에서 생각하고 말하는 배려있는 행동을 통해 신뢰란 이름의 효과를 얻는 것임을 명심하라.

19세기 미국의 정치가이자 언론인인 다니엘 웹스터(Daniel Webster)는 이런 말을 했다.

"신이 내게서 모든 것을 빼앗아가면서 단 하나만 선택하라 한다면 나는 주저 없이 이 능력을 택할 것이다. 왜냐하면 이 능력만 있으면 잃었던 모든 것을 되찾을 수 있기 때문이다."

여기서 그가 말하는 능력이란 과연 무엇이었을까? 그것은 다름 아닌 '발표 능력' 이었다.

발표 능력에는 여러 요소들이 있다. 화려한 발표 자료나 화려한 언변 능력보다 더 중요한 것은 상대가 질문한 부분에 대한 명확하고 자신감 있는 답변과 설득력이다. 여기에 신뢰감 있는 목소리, 단정한 용모와 복장, 여유 있는 표정과 시선 처리, 절도 있는 제스처 등을 갖춰야 상대방을 설득할 수 있는 것이다.

파워 스피치케이션의 중요성은 역사상 최초로 대통령 후보들의 TV 토론회가 열린 1960년 미국에서 처음 현실화되었다. 당시 TV토론회에서 이미지 하나로 명암이 갈린 두 주인공은 케네디(John F. Kennedy)와 닉슨(Richard Nixon)이었다. 선거 초기만 해도 닉슨의 승리가 당연한 것처럼 보였다. 많은 유권자가 무명에 가까운 신출내기 정치인 케네디보다는 부통령만 8년을 지낸 베테랑 닉슨에게 더 후한 점수를 주고 있었다. 하지만 이미지가 모든 것을 바꿨다. 케네디는 유권자의 눈을 들여다보듯 카메라를 또렷하게 응시하며 미소와 제스처를 적절히 사용해 젊고 자신감 있게 보였다. 반면 닉슨은 옆얼굴만 드러낸 채 제스처 하나 없는 무미건조한 토론으로 일관했다. 패션에서도 명암이 엇갈렸다. 짙은 감청색 양복을 입고 세련된 머리모양을 한 케네디는 건강하고 자신감 있는 이미지로 각인된 반면, 닉슨의 회색 양복은 늙고 허약한 이미지를 남겼다.

두 후보의 서로 다른 이미지 전략은 여론조사 결과에서도 잘 드러난다. 토론을 라디오로 청취했던 유권자들은 닉슨이 더 논리적인 주장을 폈다고 했지만, 텔레비전으로 시청한 사람들은 케네디의 말이 더 신뢰할 만하다고 응답했다. 닉슨은 화면에 비치는 이미지를 전혀 관리하지 않았지만, 케네디는 이미지메이킹 전문가를 통해 텔레비전에 적합한 의상과 화장으로 젊고 박력 있는 모습을 연출했다. 당초의 예상을 뒤엎고 케네디가 승리를 거둔 이유는 이 같은 이미지 메이킹 전략 때문이었고, 이후 미국 대통령 선거에서 이미지의 중요성이 갈수록 커지게 되었다.

1980년 대선에서 영화배우 출신의 로널드 레이건(Ronald Reagan)이 지미 카터(Jimmy Carter) 당시 대통령을 압도한 데도 이미지가 한몫을 했다. 카메라에 익숙한 레이건이 카터보다 더 여유롭고 안정감 있는 모습으로 국민들에게 비춰진 것이다.

인상은 과학이다. 인간의 경험과 내면이 인상을 만들고, 그것이 다른 사람에게 읽혀짐으로써 호불호가 나뉘게 된다. 이제는 채용에서도 AI(인공지능) 활용이 점차 활발해진다고 한다. 지원자의 표정과 목소리, 음성을 텍스트로 변환하여 어휘를 분석하고, 심장박동을 통한 안면색상의 변화를 유추해 지원자의 호감도와 매력, 감정전달 능력과 의사표현 능력을 분석 및 판단한다는 것이다. 이는 진정성을 바탕으로 한 개인의 호감지수가 선택에 있어 매우 중요한 것임을 데이터 분석을 통해 결과적으로 보여주는 의미 있는 분석 방법이라 하겠다.

■ 손을 이용한 감정표현법, 손동작에 유의하라!

제스처는 의미를 강화하거나 여유를 느끼게 하고, 전달 효과를 높여주는 역할을 한다. 또한 열정적인 발표자의 이미지를 만들기도 한다. 그 중에서도 손은 제스처의 주역이다. 신체의 다른 부분의 움직임은 프리젠터의 말을 보조하는 역할을 하지만, 손은 그 자체만으로 의사전달을 한다.

우선 스피치할 때 손은 몸에 너무 바짝 붙이지 말라. 손은 양쪽 끝을 맞대거나 혹은 살짝 구부린 채 두 손을 포개어 배꼽과 명치 중간 정도에 위치해 두면 자연스럽고 편안해 보인다. 보다 크고 확실하게 절도 있는 손동작은 발표자의 세련된 이미지를 보여준다.

손바닥을 보이는 행위는 진실과 결백을 강조하는 메시지이다. 세계 유명 정치인들이 이런 제스처를 통해 진실함을 강조하는 것을 자주 볼 수 있다. 손바닥을 보여주는 몸짓은 첫 만남에서 우리의 안전을 보장하고 신뢰를 형성하기 위해 무의식적으로 하는 행동이지만, 일상생활에서도 자주 관찰되는 몸짓 중 하나이다.

예를 들어 엄마의 지갑에서 돈을 슬쩍 했다고 의심받는 자녀가 있다고 가정하자. 당연히 그는 자신의 무죄를 온몸으로 표현하면서 부정할 것이다. "내가 안 가져갔다니까!"라고 소리치면서 양팔을 올리고, 엄마의 눈앞에 두 손을 벌려 드러낼 것이다. 물건을 숨기고 있다고 의심받는 경우도 마찬가지다. "없다니까!"라고 소리치며 양팔을 벌리고 손바닥을 보여준다. 비밀을 숨기고 있거나 거짓말로 의심받을 때도 "난 정말 아무것도 모른다고~." 혹은, "나 아니라니까"라면서 양 손바닥을 보여준다.

진실과 결백의 강조

시선집중, 설득력

이처럼 손바닥을 보여주는 행위는 매우 본능적이고 원초적인 메시지이기도하지만, 단지 자신의 결백을 증명할 때만 보여주는 것만은 아니다. 대부분의 현대인은 사람들과 신뢰를 쌓기 위해 무의식적으로 빈 손바닥을 보여주는 행동을 매일 하고 있기 때문이다. 바로 악수를 통해서다. 악수 또한 상대에게 빈 손바닥을 보여주고 같이 맞잡음으로써, 서로에게 위협이 되지 않음을 확인하는 몸짓 언어이다.

이와 달리 손등을 뒤집는 동작은 자신감이 충만한 상태에서 나오는 제스처로서, 전문성과 중요성을 강조할 때 자주 사용하는데, "하지마세요!"라는 강한 저지의 의사표현이 담긴 단호한 표현이자 통제의 역할을 한다. 또한 '오케이'와 같은 손동작은 중요한 메시지에 하이라이트를 치는 행위로, 집중 포인트를 집어주는 역할로 높은 집중력과 설득력을 상승하는 중요한 몸짓 언어로 사용된다.

강한제지, 통제　　자신감, 전문성

미국에서 이루어진 한 실험에서, 손바닥을 보여주며 이야기를 하면 84%가 긍정적인 반응을 보인 반면, 손등을 보여주면 52%로 떨어지고, 손가락을 세워 말하면 28%까지 떨어지는 결과가 나왔다고 한다. 이처럼 친절과 호감을 높이는 손바닥 노출은 그 어떤 손동작보다도 중요한 몸짓언어인 것이다.

또한 제스처의 범위에 따라 자신의 이미지를 컨트롤할 수도 있다. 자기의 몸을 기준으로 위로는 머리, 아래로는 허리, 옆으로는 양 어깨를 중심으로 직사각형이 된다. 한 사람과 대화할 때는 이 직사각형 범위 내에서 제스처를 사용하며, 많은 청중을 대상으로 강연이나 연설 등을 하는 경우에는 이 직사각형 밖으로 크게 사용한다. 제스처는 크게 사용할수록 멋지고 역동적인 이미지를 주지만, 무조건 큰 동작을 취하는 것보다는 상황에 맞게 사용하는 센스가 요구됨을 기억하자.

강연이나 프리젠테이션

1:1 대화

대화 시 열린 자세(Open Posture)를 유지하는 것도 중요한 포인트다. 처음 만나는 사람에게 좋은 인상을 심어주고 싶다면 심장을 마주하라. 상대방의 눈높이를 맞추는 것 이상으로 심장을 똑바로 겨냥하는 것도 중요하다. 어깨를 쫙 편 채 손은 자연스럽게 아래로 향하고 상대를 대하는 것은 심리적 거리를 줄일 수 있는 쉬운 방법이다. 이러한 행동은 "난 당신을 받아들일 준비가 되어 있어요.", "난 당신과 함께 얘기하고 싶어요."라는 뜻을 내포하고 있기 때문이다.

반대로 어깨를 움츠리고 팔짱을 끼거나, 몸을 비켜 마주보지 않는 자세, 다리를 꼬거나 발목을 겹쳐 포개는 행위는 상대에게 거리감을 줄 수 있다. 이는 상대방에게 방어적인 태도로 경계하고 있는 표현이므로 누구든지 먼저 다가오기 어렵게 한다. 특히 목을 움츠리는 행위는 사적인 자리든 업무에서든 굴복과 사죄의 의미를 전달하여 자신감이 없어 보이므로 반드시 유의하라.

■ 유리 멘탈인 당신, 원더우먼 자세를 취하라!

미국에서 실험자를 대상으로 2분간 '힘 있는 자세'를 취한 집단과 '힘없는 자세'를 취한 집단의 호르몬 변화를 조사했는데, 그 결과 '힘 있는 자세'를 취한 집단의 테스토스테론은 2분 만에 20% 증가했고, '힘없는 자세'를 취한 집단은 10% 감소했다는 결과가 나타났다. 작은 행동의 변화만으로도 우리의 심리 상태가 영향을 받는다는 사실이 확인된 것이다. 그리고 이런 행동의 변화는 또 다른 결과를 가져왔다.

에이미 커디(Amy Cuddy) 하버드대 교수는 이러한 실험과정을 녹화한 영상을 기업 채용 담당자들에게 보냈고, 면접관들은 모두 '힘 있는 자세'를 취했던 사람을 채용하고 싶다고 밝혔다. 면접관들은 면접자의 태도가 채용을 결정하는 데 가장 큰 영향을 주는 요소였다고 전했다. 이와 같은 실험을 통해 에이미 커디는 단 '2분' 간의 작은 행동 변화만으로도 결과를 변화시키는 신체언어의 중요성에 대해 강조했다.

여기서 두 손을 어깨너비 이상으로 벌려 탁자를 짚거나, 양 손을 허리춤에 두는 힘 있는 자세를 일컬어 '원더우먼 자세' 라고 부르기도 한다. 만약 당신이 현재 극도의 긴장상태에 있거나 자신감을 필요로 하는 상황에 놓여 있다면, 고개를 숙이거나 몸을 움츠려서 소극적인 자세를 취하는 것은 절대 금물이다. 그럴수록 의식적으로라도 가슴을 활짝 펴고 허리춤에 양 손을 올리는 등 열린 자세를 2분 이상 취하도록 하라. 이러한 자세를 통해 극도의 긴장감은 해소되고 자신감 넘치는 에너지를 얻게 되는 경험을 하게 될 것이다. 더 나아가 이 같은 자세는 여성에게는 마치 자신이 영웅과 같은 분위기를 풍기면서 힘과 자신감, 당당함을 부각할 수 있다는 장점이 있다.

유사한 예로, 지퍼나 버튼을 잠그지 않은 채로 코트를 어깨에 무심히 걸쳐 놓고 걷는 것만으로도 '당당하고 부유한 여성' 의 이미지를 표현할 수도 있다. 패션 종사자들이나 인스타그램 화제의 인물들, 연예인들뿐만 아니라 일반인들도 코트를 어깨에 걸쳐놓고 다니는 모습을 심심치 않게 볼 수 있다. 도널드 트럼프 미국 대통령의 부인 멜라니아 트럼프 여사도 여러 차례 어깨에 코트를 걸친 채 나타났다. 영국 해리 왕자의 부인 메간 마클도 같은 패션을 선보인 바 있다.

〈월스트리트저널(WSJ)〉에 따르면, 어깨에 걸친 코트는 당당한 여성성을 강조하는 동시에 일상적인 허드렛일에서 벗어난 부유한 여성을 상징하는 의미로 해석된다고 한다. 어깨에 코트를 걸친 채 양팔을 불편한 상태로 유지하는 것은 본인이 직접 차의 문을 열지 않아도 되고, 짐을 드는 등의 일상적인 일에서 해방됐다는 의미를 내포하기 때문이다. 어깨에 고가의 밍크코트를 무심히 걸치는 것은 코트의 가격에 크게 신경 쓰지 않는다는 부유함을 드러내는 메시지로 활용될 수도 있다고 전문가들은 말한다.

자, 그렇다면 당신은 건들면 깨지기 쉬운 유리 멘탈로 살아갈 것인가? 아니면 지금보다 당당하고 자신감 넘치는 모습으로 기억되어지고 싶은가? 앞으로 의식적으로라도 파워포즈인 원더우먼 자세를 취해보자.

비언어 커뮤니케이션 – 원더우먼 자세

테스토스테론 2분 만에 **20%** 증가

테스토스테론 2분 만에 **15%** 감소

유리멘탈인 당신 **'힘있는 자세'**를 취하라!

■ 7:3의 황금비밀, 동조댄스로 공감하라!

세계적 CEO인 애플의 고 스티브 잡스에게는 또 다른 직함이 있었다. 본인이 1997년 애플의 요청으로 복귀를 하면서 주변에 스스로를 불러달라고 요청한 직함인데, 바로 CLO(Chief Listening Officer)이다. '듣기의 최고책임자' 라는 뜻으로 그는 듣기의 중요성을 크게 인식하고 있었다.

삼성그룹의 이병철 회장은 자신의 아들에게 남의 말을 귀담아 들으라는 뜻인 '경청(傾聽)' 이라는 휘호를 써 주었다고 한다. 그만큼 말을 듣는 것이 중요하고 실행하기 어렵다는 의미이다. 이처럼 성공하는 자들의 습관 중 빼놓을 수 없는 것이 바로 '경청' 이다.

대화에서 침묵의 가치를 아는 것은 큰 힘이 된다. 경청을 습관화한 사람들은, 상대가 7할을 말할 때 본인은 3할 정도를 말한다고 한다. 한 성공한 세일즈맨은 "고객에게 절대 말을 많이 하지 말라. 연고에 의존하지 말고 오히려 까다로운 고객을 공략하라."고 강조한다. 실제로 비즈니스의 꽃으로 불리는 영업 분야에서 최고 성과를 낸 사람들은 말을 잘할 것 같다는 일반인들의 예상과 다르다. 사실 알고 보면 그들은 달변가가 아니라, 타인의 이야기를 잘 들어주는 사람이었던 것이다. 경청의 기술이야말로 인간의 마음을 여는 열쇠인 셈이다.

그렇다면 경청을 하고 있다는 것을 어떠한 제스처로 표현할 것인가? 내가 경청을 하고 있음을 몸짓 언어로 표현하는 방법 중 하나가 바로 동조 댄스이다. 상대의 이야기에 동의하면서 고개를 끄덕이면서 박자와 마음까지 상대방에게 맞추는 제스처이다. 고개를 끄덕이는 동작은 복종을 의미하는 절에서 유래했다고 하니, 보다 적극적인 경청법이라 할 수 있다. 이러한 끄덕임이 전하는 메시지를 한마디로 표현한다면, 바로 긍정이다. "당신의 이야기를 듣고 있어요.", "당신의 말이 옳다고 생각해요." 와 같은 의견을 전함으로써, 상대방이 더욱 자신감을 가지고 기분 좋게 이야기를 이어갈 수 있는 힘을 준다.

경청에서 더 나아가 상대방의 이야기를 유도하는 능숙한 맞장구가 합쳐진다면, 더할 나위 없이 만족스런 대화를 이어갈 수 있으며,

상대의 마음까지 사로잡을 수 있다. '맞장구의 법칙' 을 적극 활용하라. 첫째, 상대가 한 말 중에서 가장 중요한 말을 반복하는 것. 둘째, 대화의 진행을 촉진시키도록 질문을 하는 것. 셋째, 상대가 한 말에 자신의 의견을 덧붙여 말하는 것이 바로 맞장구의 법칙이다. 대화를 잘 하고 싶다면 반드시 상대의 말에 함께 동조하며 춤을 추어라.

■ 호감 형성을 위한 미러링의 기술, 무의식을 자극하라!

> 대화는 '그대 그리고 나' 를 '우리' 로 바꾸는 과정이며,
> '미러링' 은 여기에서 중요한 역할을 한다.
>
> 인간은 '미러링' 을 통해 상대방과 깊은 교감을 나누고,
> 이러한 교감이 상대방과 자신을 한마음으로 묶어준다.
>
> -『말주변이 없어도 호감을 사는 사람들의 비밀』 중에서 -

어떠한 것을 성취하고 다른 사람을 설득하기 위해 나의 생각을 전염시키고 타인의 마음을 움직이게 하는 힘!

즉, 한 사람이 다른 누군가에게 호감을 가지고 있을 때 그 사람의 감정, 행동, 말투, 심지어 패션 스타일에 이르기까지 이 모든 것들을 마치 거울에 비추듯 따라함으로써, 상대로 하여금 호감의 지수를 높

이는 심리효과를 '미러링(mirroring)' 이라고 한다. 이 미러링이라는 행동은 내 앞에 있는 사람이 내게 관심이 있는지 없는지를 판별하는 도구로 사용한다. 그런데 미러링의 기술이 훨씬 더 넓은 범위에서 사용되고 있다는 사실을 당신은 알고 있는가?

우리는 자신과 비슷한 유형의 사람을 보면 그 사람을 무의식적으로 신뢰하게 된다. 무의식의 힘은 실로 대단하다. 생각해보면, 우리는 의식하고 행동하는 것보다도 무의식적으로 행동하는 경우가 훨씬 많다. 아침에 일어나자마자 물부터 마신다거나, 불안한 상황에서 입술을 만지거나 다리를 떠는 행위, 혹은 잠에서 깨어나자마자 휴대폰부터 열어보는 행위 등 수없이 많은 행동들이 무의식적으로 이루어진다. 의식은 대부분 무의식적으로 한 행동에 대해서 고찰하는데 사용될 뿐이다. 그렇기 때문에 그 사람의 신뢰를 얻기 위해서는 무의식을 자극해야 하는 것이 중요하다.

뉴욕대학교의 심리학자 T. L. 채틀랜드(T. L. Chartrand)와 J. A. 바그(J. A. Bargh) 박사는 실험을 통해 미러링 효과를 확인했다. 실험에서는 두 사람이 한 쌍이 되어 15분간 다양한 사진을 보면서 서로 사진에 대해 어떻게 느꼈는지 이야기를 나눴다. 참가자 중 절반은 다른 사람의 말투나 행동, 동작 등을 따라 하는 미러링을 수행했고, 나머지는 아무런 행동도 하지 않았다. 실험 결과 사람들은 자신의 행동을 따라 하는 상대의 호감도에 더 높은 점수를 주었고, 대화의 분위기 역시 더 좋게 평가했다.

얼굴 표정도 감정과 밀접한 관계가 있다. 한 실험에서 참가자들에게 배우가 하는 행복, 두려움, 혐오, 중립적 표정을 그대로 따라 하게 했는데, 표정을 지을 때와 똑같은 뇌 영역이 활성화되는 것을 발견하였다. 이처럼 바라보고 따라하면서 다른 사람과 같은 감정을 느끼게 해주는 미러링은 타인의 감정까지도 관장하는 것이다.

하품이 다른 사람에게 전염시키듯, 몸짓 언어로도 상대방의 마음이나 심리를 파악할 수 있다. 웃음과 행복이 가득한 시공간에서 함께 할 때 인간은 행복을 느끼고, 반대로 슬픈 환경에 노출되어 있으면 그 감정이 타인에게도 그대로 전달된다. 미러링 덕분에 우리는 영화나 드라마를 보고 배우의 감정에 몰입하고, 영화나 드라마 속 상황과 같이 울고 웃을 수 있는 것이다. 즉 우리의 뇌는 다른 사람의 신체적 정신적 경험을 마치 우리 자신의 것처럼 처리하는 것이다.

미러링을 통해 무의식적으로 '뭔가 통할 것 같은 느낌'을 주면, 이는 곧 의미 있는 관계로 들어가는 첫걸음이 된다. 그런 점에서 미러링은 상대방의 신뢰를 무의식적으로 얻어낼 수 있는 심리기술이 된다. 그렇다면 어떻게 미러링을 활용할 수 있을까? 상대의 무엇을 따라하면 좋을까? 상대의 행동을 따라 하고, 상대의 감정에 공감해주고, 상대의 속도에 맞춰주는 행동, 언어, 감정, 스타일 등 우리가 미러링을 활용할 수 있는 요소는 무궁무진하다.

'썸'을 타는 남녀가 문자메시지나 카카오톡을 주고받을 때 답장 속도는 어떻게 하는 것이 좋을까? 가능하면 빨리? 최대한 느리게? 아니면 잠들기 전에? 정답은 상대가 회신하는 속도에 최대한 맞추는 것이다. 실험을 통해 나온 결과에 의하면 문자를 주고받을 때, 평소 상대가 회신하는 속도보다 빨리 답장할 경우 부담감을 느끼는 확률이 높았다고 한다. 반면에, 상대의 회신 속도에 맞출 경우 무의식적으로 편안함을 느꼈다고 한다. 예를 들어, 상대가 통상적으로 30분 만에 답장을 한다면, 나도 최대한 30분에 맞춰서 답장을 하는 것이 좋다. 이런 미세한 미러링 테크닉이 무의식적으로 상대방에게 편안함을 줄 수도 있다는 것이다.

누군가와 함께 공동으로 작업하면서 완벽한 팀워크를 맞추려고 할 때, 우리는 '호흡을 맞춘다' 라는 말을 한다. 오케스트라의 지휘자는 카리스마 있는 몸동작으로 지휘봉을 움직이는데, 이는 단순히 연주하는 타이밍만을 알려주려는 목적이 아니다. 단원들의 호흡을 통제하고 있는 것이다. 연주하다가 지휘봉이 올라가다가 멈췄을 때, 단원들은 일제히 호흡을 멈춘다. 그리고 지휘봉이 내려오는 순간에 다 같이 숨을 내뱉으며 악기를 연주하기 시작한다. 상대방과 대화를 할 때, 그 사람이 말을 하면 나도 같이 숨을 내뱉고, 말을 멈추면 나도 같이 숨을 들이마시면 된다. 이렇게 하면 상대와 호흡방식이 일치가 되어서 상대는 무의식적으로 당신에게 편안함을 느끼게 된다. 화를 내거나, 기쁜 일이 있거나, 감동적인 일이 있을 때, 어떤 식으로 호흡을 하는지 관찰하라. 관련된 주제로 얘기를 할 때, 관찰한 호흡 방식대로 나도 똑같이 호흡을 하면 상대방의 마음을 더 깊게 공감할 수 있다. 중요한 것은 호흡의 위치, 리듬, 속도이다. 이런 부분을 주의하면서 대화를 나누면, 상대방은 '이 사람과는 뭔가 호흡이 잘 맞아!' 라는 느낌을 가지게 될 것이다.

말하는 방식 즉 '화법' 을 맞추는 것도 중요하다. 미러링 기술은 대화에서 주도권을 잡고 싶을 때 사용할 수 있는 방법이다. 어떤 위치에 있는 사람이든 상관없이 상대방의 목소리 톤과 말투에 맞춰서 비슷하게 말하면 된다. 이것만으로 대화에서 주도권을 잡을 수 있는데,

여기에 숨겨진 원리가 있다. 우리는 자신과 동일한 방식으로 말하는 사람에게 공감을 느끼는 동시에 자기 자신을 잘 이해할 수 있는 사람이라고 여기게 된다. 그러면서 '나에 대해서 잘 알고 있지 않을까?' 하고 약간의 두려움을 느끼게 되는데, 이는 다 무의식 속에서 일어나는 일이다. 미국의 유명한 토크쇼 진행자인 래리 킹은 자신보다 사회적 지위가 높은 사람이 게스트로 나오는 경우 이런 방식을 활용해서 대화의 주도권을 잡고 대화를 이끌어 갔다고 한다.

말뿐 아니라 상대방과 글을 주고받을 때에도 미러링 기술은 적용된다. 예를 들어 이메일을 주고받을 때, 상대방이 사용한 단어나 말투 등을 고스란히 답장할 때 사용하는 방법이다. 만약 상대방이 진지하고 정중한 말투로 메일을 보내왔다면, 나도 예의와 격식 차린 문장으로 답변하는 것이다. '지난번 출장을 갔을 때, 여러모로 신경 써주셔서 감사합니다.' 라는 내용으로 메일이 왔다면, '지난번 출장 오셨을 때, 여러모로 미흡한 점이 많았습니다만….' 이라는 식으로 상대방이 사용했던 단어를 활용하는 것이다. 윗사람에게도 마찬가지다. 만약 편안한 말투로 메일을 보내온다면, 마찬가지로 예의를 지키는 선에서 편안한 말투로 답장하면 된다.

비즈니스 테이블에서도 미러링을 통해 상대가 나를 어떻게 생각하는지 마음을 들여다보거나, 혹은 상대가 편안함을 느끼도록 배려할 수도 있다. 이를테면 내가 얼굴을 매만지는 상황에서 상대도 같은 행동을 하거나, 내가 물을 마실 때 상대도 똑같이 물을 마시는 식으로 미러링이 원활하게 이뤄진다면, 협상이 잘 되고 있다는 신호로 받아들여도 좋다. 또한 상대방이 나에게 호감을 갖기를 원한다면, 상대의 행동을 잘 관찰하면서 미러링을 적절하게 활용하면 효과적이다.

미러링은 곧 상대의 무의식을 자극해서 호감 형성에 도움을 주고 성공적인 결과물을 만들어내는데 필요한 최고의 기술이다.

PART_V

05

나 자신이 콘텐츠다. 이미지로 상상하고 브랜딩하라

■ 자기확신을 통해 자기혁신의 거울을 마주하라

우리는 행복하기 위해 어떤 삶을 추구해야 할까? 그 행복의 방향성에서 긍정과 성공의 기운을 더하기 위해서는 무엇이 필요할까?

돈, 건강, 명예 등 행복의 조건을 성취해 내는 데 반드시 필요한 것은 '생각'이다. 우리는 끊임없는 생각과 상상을 통해 현재는 물론 다가올 미래의 어떠한 상황도 개척해 나갈 수 있다. 인간의 잠재력은 우리가 상상하는 것 이상을 초월할 수 있기 때문이다.

'수 세기 동안 단 1%만이 알았던 부와 성공의 비밀'이라는 매력적인 부제를 달고 있는 『씨크릿』이란 책에서 설파하는 행복의 비밀 또한 "무엇이든 생각만 하면 모두 얻을 수 있으며, 어떠한 상황도 개척할 수 있다."는 것이다. 너무나 간단명료한 법칙이지만 많은 사람들이 이를 잊고 산다.

'생각하면 이뤄진다'는 이 법칙에 실제 성공한 사람들의 모습을 대입시켜보면 저절로 고개가 끄덕여진다. 나아가 우리의 삶을 바꿀 수 있는 원동력이 생각에 있음을, 깨달음과 더불어 어떤 생각을 하며 살아가야 할지에 대한 질문을 스스로에게 던지게 한다. 부디 생각을 통해 원하는 내일의 이미지를 구체화하는 일을 게을리 하지 마라. 그리고 반드시 상상을 통해 구현하라.

행복의 기준점을 반드시 미래에 둘 필요는 없다. 주어진 삶 속에 감사하며 그 안에서 행복을 발견하라. '감사'는 마음의 부자가 되는 길이다. 행복에 전제조건이나 절대적인 기준이란 없으며, 사람마다 추구하는 행복의 크기와 모습에도 분명 차이가 있다. 그래서 감사는 곧 만족이다. 감사하는 마음을 갖는 것만으로도 주어진 삶에 만족을 느낄 수 있고, 행복에 가까이 다가갈 수 있게 된다.

'이래서 안 돼, 저래서 안 돼'라고 하면서 스스로를 옥죄며 사는 삶을 반성하라. 사업이 순탄치 않다고 해도, 자신을 괴롭히는 상사가 있다고 해도, 주변 사람들이 도와주지 않는다고 해도, '내가 가진 것에 대한 감사함'을 느끼며 사는 사람은 항상 즐겁다. '내게 주어진 오늘은 누군가가 그토록 원하던 내일'이라는 말이 있지 않은가! 바꿀 수 없는 현실을 부정하기보다 가지고 있음에 감사하면서 살다 보면 생각지도 못한 커다란 행운이 찾아올 수도 있다.

가지고 있음에 집중하는 것! 부자가 되는 길의 첫 번째 원칙은 결국 마음의 부자가 되는 것이고, 우리 자신이 내면의 소리에 귀 기울이며 진정으로 원하는 것을 한껏 누렸을 때 비로소 행복한 부자가 될 수 있음을 기억하자.

나아가 행복으로 나아가는 길에 우리는 관계의 중요성을 간과할 수 없다. 인간의 성격은 두뇌에서 작용한 호르몬의 종류에 따라 결정된다고 한다. 상대방과 호르몬이 서로 맞지 않을 때는 호르몬의 기질 가운데 나쁜 점이 더욱 부각되어 서로를 밀어내게 되기도 하고, 또 잘 맞으면 상대방의 단점까지 커버할 수 있는 찰떡궁합이 되기도 한다.

이렇게 눈에 보이지 않는 호르몬의 기류를 통해 상대방의 호르몬이 무엇인지 알고 자신의 호르몬이 어떤지 깨달음으로써 좋은 에너지를 가지고 있는 사람들과의 관계는 긍정적이고 열정적인 에너지로 바뀌게 된다. 보다 '확장된 나'를 발견하고 성공의 길로 이끌어 갈 수 있는 토대가 되는 것이다.

결국 '나'라는 존재는 특정한 기질을 지니고 있고, 그 기질 안에서 확장된 나를 만남으로써 주어진 상황을 애써 바꾸려는 직접적인 노력이 아닌 나 스스로에게 집중하는 것이 중요하다. 자신을 이해하고 이에 맞춰 열정적인 삶을 살아갈 때, 보다 성공적인 인생을 살 수 있는 것이다. 생각과 감사는 모두 자신의 내면에서 발휘되는 것이다. 그래서 나 자신이 아무나가 아닌 특별한 존재임을 깨닫고, 내면의 목소리에 귀를 기울여야 하는 이유인 것이다. 이는 필자가 퍼스널 이미지를 브랜딩 하는데 가장 핵심으로 여기는 부분이며, 이 책에서 수도 없이 강조한 내용이기도 하다.

예나 지금이나 인간은 성공을 추구하며 살아간다. 성공에 대한 열원은 수천 년이 흘러도 변하지 않을 것이다. 다만, 무엇을 성공이라고 하느냐는 것은 각자의 생각에 따라 달라질 수 있다.

'성공한 인생이란 무엇인가?' 라는 질문에 답하기 위해서는 나는 누구이고, 내가 진정 원하는 것은 무엇인지, 나는 어떻게 기억되고 싶은지 내면의 목소리에 먼저 귀를 기울여야 한다. 나를 가장 잘 알고, 나의 성공 여부를 규정할 수 있는 사람은 세상에서 가장 소중한 단 한 명, 바로 나 자신이기 때문이다.

프랑스의 소설가 폴 부르제(Paul Charles Joseph Bourget)는 『정오의 악마』라는 책에서 이렇게 말했다.

"생각하는 대로 살지 않으면 사는 대로 생각하게 된다."

자신에 대한 확신이 없는 사람은 항상 외부환경에 끌려 다니게 되고, 내가 아닌 다른 사람이 만들어 놓은 성공의 기준을 충족시키고자 불행한 삶을 살아간다. 그래서 그 무엇보다 '자기다움' 을 아는 것이 중요하다.

진정한 자기다움을 토대로 내가 하고 싶고, 또 되고 싶은 성공의 이미지를 만들어라. 그리고 그것을 목표로 '할 수 있다.' 고 끊임없이 상상하라. 자기확신이 뚜렷한 사람은 절대 흔들리지 않는 법이다. 흔들리지 않는 믿음은 곧 일관성을 만들어낼 것이며, 그것을 통해 계속 지속해 나가는 힘을 발휘하게 될 것이다. 이것이 바로 자기혁신이며, 이는 곧 자기중심의 삶을 성공적으로 이끄는 원동력이 된다.

자기혁신을 바탕으로 언제나 긍정적인 마인드를 갖고 지속적으로 자신을 자극하면 긍정적인 일들이 발현되고 생각지도 못한 행운이 물밀 듯이 찾아오기 시작한다. 성공한 기업가, 정치인, 스포츠 스타 등은 의식적이든 무의식적이든 간에 대부분 이런 지속적인 트레이닝 과정을 거쳤음을 기억하라.

내가 가진 것에 감사하고 현재의 나를 사랑하되, 더욱 호감 가는 이미지로 나를 변모시키면서 끊임없이 행복한 상상을 하라. 나 자신이 콘텐츠이며 '나' 라는 브랜드를 이끌어가는 강력한 힘은 결국 세상에 단 하나 뿐인 가장 매력적인 존재, 바로 '나' 인 것이다.

이 글을 읽는 당신이 진정 외면과 내면의 이미지가 조화롭게 살아가기를, 이 시대의 진정한 품격 리더가 되기를 간절히 소망하며 책을 마친다.

"쉼 없이 달려온 퍼스널 이미지 브랜딩 업계에서의 10년"

저 윤혜경의 사회적 경험과
가치관을 담은 첫 책을 출간하게 되었습니다.
딱딱한 이론서가 아닌 강의 현장의 느낌을
그대로 전달해 보자는 의도로 실제 강의에 사용했던
프레젠테이션 자료와 국내외 유명인사들의 예시들을
적절히 활용해 집필하였습니다.
우연한 성공을 바라기보다 성공을 필연으로
만들어갈 엣지 넘치는 당신께
이 책을 바칩니다.

작가소개 | About the artist

저자 **윤혜경**은 항공사 승무원 출신으로 호텔 및 교육관련 기관 등 다양한 사회적 경험을 토대로 기업 임원, 교수, CEO 등을 대상으로 퍼스널 이미지 브랜딩 강의를 펼치는 대한민국 대표 강사이자 교수다. 또한 개인이나 단체의 성격 및 특성을 전략적으로 분석해 최상의 이미지를 디자인하고 코칭 및 컨설팅하는 이미지 브랜딩 전문가이다.

현재 '펀이미지케이터' 란 닉네임으로 활동하고 있으며, 'PI이미지 코칭 연구소' 로 시작하여 '펀이미지케이션스' 를 설립했다. 펀이미지케이션스(FUN Imagecations)는 Fun과 Image, Communication의 합성어로, 행복하고 성공적인 삶에서 펀과 이미지 커뮤니케이션이란 요소가 매우 중요하게 작용되어지고 있음을 시사한다. 펀이미지케이션스라는 사명에서도 드러나듯이 저자가 끊임없이 주창하는 지론은 펀(Fun)이다.

'펀' 의 의미는

F_는 퍼니(Funny)–매사에 항상 즐길 줄 알고,

U는 유니크(Unique)–남들과 다른 독창성이 있으며,

N은 너츄어링(Nurturing)–자신을 돌보는 일과 타인을 배려하는 일에 소홀하지 말라는 뜻을 내포하고 있다.

다시 말하면, 항상 유희와 재미를 가지고 살아가며, 타인과 차별화된 독특함으로 무장된 자신을 통해 육성이라는 이름의 성장과 배려의 활동을 함께하는 것, 그것이 진정한 펀이다.

저자는 펀에 대한 이러한 지론을 바탕으로, 개인의 이미지를 단순히 외면적인 요소에만 초점을 맞춘 일반적인 이미지메이킹이 아닌, 타인에게 인식되는 과정에 중요하게 적용되는 행동과 태도적인 측면을 고려하여 매너, 에티켓, 제스처 및 스피치 등을 개인의 라이프 사이클에 맞게 적용시키고 있다. 더불어 '남과 다른 자기다움' 으로 자신만의 영역을 구축할 수 있도록 강의와 코칭 및 컨설팅 과정을 운영하고 있다. 이는 개인에게는 품격 및 평판관리를 통해 리더로서의 경쟁력을 강화시키고 기업측면에서는 보다 차별화된 브랜딩으로 성과적인 부분에 역량을 발휘할 수 있도록 하는 보다 차별화된 이미지 브랜딩 과정이다.

'성공한 인생이란 무엇인가?' 라는 질문에 답하기 위해서는 나는 누구이고, 내가 진정 원하는 것은 무엇인지, 나는 어떻게 기억되고 싶은지 내면의 목소리에 먼저 귀를 기울여야 한다. 나를 가장 잘 알고, 나의 성공 여부를 규정할 수 있는 사람은 세상에서 가장 소중한 단 한 명, 바로 나 자신이기 때문이다.